## Impressum

Bibliografische Information der Deutschen Nationalbibliothek: Die Deutsche Nationalbibliothek verzeichnet diese Publikation in der Deutschen Nationalbibliografie; detaillierte bibliografische Daten sind im Internet über dnb.dnb.de abrufbar.

© 2022 Ingrid Seemann

© Cover Ingrid Seemann designed by fiverr

2.Auflage

Herstellung und Verlag: BoD – Books on Demand, Norderstedt

ISBN 9783756210060

# Überleben Wildnis

## Die dritte Generation

Küss den Tiger!

Paparazzi!

# Inhalt

## Küss den Tiger!

Die Zwillinge Anastassja und Aleksej laden ihre Freunde zu einem Überlebenstraining in den russischen Wald ein. Zuerst sind alle begeistert. Für sie scheint es Spaß zu sein. Aus Vergnügen wird bitterer Ernst. Besonders Sebastian wünscht sich einmal mehr, doch zu Hause beim Fernseher zu sein und sich Sitcoms reinzuziehen. Sein Leben wird durch eine hochgiftige Schlange, einer Bärenmama und einer giftigen Spinne bedroht.

Als sie endlich wieder in der Hütter der verstorbenen Tante Olga zurück sind, müssen sie feststellen, dass ihnen ein Tiger gefolgt ist. Einzig Anastassja ist entzückt und nähert sich diesem ohne sich etwas dabei zu denken. Aleksej ist entsetzt. Aber es ist längst zu spät...

## Paparazzi!

Längst sind die Freunde ruhiger geworden. Aber wieso landen mehrfach pikante Fotos in die Klatschseiten?! Vladimir und sein Helfer Ilja versuchen den heimlichen Fotografen aufzuspüren. Wieder gibt es anstößige Fotos! Die Eltern von Anastassja und Aleksej und der Vater von Florian treffen wutentbrannt in der Schule ein. Die Zukunft ihrer Kinder steht auf dem Spiel! Ein Skandal! Was können sie tun, um den Paparazzi aufzuspüren? Sie brauchen einen Köder und greifen zu unkonventionellen Mitteln.

## Sommerpläne

Anastassja hat den Wunsch geäußert, dass sie alle ihre Freunde zu Tante Olgas neuem Haus, die leider schon verstorben ist, einladen will. Vladimir muss wohl oder übel mit, da er sich in der Wildnis am besten zurecht findet. Es sind die letzten Ferien zur Abschlussklasse. „Hey! Das wird lustig!" Anastassja ist von ihrer Idee total überzeugt. „Was sollen wir dort machen? Tante Olga braucht ja kein Feuerholz mehr!" Florian sitzt, wie fast immer, mit den Jungs beim Karten spielen in Aleksejs Zimmer. „Ich finde, dass es eine gute Idee ist!" Aleksej will sich gerne das neue Haus ansehen, das kurz vor dem Tod seiner Tante gebaut wurde. „Dürfen wir auch mit?" Sebastian hat vieles gehört und möchte sich das gerne einmal ansehen. „Sebastian, ihr beide seid natürlich dabei!" Anastassja freut sich über die positive Anteilnahme. Michael meint: „Wie wäre es, wenn wir Emilie mitnehmen? Sie wird sicher froh sein, wenn sie von ihrer Tante Emmi wegkommt. Sie ist dort ganz alleine!" „Nimm sie mit! Es wird ihr gut tun!"

Emilie hat vor einigen Wochen ihre Eltern bei einem Unfall verloren und ist von ihrer Tante Emmi abgeholt worden. Seither ist sie nicht mehr in die Schule gegangen. Michael vermisst sie sehr. Er weiß immer noch nicht, wie sie zu ihm steht. Ihre Beziehung ist ein ständiges Auf und Ab gewesen. Zuletzt ist sie, ohne ein weiteres Wort zu ihm, mit ihrer Tante Emmi weggefahren. Er ist seither sehr traurig deswegen. Er nimmt sein Handy in die Hand. Er kann gar nicht anders und wählt ihre Nummer. „Hi Michael! Ich freue mich so, von dir zu hören!" „Emilie! Wie geht es dir?" Er freut sich über ihre begeisterten Worte und grinst von einem Ohr zum anderen. Von einem Augenblick auf den anderen ist er wieder happy. „Sind deine Eltern schon…?" „Ja, das Begräbnis war vorige Woche. Es war eine schöne Feier. Aber jetzt muss ich voraus schauen." „Emilie… ich wollte dich etwas… äh… fragen…" „Ja…?" „Anastassja hat einige von uns in die Hütte ihrer verstorbenen Tante Olga eingeladen. Sie will dich auch dort haben!" „…und du?" „Ich? Du weißt, dass ich dich sehr gerne dabei haben will! Kommst du?" Michael hält die Luft an. Was wird sie sagen? Ja… oder nein? Bitte Ja…! Er wartet etwas ungeduldig. „Gerne! Wirklich! Ich muss raus hier! Ich mag meine Tante. Aber sie ist ständig um mich! Ich halte das nicht mehr länger durch!" „Ich hole dich ab und wir fahren gemeinsam hin! Ist das okay für dich?" „Super! Ich maile dir meine Adresse. Wann fahren wir überhaupt? Ich muss meiner Tante Bescheid sagen." „Oh… so genau haben wir noch nicht darüber gesprochen. Ich rufe dich morgen an. Bye!" „Tschüss und Küsschen!" Michael starrt verdattert auf sein Handy. Hat sie ihm tatsächlich ein Küsschen geschickt? Mann! Er fühlt sich gerade auf Wolke sieben. Sein Lächeln ist unübersehbar. Anastassja sieht zu ihm hinüber. Sie spürt die positiven Schwingungen. „Michael, du bist auf einer beneidenswerten Welle!" „Äh…?" „Seht ihn euch an! Er ist definitiv glücklich!" Michaels Gesicht ist krebsrot geworden. Wieso erkennt Anastassja seine Gemütsregungen?! Er hat doch leise gesprochen. Sie kann doch unmöglich etwas gehört haben? „Emilie fragt mich gerade, wann wir zur Hütte fahren?" „Ich dachte gleich nach der Zeugnisverteilung? Wer noch vorher nach Hause muss, kann ja nachkommen!" Sebastian klopft seinem Bruder auf die Schulter. „Alles klar, Bruder?" „Mhm!" Sebastian freut sich. Emilie ist definitiv Michaels Schatz. „Wann werden wir zur Hütte fahren?" „Ich weiß nicht. Wir müssen uns mit Florian absprechen, denke ich. Irgendwer muss uns dorthin fahren. Wir werden Charlie und Timo fragen. Was meinst du?" „Gute Idee."

„Shit. Du hast schon wieder gewonnen!" Florian schmeißt seine Karten auf den Tisch. Aleksej lächelt gönnerisch. „Na ja, ich habe halt die besseren Karten gehabt!" „Was du nicht sagst! Ich denke, dass du besser mitzählen kannst.", meint Alexander. „Das wohl auch!", grinst Aleksej. Er steht auf und streckt sich durch. Sie haben lange gezockt. Sein Nacken ist steif. „Ich habe genug. Freunde es ist Zeit, ins Bett zu gehen. Wir müssen früh raus." Er gähnt herzhaft und blickt in die Runde. Die Jungs nicken. Es ist Mitternacht. Die Zwillinge sind schon längst weg und bei Anastassja nebenan ist es auch schon still.

Am nächsten Morgen klopft Aleksej gewohnheitsmäßig bei Florian an, um ihn pünktlich aufzuwecken. „Florian! Bist du wach?" Lautes Pumpern ist die Antwort „Scheiße!" „Alles klar bei dir?" „Ja! Aua! Mein kleiner Zeh!" Aleksej zuckt die Achseln. Florian ist zumindest aufgestanden. Unterwegs trifft er auf Alexander und sie gehen gemeinsam zum Speisesaal. „Ist Anastassja schon auf?" „Ja, sie müsste schon beim Frühstück sein. Verena hat sie abgeholt." „Aha." Sie stellen sich beim Buffet an und warten mit ihren Tabletts am Ende einer langen Schlange von Mitschülern. Immer wieder gähnen sie abwechselnd, bis sie beim Kaffeeautomaten angekommen sind. Beide haben sie ihre eigenen Tassen extralarge mit, um das nötige Koffein zum Munterwerden zu bekommen. Dann erst gelangen sie zum Hauptbuffet und beladen ihre Teller. Sie sind Jungs mit großem Appetit. Aleksej setzt sich neben seiner Freundin Verena, während Alexander gegenüber Anastassja Platz nimmt. „Hi Baby!" Anastassja schickt ihm einen Kuss über den Tisch und widmet sich lächelnd ihrem Frühstück. Nach einer Weile kommt Florian hinzu. Seine Freunde wissen, dass er ein Morgenmuffel ist und sie sprechen ihn erst gar nicht an.

„Wir müssen unseren Sommer besprechen! Wer kommt jetzt mit?" Aleksej guckt in die Runde. „Ich kann heuer nicht! Meine Eltern haben einen Urlaub, inklusive mit mir, in den Süden gebucht." Verena ist untröstlich. Irgendwie wäre sie lieber mit ihren Freunden unterwegs. „Schade! Warum habt ihr das nicht früher gewusst?!" Aleksej ist schockiert. Seine Freundin ist nicht dabei?! Sie haben jeden Sommer gemeinsam verbracht und heuer kann sie nicht? Seine Stimmung ist gedämpft, wenn nicht gar hinüber! Scheiße! Anastassja übernimmt, weil Aleksej mit Verenas Mund beschäftigt ist. „Also, wer kommt mit? Florian? Alexander kommt mit, nicht wahr, mein Lieber? Sebastian, Michael und Emilie." Florian nickt zustimmend... ohne Nora, denn sie sind mittlerweile freundschaftlich getrennt. „Also, mit Vladimir sind wir dann..." sie zählt mit den Fingern auf. „...äh... sieben? Habe ich irgendwen vergessen? Aleksej! Jetzt konzentriere dich gefälligst!" „Was!" „Hör auf zu schmusen und pass auf! Ich habe sieben Personen gezählt! Du musst Papa anrufen und mit ihm alles vorbereiten! Ich werde zu Vladimir gehen und ihm Bescheid geben." Aleksej nickt. Er hat die Lust an den Plänen verloren. Verena ist nicht dabei. Später nimmt Anastassja ihre Freundin Verena zur Seite. „Sag mal, kannst du den Urlaub mit deinen Eltern nicht absagen?" „Das habe ich vor. Aber ich kann nichts garantieren. Es wäre viel lustiger mit euch in der Wildnis!" Verena hat schon ihr Handy in der Hand und wählt an. „Hey Paps! Wir fahren heuer gemeinsam in den Urlaub, nicht wahr... was... wieso?!" Sie gibt die Info an Anastassja weiter und lauscht weiter. „...wieso? Oh... das ist aber schade! Wenn das jetzt so ist... ich habe gerade eine Einladung von den Kaminov Zwillingen bekommen, mit ihnen und einigen Freunden, einige Zeit im Haus der Tante Olga zu verbringen. Näheres weiß ich noch nicht. Aber ich kann ja jetzt mitfahren, nicht wahr?" Sie boxt die Faust euphorisch in die Luft und legt auf. „Alles klar, ich komme auch! Paps wollte mich schon anrufen. Das Hotel ist abgebrannt und deshalb müssten meine Eltern erst ein neues Domizil buchen. Aber sie sagen, dass es vielleicht ein Wink des Himmels war, den Urlaub sausen zu lassen und fahren lieber an die heimischen Seen. Sie sind etwas abergläubisch." Lachend fallen sich die Mädchen in den Arm. „Wir sagen Aleksej nichts davon. Wir wollen ihn überraschen!" Verena ist einverstanden. Sie freut sich wahnsinnig auf die Sommerferien. „Aber vorher muss ich trotzdem nach Hause. Ich habe so viel Schmutzwäsche, die ich zuerst waschen muss und dann werde ich zu euch stoßen." Gemeinsam gehen sie in den Unterricht.

Michael ist bei Dimitrij. Immer wieder massiert Dimitrij den Kopf des jungen Mannes, um dadurch die Stimulation seiner Motorik anzukurbeln. Längst kann sein Klient auf den Krücken gehen. Aber jetzt ist es Zeit, etwas Neues zu probieren. „Wir versuchen, die Krücken wegzulassen. Ich denke, wir müssen einen Schritt weiter gehen!" Michael sieht Dimitrij von unten an. Die Massage tut ihm gut. Sie entspannt ihn. Als Dimitrij die Hände senkt, seufzt Michael leise auf. Er bleibt liegen und wartet ab. „Komm, ich helfe dir auf!" Mithilfe des stützenden Armes seines Therapeuten setzt er sich auf. Seine Beine baumeln über dem Boden. „Jetzt konzentriere dich! Ich hole dich auf den Boden!" Dimitrij zieht den großen Körper nach vorne, bis er mit den Beinen auf dem Boden zu stehen kommt. Michael hat das Gefühl als wären sie Wackelpudding und hält sich verkrampft an seinem Gegenüber fest. Dimitrij schreitet einen kleinen Schritt zurück, damit Michael nach vorne geht. Instinktiv setzt er einen und noch einen Schritt voran. Keuchend, aber dennoch zufrieden, dass es funktioniert, sieht er nach unten und strauchelt. Sofort greifen helfende Arme nach ihm. „Sieh nach vorne, Mann! Nicht auf den Boden!" Michael nickt und sie probieren es noch einmal. Dimitrij steht nur mehr vorsichtshalber vor ihm und setzt einen Schritt nach dem anderen nach hinten. Michael folgt ihm. „Das geht ja schon ganz gut! Übe in deinem Zimmer! Geh erst ohne Krücken nach draußen, wenn du sicherer bist!" Dankbar und schnaufend vor Anstrengung übernimmt Michael wieder die Gehhilfen. Dann ist er entlassen und Michael humpelt in seinen Unterricht.

Anastassja sucht ihren Freund Vladimir und findet ihn draußen vor dem Tor. Er sitzt auf der Bank. Sie beobachtet lächelnd sein entspanntes Antlitz. Seine Augen sind geschlossen und sein Gesicht zur Sonne gewandt. Aber er wäre nicht der Mann, der er ist und Anastassja nicht schon lange vorher gespürt hat, bis sie sich zu erkennen gegeben hat. „Hi Vladimir!" „Anastassja!" Er schmunzelt ihr entgegen. Er liebt sie. Er ist, oder vielmehr war, ihr persönlicher Bodyguard. Ihr Vater hat den Status eigentlich noch nicht aufgehoben. Sein Schützling ist nicht mehr in Gefahr. Die gefährliche Situation einer Entführung ist schon gebannt. Dennoch hat er noch immer ein Auge auf sie. Jetzt sieht er sie entspannt an. Anastassja ist ein Wildfang. Hyperaktiv. Immer wieder fällt ihr spontan etwas ein und sie tut unüberlegt Dinge, die ein normaler Mensch nicht machen würde. Genau deshalb wird ihr Papa froh sein, dass er noch immer auf sie aufpasst. Er macht das gerne, weil er, wie schon erwähnt, sie liebt. Anastassja ist aufgeregt. „Vladimir! Du musst mit uns in den Ferien zu Olgas Hütte kommen! Alle unsere Freunde wollen heuer hinfahren!" Vladimir sieht sie lange an. Seit Olgas Tod, ist er immer wieder dorthin gefahren, um nach dem Rechten zu sehen. „Was wollt ihr dort und warum muss ich mit?" „Wir wollen einfach nur gemeinsam abhängen. Es sind unsere letzten Ferien vor der Abschlussklasse! Du kennst dich in der Wildnis aus! Was sollen wir tun, wenn die wilden Tiere vor unserem Haus stehen?!" Er freut sich, dass sie dabei an ihn gedacht hat. Aber was soll er mit ihnen die ganze Zeit machen? Er ist doch kein Camp Betreuer! Dennoch muss er mitgehen. Wenn sich Anastassja sich etwas einbildet, dann bekommt sie es zu fast hundert Prozent von ihren Eltern. Er ist sich sicher, dass ihr Papa ihm dann den Auftrag erteilt, mitzufahren. „Also gut! Ich komme! Wie wäre es mit einem Überlebenstraining in der Wildnis? Dann wird es spannender!" Anastassja fragt nicht weiter nach. Sie freut sich einfach, dass sie einen weiteren Erfolg für sich buchen konnte und fällt ihm küssend um den Hals. Er hält sie kurz an sich gedrückt und schiebt sie weg. Seine Gefühle müssen sich leider hinten anstellen. Er ist immer noch offiziell als der Holzfäller Lehrer der Schule angestellt.

# Paparazzi

Er kann so viel Glück gar nicht fassen! Jetzt hat er einige exklusive Aufnahmen von dieser Russen Tochter und Vladimir, dem Sportlehrer! Die damit verdiente Kohle wird ihn den nächsten Monat über die Runden bringen. Er schleicht sich von dem Ort weg und eilt zu seinem Auto. Er muss sich unbedingt diese Fotos in Ruhe ansehen. Der Boss rückt ihm schon seit längerer Zeit auf die Pelle. „Sieh zu, dass du ordentliches Material bringst, sonst kannst du einpacken!" Jetzt ist er auf dem Weg in das Büro des Big Bosses. Schon in seinem Wagen hat er die Bilder gecheckt. Sie sind ausnahmslos erstklassig! Er wird den Preis höher schrauben müssen!

Aufgeregt und mit klopfendem Herzen, fährt er im Aufzug hoch hinauf in das Allerheiligste des VIP Magazins. Mit Enthusiasmus betritt er das Vorzimmer und stellt sich direkt vor dem schönen Mädchen, das die Sekretärin des Bosses ist. „Ich will den Boss sprechen." Sie sieht nicht einmal auf. „Du hast keinen Termin!" „Brauche ich nicht! Ich habe eine Überraschung für ihn!" „Was du nicht sagst!" „Komm schon! Sag ihm, dass ich Bilder von der Anastassja habe! Erstklassig!" „Der Russen Tochter?" Er nickt bedeutsam. „Meinetwegen. Ich frage einmal nach!" Sie drückt den Knopf der Gegensprechanlage. „Sir! Er ist hier. Er sagt, dass er Bilder von der Russen Tochter habe." „Schicken Sie ihn rein!" „Du kannst rein!" Mit einem kurzen Schlenker mit dem Handgelenkt beordert sie ihn in das große Büro ihres Bosses. Selbstgefällig geht der junge Mann in das Büro und macht die Tür etwas nachdrücklicher, als sonst, hinter sich zu. Er ist sich sicher, dass sein Boss erfreut sein wird.

„Junge, was hast du für mich? Ich hoffe, dass du mich heute nicht mit Kleinigkeiten aufhältst?" Der Mann hinter dem Schreibtisch sieht den jungen Kerl betont gelangweilt vor sich an. „Ich habe heute Anastassja und diesen Vladimir bei einer innigen Umarmung erwischt. Sie haben sich geküsst." „Anastassja hat Vladimir geküsst, oder umgekehrt?" „Die

Russen Tochter ist ihm um den Hals gefallen und hat ihn geküsst und er hat sie festgehalten." „Lass mal sehen!" Der Fotograf geht um den Schreibtisch herum und zeigt ihm seine Aufnahmen. Gemeinsam blicken sie auf unzählige Bilder. Nahaufnahmen, etwas weiter weg, Küssend, lachend, umarmend. „Nicht schlecht." Der Boss nennt ihm einen Preis. „Für all diese Bilder?! Das ist zu wenig! Die müssen mehr wert sein!" Er nennt den doppelten Tarif. Der Boss kommt ihm entgegen und sie treffen sich in der Mitte. „Bleib dran. Dann erhöht sich dein Wert!" Der Junge nickt. Er schickt ihm die soeben ausgehandelten Fotos auf seinen Laptop und kassiert. Dann geht er beschwingt hinaus. Sein Leben könnte nicht besser verlaufen. Im Auto ist er in Gedanken bei dem mitangehörten Gespräch zwischen der Russen Tochter und dem Sportlehrer. Sie wollen in den Ferien irgendwohin fahren. Er muss unbedingt dranbleiben!

## Anastassja Kaminov und ihr Bodyguard Vladimir Kaliko ein Paar?

Der gesamte Artikel und pikante Aufnahmen prangen auf der Titelseite und füllen eine gesamte Doppelseite in der Zeitschrift aus.

# Gewehre und Pistolen

Die letzten Wochen in der Schule vergehen wie im Fluge. Wie es sich herausstellt, werden alle Freunde vorab nach Hause fahren müssen. „Mama will, dass ich vorher nach Hause fahre. Sie braucht mich bei irgendetwas." „Kein Problem!" Anastassja und Aleksej werden von Vladimir auch nach Hause begleitet. Order von Herrn Kaminov. „Wir müssen ja auch erst alles organisieren!" „Wohnt irgendwer zurzeit in diesem Haus?" „Ja, eine alte Verwandte verbringt dort, das ganze Jahr über, ihr Dasein und hält das Haus sauber. Aber sie freut sich angeblich sehr auf unseren Besuch." „Dann müssen wir ihr wieder das Holz hacken?" „Das wissen wir nicht." „Papa meint, sie braucht sicher Hilfe, wie Tante Olga sie gebraucht hat." „Shit! Wieder arbeiten und keine Ferien?" „Valdimir will mit uns ein Überlebenstraining in der Wildnis veranstalten!" Anastassja verrät fast schon zu viele Details, bis Aleksej ihr den Mund verbietet. „Ana, sei still. Wir wollen doch nicht alles verraten!" Seine Schwester seufzt. „Es ist alles sooo aufregend!", schwärmt sie unmissverständlich. Aleksej verrät nur so viel: „Nehmt feste Kleidung und festes Schuhwerk mit!" Mit gemischten Gefühlen trennen sich die Freunde und gehen schlafen. Morgen ist Zeugnistag.

Anastassja und Aleksej werden von ihrem Papa mit angespannter Miene empfangen. Aber seine Tochter lässt sich nicht beirren und sie fällt ihm erst einmal um den Hals. „Papa! Ich habe dich vermisst! Mama!" Herr Kaminov lächelt insgeheim. Er liebt seine Kinder! Seine Tochter wechselt sofort von einem Arm in den anderen und ihre Mama lässt sie nicht mehr so schnell los. Aleksej und Herr Kaminov begrüßen sich verhaltener. Aber die Zuneigung des Vaters zu seinem Sohn ist nicht minder. Seine Mama bekommt einen dicken Kuss von Aleksej und er umarmt sie innig. Anastassja wird noch immer von ihrer Mutter um die Taille festgehalten. Vladimir nickt, mit dem Zeigefinger salutierend und bleibt etwas abseits stehen. „Ich will Sie sofort sprechen! Kommen Sie mit mir in den Salon! Ihr beide kommt auch mit!" Mit ungewohnter forscher Stimme beordert Herr Kaminov die drei jungen Leute von dem eleganten Vorzimmer, weiter in einen gemütlichen Salon. Er hakt seine Frau Nikita unter und bereitet sich mental auf das kommende Gespräch vor.

Vladimir ist als Bodyguard geschult und entdeckt als erster das Klatschmagazin mit einem Hochglanzfoto von Anastassja und sich in inniger und küssender Umarmung. Mein Gott, das war vor dem Schulgebäude auf der Bank! „Herr Kaminov! Dieses Foto ist ein harmloser Zwischenfall! Anastassja wollte sich nur bei mir bedanken, als ich eingewilligt habe, zu Olgas Haus mitzufahren." Er will eventuellen Anschuldigungen vorbeugen. „Der Kuss ist eindeutig! Er scheint mir zu intensiv für ein Dankeschön!" Herr Kaminov sieht Vladimir streng und mit hochgezogenen Augenbrauen an. „Aber Papa! Vladimir ist doch mein persönlicher Bodyguard! Das Bild täuscht! Aber es sieht wirklich gut aus!", meint Anastassja bewundernd und sieht es sich noch genauer an. Sie lächelt leise. „Ich behalte es mir. Es ist eine tolle Aufnahme. Aleksej was sagst du dazu?" Ihr Bruder schnaubt und wendet sich ab. Seine Gedanken rasen. Wo ist der Idiot, der sie fotografiert hat? „Mama! Sieh mal. Da sind ja noch mehr in dem Magazin." Die junge Frau runzelt die Stirn. „Also, DAS gefällt mir nicht so gut. Da sehe ich ja furchtbar aus! Wo war das nur...?" Sie denkt nach. Herr Kaminov schüttelt den Kopf. Mit seiner Tochter kommt er nicht weiter. Anastassja sitzt bei ihrer Mama und sie kommentiert mit ihr jedes einzelne Bild. Vladimir lächelt sie versonnen an.

Sein Auftraggeber beobachtet ihn und macht sich so seine Gedanken. „Vladimir! Ist etwas zwischen ihnen und meiner Tochter? Muss ich mir Gedanken machen?" Vladimir zuckt zu seinem Boss herum „Nein, Sir! Da ist nichts!" „Gut! Sie bewachen sie weiterhin und sie halten die Augen und Ohren offen! Wir brauchen den Fotografen! Anastassja und Aleksej haben noch das letzte Schuljahr vor sich und da brauchen wir keine unnötige Aufregung. Die letzte Entführungsgeschichte liegt mir noch im Magen." „Ja Sir! Ich werde mein Bestes geben!" „Ich verlasse mich da ganz auf Sie. Wie sie es machen werden, liegt in Ihrem Ermessen! Aber ich erwarte laufende Informationen!" Vladimir nickt und atmet auf. Herr Kaminov ist von seinen Fähigkeiten als Bodyguard überzeugt, sonst wäre er abkommandiert und er hätte Anastassja nie wieder gesehen! Er muss aufpassen. Solche Aufnahmen dürfen nicht wieder vorkommen! Er überlegt, ob ihm ein fremder Mann, oder eine fremde Frau auf dem Gelände aufgefallen ist. Es fällt ihm niemand ein.

Der Butler des Hauses ruft zum Essen auf und sie begeben sich nach nebenan in das weiträumige Esszimmer, wo der große Tisch fürstlich gedeckt ist und sie nehmen Platz. Sofort beginnt das Personal zu servieren. „Danke, Maria!" Anastassja lächelt dem jungen schüchternen Mädchen zu, das ihr die Suppe auf den Teller geschöpft hat. Aleksej und Vladimir lächeln nur. Das Ehepaar Kaminov ist es gewohnt bedient zu werden und verzieht diesbezüglich keine Miene. „Mama! Die Suppe ist köstlich, nicht wahr?" Die Tochter des Hauses schwärmt. „Ja, wir haben einen der besten Köche Russlands engagiert." Herr Kaminov legt seinen Löffel zur Seite und sieht interessiert in die Runde. „...und nun erzählt mir, was ihr alle bei Mira vorhabt!" „Papa, das wird sicher wieder lustig. ... kennst du Mira?" Herr Kaminov verneint. „Sie ist eine alte Verwandte von der Linie deiner Mama! Nikita...?" Frau Kaminov schüttelt bedauern den Kopf. „Leider habe ich sie nur einmal als Kind gesehen. Aber ich kann mich nicht mehr wirklich an sie erinnern. Sie hat voriges Jahr angerufen, weil sie ihr Beileid für Tante Olga aussprechen wollte. Dabei habe ich mich mit ihr etwas unterhalten und so sind wir dazu gekommen, ihr das Haus anzubieten." „Aber, wie gesagt, wir haben sie noch immer nicht gesehen." „Dann werden wir sie sehen, wenn wir dort sind. Ich bin ja sooo gespannt auf sie!" „Sie freut sich schon auf euch alle! Wir haben sie schon einmal vorgewarnt.", meint Frau Kaminov.

Herr Kaminov sieht Vladimir abermals abwartend an. „Also...?" „Äh... ja... also..." Vladimir muss sich auf den Hausherrn konzentrieren. Er hat Anastassja schmunzelnd zugehört, wie sie sich mit ihrer Mama unterhalten hat. Sie schwingt dabei herrlich mit ihren Armen und dies ergibt für ihn großen Unterhaltungswert. Wie schon erwähnt… er liebt sie… „Ja… also…", beginnt er abermals. „Vladi, du wolltest mit uns ein Überlebenstraining machen!", hilft ihm Anastassja lachend aus seinen stotternden Überlegungen. „Ah… ja… das Überlebenstraining!" Herr Kaminov zieht bei Anastassjas Kosewort für ihren Bodyguard die linke Augenbraue scharf in die Höhe. Aber er äußert sich nicht dazu. „Ja Sir! Ich denke ein Überlebenstraining für ein paar Tage wäre für die jungen Leute sicher ein großes Abenteuer." „Glauben Sie, dass sie das alleine bewältigen können?! Soweit ich weiß, sind es doch mindestens sechs junge Leute, die alle keine Ahnung haben und wie kleine Kinder agieren, wenn es hart auf hart kommt. Ihnen ist ja bewusst, dass es in den Wäldern Russlands lebensgefährlich sein kann! Gerade dort sind Bären und Wölfe keine Seltenheit." „Wladimir! Ich weiß nicht…!" Frau Kaminov zeigt besorgt ihre Bedenken. Ihre Kinder den Wildtieren ausgesetzt! Nicht auszudenken! Ihr Ehemann denkt nach. „Ich glaube, dass ich Ihnen noch zwei professionelle Überlebenstrainer zur Seite stelle!" „Das ist sehr umsichtig und ich muss mich entschuldigen, dass ich vergaß zu erwähnen, dass ich noch drei meiner Freunde eingeladen habe, mir bei so einer gefährlichen Aufgabe zur Seite zu stehen. Sie sind ständig in den Wäldern Russlands unterwegs. Es ist wie ein Ausflug für sie. Sie sind quasi in Russlands Wäldern zu Hause." Kaminov sieht Vladimir lange an, dann nickt er. „Ich verlasse mich auf sie…" „Das können Sie, Sir! …noch eines… äh… sie machen das nicht umsonst…" „Das habe ich angenommen!" Vladimir nickt zufrieden. Das Thema Geld ist abgehakt. Seine Freunde werden sich nicht zu beklagen haben, weil Kaminov ein großzügiger Mensch ist, wenn alles zu seiner Zufriedenheit abläuft.

Anastassja ist mit den Vorbereitungen voll ausgelastet. Aleksej nimmt die Vorarbeiten für die Wochen in der Hütte von Mira eher gelassen hin und weicht dem vermeintlichen Stress aus, indem er sich mit seinen Freunden zum Angeln trifft. Unmengen von Vorräten müssen bestellt werden, die in ein paar Tagen sofort in die Hütte von Mira geliefert werden sollen. Vladimir besucht, ausgestattet mit einer Kreditkarte von Kaminov, den Trekkingshop in der Stadt. Er hat Anastassja mitgenommen, nachdem sie ihn darum lautstark angebettelt hat. Er hat Kaminov darüber informiert, dass er die Tochter mitnehmen will und es wurde kein Einspruch erhoben. Er ist immerhin der persönliche Bodyguard! Der Vater verlässt sich vollkommen auf den jungen Mann. „Ich bin sooo froh, endlich aus dem Haus zu kommen! Es erdrückt mich! Da kann ich gar nichts mit mir anfangen! Aleksej trifft sich immer mit Freunden, die ich nicht sympathisch finde! Vladimir ich bin sooo froh, dass ich dich habe!" Sie lächelt ihn seufzend von der Seite an. Vladimir fährt den Jeep, den er sich aus dem Fuhrpark Kaminov ausgesucht hat. Anastassja sitzt, ununterbrochen plappernd, neben ihm. Es macht ihm nichts aus. Sie ist so reizend. Am liebsten würde er sie küssen! Er lenkt das Fahrzeug auf den Parkplatz vor dem Shop und dreht sich zu dem Mädchen. „Anastassja!", seufzt er. „Ja…?" „Du… ach was…!" Er greift in ihren Nacken und zieht sie entschlossen zu sich. Mit glutvollen eisblauen Augen nähert er sich langsam ihren Lippen und streift sie zärtlich… ausgiebig… feucht… Anastassja krallt sich haltsuchend in sein knappes Muskelshirt und stöhnt leise. Dann öffnet sie willig ihre Lippen und Vladimir nimmt die Einladung an. Er kostet ihre Mundhöhle aus und umschlingt ihre Zunge mit seiner. Anastassja drängt sich flehend näher zu seiner muskulösen Brust und legt nun ihrerseits ihre beiden Hände um seinen Kopf und zieht unerbittlich an seinen blonden Strähnen. Der innige Kuss dauert… und dauert an… bis er sich fast mit Gewalt losreißen muss. „Mein Gott! Ich muss mich mehr unter Kontrolle halten!", murmelt er. „Vladimir! Das… war… sooo schön!" Anastassja sieht ihn mit ihren rehbraunen Augen verträumt an. „Ich will mehr!" Stöhnend sieht er das Mädchen an. „Mein Gott! Du bist die reinste Versuchung!" Anastassja ist zu einer anmutigen und wirklich bezaubernden jungen Frau herangewachsen. Sie ist jetzt fast zwanzig! Mein Gott, sie war mit fünfzehn schon reizend. Aber jetzt? Jetzt ist sie eine wunderschöne, sexy Frau geworden! Ihre kastanienbraunen Locken sind fast bis zu ihrem Po gewachsen. Ihre Figur ist schlank und dennoch hat sie Kurven an den richtigen Stellen. Ihr Busen ist gerade richtig für seine Hände... und er hat große Hände! Er kann sie nicht lange genug ansehen. Ihre träumerischen, braunen Augen wechseln die Intensität je nach Stimmung. Jetzt sind sie dunkel. Sie starren sinnlich in seine klaren blauen Augen. Sie fordern den Mann ihn ihm heraus. Er will sie. Jetzt. Lange wird er nicht mehr warten können. Aber sie sind hier nicht alleine. Außerdem hat er die Verantwortung für ihr leibliches Wohl. Das kann und darf er nicht vergessen!

Fluchend steigt er aus dem Wagen, geht schnell um das Auto herum und hält ihr die Tür auf, um sie aussteigen zu lassen. Sie nimmt seine Hand in ihre und gemeinsam gehen sie durch die Türe in das Geschäft vor ihnen. Vladimir hat eine lange Liste mit. „Guten Tag! Was kann ich für euch tun?" Der Verkäufer steht plötzlich vor ihnen. Durch die hohen Berge von Taschen und Gerätschaften auf den herumstehenden Tischen kann man den Raum auf keinen Fall überblicken. „Hi! Ich habe vor, mit einigen Leuten ein Überlebenstraining zu machen. Ich habe hier eine Liste mit den Dingen was ich dafür benötige. Der Verkäufer sieht sich die Liste an und fängt an, diese von oben nach unten abzuarbeiten. Vladimir prüft alles genauestens und gibt Kommentare dazu ab. „Die Rucksäcke müssen kleiner sein. Wir sind vielleicht zwei bis drei Tage unterwegs. Dabei brauchen wir nicht so viel herumschleppen." Der Verkäufer präsentiert etwas Kleinere. „Das sind die Kleinsten, die ich hier habe." „In Ordnung!" Sieben flaschengrüne und robuste Rucksäcke werden zur Kasse gelegt. Vladimir braucht noch zu jedem Sack Schlafsäcke, Wasserflaschen, robuste Handschuhe und Schirmkappen. „Das müsste fürs erste genügen!" Er entdeckt Proteinriegel und legt einige Schachteln mit verschiedenen Geschmäckern dazu. Vladimir zückt die Kreditkarte und begleicht die Rechnung.

Anastassja ist inzwischen in dem Laden hin und her geschlendert. Sie sieht sich alles genau an. Einmal probiert sie einen Tropenhelm, dann wieder einen Gürtel, sieht sich die Kleinigkeiten in einem Regal an und lacht über einen lustigen Aufkleber. Sie legt alles wieder sorgfältig zurück und sieht sich nach ihrem Begleiter um. Sie bemerkt, dass er schon bezahlt hat und geht an seine Seite. „Komm hilf mir das Zeugs hinauszutragen!", fordert er sie auf. Sie fackelt nicht lange und greift zu. Mit Hilfe des Verkäufers ist alles schnell in dem Jeep verstaut. Bald sitzen sie wieder nebeneinander und Vladimir küsst sie wieder einmal fordernd. Eng umschlungen krallen sie sich aneinander fest. Ihre Zungen tanzen einen Csárdás und seine Hände begeben sich auf Wanderschaft. „Mehr!", fordert Anastassja ihn auf. Er stöhnt verhalten auf. Seine Daumen ziehen mittlerweile kleine Kreise unter ihrem Busen. Kribbelnde Schauer, einer nach dem anderen jagen wie Stromstöße durch ihren Körper. „Mehr! Ich will mehr!" Keuchend und erregt drängt sie sich seinen Händen entgegen. Sie umschließen ihre Brüste und streifen über ihre steifen Nippel. Dann zwickt er sie und Anastassja gibt wimmernde Laute von sich. Sie ist so was von geil! „Ana…" „Mach weiter…" „Ana… wir müssen aufhören! Wir sind mitten auf dem Parkplatz!" Die Worte dringen langsam, aber sicher zu ihr durch. Seufzend, nach Luft ringend, lässt sie von ihm ab und sie legt, die Augen schließend, ihren Kopf lächelnd auf die Kopfstütze ab. Dann erst sieht sie sich um. Keine Menschenseele ist zu sehen! Ihre Autofenster sind getönt. „Es ist ja keiner da!", protestiert sie. Sie ist noch von den Gefühlen durchdrungen. Sie will noch nicht in die Wirklichkeit zurück. Das was Vladimir mit ihr getan hat, ist ihr noch lange nicht genug! Vladimir sieht auf die entspannt geschlossenen Augen des Mädchens. Der Hals streckt sich bloß vor seinen Augen. Ihr Kopf liegt wieder nach hinten gelehnt. Er will sie! Er will sie schon seit Jahren! Er muss sich gedulden. Sie geht noch zur Schule und er ist ihr Bodyguard! Sie müssen durchhalten! Aber nicht mehr lange! Ein Jahr noch. Dann gibt es kein Halten mehr!

„Vladimir?" „Ja…?" Sie blickt ihn träumerisch an. Ihre braunen Augen glänzen. Unter ihren langen schwarzen Wimpern blickt sie ihn an. „Ich will das! Ich will dich!" „Oh Baby…! Führe mich nicht in Versuchung! Du musst dein letztes Jahr hinter dich bringen und dann… dann…" Er verstummt, gierig in Gedanken, was er alles mit ihr machen will. Sie beobachtet ihn unter halbgeschlossenen Lidern und keucht kurz auf. Seine Begierde ist offensichtlich! Schnell sieht er weg von ihr und lässt kurzentschlossen den Motor

23

an. Er steuert einen Drogeriemarkt an. Sie brauchen Insektenschutzmittel und einige bestimmte Hautcremen. „Wo fahren wir jetzt hin?" „Ich muss noch in das Waffengeschäft Jordan fahren. Ich brauche Munition für meine Glock!" „Für was brauchst du eine Glock?!" „Wenn wir Russlands Wälder durchstreifen, muss ich für alles gewappnet sein. Dort gibt es wilde Tiere! Wenn es hart auf hart geht, bin ich auf jeden Fall der Stärkere!" Sie sieht ihn lange an. „Auf wen will du da schießen?!" „Auf wild gewordene Bären und Wölfe, die dich fressen wollen!", grinsend zwickt er sie in die Taille!" „Aua...!" Sie weicht ihm quietschend aus und schlägt die freche Hand weg. Lachend legt er sie wieder auf den Schaltknüppel und legt einen Gang runter. Die Ampel einige Meter vor ihnen schaltet gerade von grün auf gelb.

„Hallo Ihr Beiden! Ich bin Carl. Was kann ich für euch tun?" „Hi Carl! Ich brauche Munition für meine Glock." Während Vladimir mit dem Verkäufer von Jordan spricht, sieht sich Anastassja verhalten um. Jede Menge Gewehre und Pistolen hängen an den Wänden, oder liegen in Glaskästen. Den Messern aller Arten und Zubehör für den Jäger, zeigt sie besondere Aufmerksamkeit. „Ich brauche noch vier Jagdgewehre mit Munition." Anastassja wird hellhörig. „Wozu brauchst du so viele Gewehre?" „Ich kaufe sie für meine Freunde, die auch bei dem Überlebenstraining dabei sein werden. Dein Vater hat mir freie Hand gegeben." Anastassja nickt. Sie beobachtet Vladimir neugierig aus den Augenwinkeln. Er kann mit Gewehren umgehen. Da ist sie sich sicher. Dann kauft er noch einige Messer. „Für wen sind die hier?", fragt sie nun. „Die habe ich für euch alle gekauft, damit ihr nicht ganz wehrlos herumstehen müsst!" Vladimir drückt ihr schmunzelnd einen schnellen Kuss auf die Nasenspitze. „Vladimir, hättet ihr Lust, auf eine Runde Schießübungen? Im Keller haben wir einen kleinen Schießstand." „Hast du Lust?", erwartungsvoll sieht Vladimir Anastassja an. Sie hat so etwas noch nie getan. Es jagt ihr Angst ein. Aber sie überwindet sich und nickt zögerlich. Er hält ihr seine Hand hin, die sie annimmt und sie folgen Carl die Stufen hinunter. Sie kommen in einen schmalen langen Raum. Hier könnte eine Bowlingbahn hineinpassen. Aber weit vor ihnen, am anderen Ende des Raumes, hängt eine Zielscheibe, mit einem Motiv eines menschlichen Oberkörpers mit Kopf, die an einem Seilzug hin und her gezogen werden kann. Sie stehen vor einem kleinen Tisch, an dem der Seilzug befestigt ist und Carl bringt eine unverbrauchte Zielscheibe an und zieht sie am Seilzug zum Ende des Raumes. Dann bereitet er das erste Gewehr vor. „Wer beginnt?" Anastassja weicht erschrocken zurück. Sie steht neben Carl und hätte beinahe ein Gewehr in ihren Händen gehabt. Angst und Unsicherheit flackert Vladimir entgegen und er übernimmt. Währenddessen teilt Carl Gehörschutz aus. Vladimir stellt die Bügel der großen schwarzen Dinger, die aussehen wie Kopfhörer, für Anastassja ein und setzt sie ihr vorsichtig auf. Nachdem er selbst ein paar auf seinen Ohren hat, nimmt er das Gewehr wieder in seine Hände. Selbstsicher legt er den Kolben an die Schulter, zielt und... Schuss. Die Kugel schlägt fast in der Mitte des Abbildes ein. „Die Schussrichtung ist nicht exakt gerade!" Carl nickt. Er hat soeben bemerkt, dass er einen Profi vor sich stehen hat. Noch nie hat jemand beim ersten Mal so einen Treffer gelandet! Er sieht Vladimir zu, als er sofort wieder nachlädt und ohne lange zu zögern, schießt. Dieses Mal trifft er haarscharf ins Zentrum und er ist zufrieden mit sich.

Vladimir reicht nun Anastassja die gesicherte Waffe. Sie stolpert entsetzt zurück. Es ist ihr nicht ganz geheuer. „Du musst keine Angst haben! Komm ich zeige es dir wie du es machen musst." Sie blickt Vladimir direkt in die Augen und knickt schließlich ein. „Siehst du? Hier schiebst du die Munition hinein und hebst den Vorderlauf nach oben. Ja, Genau... so...!" Er steht hinter ihr und leitet ihre Hände an. Er zeigt ihr, wie sie das Gewehr entsichern muss, um überhaupt einen Schuss abfeuern zu können. Dann legt er ihr das Gewehr an die Schulter. „Wir haben hier ein Schulterpolster. Für den Anfang ist es vielleicht angenehmer...? Vladimir nimmt das Zubehör entgegen und legt ihn ihr zum Schutz, gegen den harten Rückschlag, über die Schulter. Er legt ihr wieder das Gewehr an und hilft ihr die Waffe hochzuhalten. Dabei schmiegt er sich an ihren Rücken und legt die Arme um sie, stützt ihre, um ihr beim

25

Anlegen der Waffe zu helfen. Sie zittert. Sie ist noch nicht soweit. „Valdimir warte!" „Baby, was hast du? Ich stehe hinter dir! Es passiert dir nichts!", flüstert er ihr zu. Obwohl sie beide nichts mehr hören können, weil sie schon die Schützer an ihren Ohren haben, kann Anastassja seinen Atem an ihrem Halsansatz spüren. Etwas beruhigt nickt sie zustimmend. Ihre Locken kitzeln seine Nase. Er führt ihren Zeigefinger an den Abzug und zeigt mit einem anderen Finger auf das Zielfenster. Sie sieht kurz durch, kneift fest die Augen zu und schießt. Das Gewehr schnellt wegen des Rückstoßes in die Höhe und die Kugel schlägt in die Decke ein.

„Hoppla! Das ging ja voll daneben!" Carl sieht belustigt von der Kugel in der Decke, auf Anastassja. Sie sieht ihn aufgebracht an. Sie versteht jetzt keinen Spaß. Sie reißt die Schützer von ihrem Kopf und funkelt den Verkäufer zornig an. „Da hast du dein blödes Gewehr!" Mit Schwung wirft sie es ihm hin. Beinahe wäre es auf den Boden geknallt. „Beruhige dich doch! Beim nächsten Mal wird es besser!" Vladimir versucht sie zu besänftigen. Aber sie wirbelt zu ihm um und knallt ihm eine schallende Ohrfeige auf die Wange. „Ich habe es gewusst! Es ist eine saublöde Idee gewesen! Ich gehe nie... nie... nie mehr mit dir irgendwohin ein idiotisches Gewehr abfeuern!" Sie ist totenbleich. „Ana! Was ist los mit dir?! Es ist doch nichts passiert?" Vladimir ist überrascht. Mit einer Hand seine misshandelte Wange abtastend, greift er mit der anderen nach dem Mädchen. Sie zittert nun am ganzen Körper. Ihre Miene ist starr vor Abscheu. Ihre Arme umschlingen schützend ihren eigenen Körper. Sie zeigt keinerlei Regung mehr. Er schnappt sie um die Taille und zieht sie fest an sich. Er drückt ihr Gesicht an seine Brust. Carl räumt inzwischen den Raum auf. Die Waffe ist gesichert in einem Panzerschrank gesperrt und das Zubehör wird in einem anderen Schrank verstaut. Er geht voraus und hebt den Schlüssel hoch. Vladimir hat verstanden. Er kann mit ihr noch hier bleiben und soll dann absperren, wenn sie nach oben kommen.

„Baby! Sprich mit mir!" Er versucht ihr in die tränennassen Augen zu sehen. Sein Herz blutet. So verstört hat er sie nur einmal gesehen. Als ihr Zwillingsbruder Aleksej entführt wurde, ist sie fast zusammen gebrochen. Dieses Mal tickt sie wegen einer Waffe aus?! Er bekommt jetzt keine Antworten aus ihr heraus. Er zieht ein Taschentuch aus seiner Hose und tupft ihr die Tränenspuren trocken „Gehen wir?" Anastassja nickt zaghaft. Vladimir wickelt noch schnell das Geschäft fertig ab und Carl versichert ihm, dass die Ware noch morgen geliefert wird. Bald darauf stehen sie wieder auf der Straße. Er hilft ihr in den Wagen und schnallt sie fürsorglich an. Er sieht sie an und küsst sie überall zärtlich im Gesicht. Schniefend erwidert sie den abschließenden Kuss auf ihren Lippen und es zaubert ein kleines Lächeln auf ihr Gesicht. Anastassja ist kein Kind der langen Traurigkeit. Als sie wieder zu Hause ankommen, lacht sie fröhlich aus vollem Halse und Vladimir stockt der Atem. Diese schöne Frau wird bald ihm gehören! Er schluckt seinen Frust hinunter und holt sie noch immer lachend aus dem Auto. „Vladimir das war ja richtig lustig!" Vladimir hat ihr eine fröhliche Begebenheit aus seiner eigenen Kindheit erzählt und sie somit erfolgreich aus ihrem Trauma herausgeholt. Ausgelassen, wie sie immer ist, wenn sie fröhlich ist, tänzelt sie singend den Weg zum Haustor hinauf. Der Butler hat ihre Ankunft schon bemerkt und hält die Tür bereits für sie offen. „Danke, Joseph! Wie geht es dir? Alles gut?" „Ja, Fräulein Anastassja!" Die Kaminov haben einen deutschen Butler der alten Schule in ihrem Hause. Anastassja lacht ihn charmant an und stürmt weiter. Joseph lächelt ihr schmunzelnd nach. Dieses Mädchen ist ein richtiger Sonnenschein, denkt er sich. „Hallo Joseph!" „Herr Kaliko!" Der Butler verbeugt sich andeutend zum Gruße. „Bitte sagen Sie Vladimir zu mir!" „Wie Sie wünschen... Vladimir!" Wieder eine kleine Verbeugung und Vladimir folgt Anastassja nach. Sie ist gerade dabei ihren Eltern alles zu erzählen. Leise lächelnd setzt er sich ihr gegenüber auf einen Sessel und beobachtet sie. Aufgeregt kommt sie von einem Thema in das andere. Ihre Mutter sitzt da und hört ihr lächelnd zu. Die Hände der beiden sind ineinander gelegt. Herr Kaminov bietet Vladimir inzwischen ein Glas Hochprozentiges an, das dieser gerne annimmt.

Am Abend will sich Anastassja mit ihrem Bruder austauschen und geht durch die Verbindungstüre ihrer beiden Zimmer. „Aleksej schläfst du schon?" Sie steht hochaufgerichtet vor seinem Bett. Er seufzt. „Nein, jetzt nicht mehr. Was willst du?" „Ich muss mit dir reden!" „Jetzt noch? Es ist gerade Mitternacht vorbei! Lass mich in Ruhe! Geh wieder ins Bett!" „Aber Aleksej, ich kann nicht schlafen! Ich habe so viele Gedanken in meinem Kopf!" Widerwillig rückt er zur Seite und macht ihr Platz. Sofort nimmt sie sein Angebot an und schlüpft unter seine Decke. Früher haben sie das oft gemacht. Sie ist oft zu ihm, um sich ihm mitzuteilen. Es hat ihm ja auch nie viel ausgemacht. Sie war seine kleine Schwester und schutzbedürftig, die mit all ihren Sorgen zu ihm gekommen ist. Aber heute ist sie schon eine junge Frau. Er ist sich voll bewusst, dass er solche Situationen meiden sollte. Wie sieht das aus? Was würden seine Eltern sagen, wenn er mit seiner Schwester in einem Bett schläft?! Sie sieht etwas verstört aus. Aber morgen muss er ein ernsthaftes Wort mit ihr sprechen! „Was gibt's?" Er ist mitten aus einem schönen Traum geholt worden. Er reibt sich schlaftrunken die Augen. „Vladimir!" „Was ist jetzt schon wieder mit ihm?!" Er kennt die Geschichte. Vladimir steht auf seine Schwester. Aber Aleksej weiß, dass Vladimir sich zurückhält, bis die Schule vorbei ist. Er vertraut darauf, dass der Mann sein Wort hält.

„Er hat mich heute in ein Waffengeschäft mitgenommen. Wir sind in den Keller gegangen, um zu schießen! Ich habe deswegen schlecht geträumt!" Shit. Wie konnte Vladimir das tun? Anastassja ist sehr sensibel! Schützend legt er einen Arm um seine Schwester und meint: „Ist ja schon gut! Ich beschütze dich! Schlaf jetzt!" Eingehüllt in die vertrauten Arme ihres Bruders schläft sie bald ein. Aleksej ist jetzt munter. Es ist ihm zu warm und bald schält er sich aus der Hitze der Decke, geht hinüber in das Nebenzimmer und legt sich in Anastassjas Bett.

Früh am nächsten Morgen wird er wieder brutal aus seinem Schlummer gerissen. „Was machst du hier?" Jetzt steht Vladimir hoch aufgerichtet vor ihm. Knurrend dreht er sich um und zieht die Decke über seinen Kopf. „Geh weg!" Vladimir rüttelt ihn an der Schulter. „Wo ist deine Schwester!" „Drüben!" Vladimir verschwindet durch die Verbindungstüre. „Einen wunderschönen Guten Morgen!" Anastassja ist gerade am Aufstehen und strahlt Vladimir ausgeruht an. Sie geht auf ihn zu und legt ihre Hände um seinen Kopf und zieht ihn an seinen Haarsträhnen zu sich hinunter. Ihr lockender Mund kommt näher an seinen. Instinktiv hat Vladimir seine starken Arme um ihren Körper gelegt. Sie küssen sich. Ihre Zungen berühren sich auf eine erotische Weise, die alles andere vergessen lässt. „Was machst du hier?" „Ich konnte nicht schlafen!" „Gehst du immer zu deinem Bruder, wenn du nicht schlafen kannst?" „Mhm…" Sie küsst ihn wieder. „Du kommst in Zukunft zu mir, wenn du Schlafstörungen hast. Alles klar?" Normalerweise regt sie ein Tonfall wie dieser auf, aber seine dominante Stimme beruhigt sie. Er hält sie weiterhin fest, als sie loslassen will. „Hast du mich gehört?" Seine eisblauen Augen starren sie zwingend an. Sie nickt. „Okay, mach dich fertig und dann ab zum Frühstück!" Aufmunternd gibt er ihr einen Klaps auf den Po. Quietschend hüpft sie einen Schritt nach vorne und verschwindet im Badezimmer. Vladimir streckt sich auf dem Bett aus, das eigentlich Aleksej gehört, um sie nachher hinunter zu begleiten.

Aleksej sitzt schon in der Küche. Die Kinder haben immer in der Küche gefrühstückt. Es ist ihnen hier lieber als im Salon. Meike, die Köchin umsorgt ihn herzlich. „Was kann ich dir noch bringen, mein Lieber? Vielleicht ein Ei? Weich, oder hart?" Sie sieht ihn liebevoll lächelnd an. Sie hat ihn als Baby in ihren Armen gewiegt. Jetzt erkennt sie mit Stolz einen kräftigen jungen Mann vor sich. Dennoch legt sie ihm, mit einer Vertraulichkeit, einen Arm um die Schulter und wartet fragend seine Antwort ab. Nur sie darf das machen. In seiner Kindheit ist er stets mit seinen Sorgen zu ihr gekommen und sie hat ihn immer beruhigt und ihn zum Lachen gebracht. Sie ist seine heimliche zweite Mama. „Meike, ich liebe deine weichgekochten Eier! Das weißt du doch!" Meike lacht. Zufrieden mit seiner begeisterten Antwort, watschelt sie summend mit ihrem korpulenten Körper davon. „Anastassja und Vladimir kommen sicher gleich nach. Kannst du mehr von deinen köstlichen Eiern machen?" „Aber sicher doch!" …und nimmt eine Sechserpackung Eierkarton aus dem Kühlschrank. Besser sie macht mehr, als zu wenig, ist ihre Devise. Aleksej wird zwei nehmen und Vladimir kann schon drei verkraften, denkt sie sich. Vladimir ist ein hübscher Mann. Er wäre ein idealer Ehemann für ihre Anastassja! Sie spinnt sich schon Zukunftsgedanken für ‚ihre' Zwillinge aus. Sie braucht noch eine schöne Frau für ‚ihren' Aleksej! …aber halt! Da fällt ihr ein, dass einmal ein hübsches Mädchen mit Aleksej hier gewesen ist?! Sie denkt nach und nach und nach…

„Meike! Meike! Meeeiike!" irritiert wird sie aus ihren Gedanken gerissen. Sie dreht sich um. Anastassja lacht sie an. „Wo warst du Meike?" Oh… ja… Ihre kleine Anastassja und Vladimir sind schon da! „Die Eier sind fertig!" Fröhlich serviert sie und schenkt dem jungen Paar Kaffee in großen Tassen ein. „Guten Morgen!" „Dir auch einen schönen guten Morgen, Meike!" Anastassja springt auf, umarmt und küsst die Frau innig auf die Wange. Zufrieden geht die Köchin wieder an ihren Herd und werkelt zufrieden mit sich und der Welt weiter.

„Wann fahren wir zu Mira?" Vladimir sieht von seinem Ei hoch. „Sobald wir hier wegkönnen. Was liegt bei euch noch an?" „Eigentlich gar nichts mehr. Wir können sofort los!" Aleksej kann es gar nicht schnell genug gehen. Hier in seinem Elternhaus ist zu wenig los. Er war mit seinen Freunden angeln und hat die Fische Meike mitgebracht, die sie gerne für ihn zubereitet hat. Jetzt sitzt er den ganzen Tag nur mehr fade herum und weiß nichts mit sich anzufangen. „Haben wir alles eingekauft? Sind die Lieferungen angekommen?" „Die Vorräte werden direkt geliefert. Die

Sachen für das Überlebenstraining sind im Auto verstaut. Die Waffen müssten jederzeit ankommen." Anastassja sitzt still daneben. Sie fühlt sich unwohl, wenn das Gespräch auf die Waffen fällt. „Dann können wir heute Abend starten?" Vladimir nickt. „Sobald alles da ist..." Kauend nickt er Aleksej zu, der selbst zufrieden in sein Honigbrot beißt. „Wir müssen die anderen verständigen, Aleksej!" „Kannst du die Leute anrufen? Du machst das ja gerne!", delegiert Aleksej diese Aufgabe an Anastassja weiter. „Ja sicher..." Sie ist mit ihrer Semmel auf ihrem Teller beschäftigt. „Ich habe noch einen Kuchen! Wer möchte ein Stück?" Meike steht hinter ihnen. Sie hat ein großes Serviertablett in ihren Händen. Ein weißes Spitzenpapier schaut an den Rändern hervor. „Kirschkuchen!", fügt sie noch hinzu. „Meike! Ich möchte welchen haben! Er riecht wunderbar und sieht auch so aus!" Meike grinst von einem Ohr zum anderen. Aleksej hat sie wieder einmal voll um seinen Finger gewickelt. Meike stellt den Teller auf den Tisch und schneidet ein paar großzügige quadratische Kuchenstücke auf und verteilt sie, dick mit Staubzucker bestreut, an alle drei am Tisch. „Mmmm... schmeckt fantastisch!" Meike freut sich, wenn die jungen Leute einen großen Appetit haben. Leise russische Lieder singend, werkelt sie in ihrer Küche weiter...

Anastassja sitzt in ihrem Zimmer und telefoniert gerade mit Verena, ihrer Freundin aus der Schule. „Hi, Verena! Wie geht es dir?" „Anastassja! Danke, sehr gut! Was macht Aleksej?" Sie ist Aleksejs Freundin seit dem ersten Schuljahr. „Gut. Er hilft gerade Vladimir bei den Vorbereitungen. Wir fahren morgen zur Hütte! Wann geht's bei dir?" „Ich kann jederzeit kommen! Ich werde Florian bitten, mich mitzunehmen. Alleine finde ich nicht dorthin." Sie lacht. „Aleksej wird Augen machen, wenn du dort aufkreuzt!" „Ja! Ich bin schon gespannt darauf. Meine Eltern sind froh, dass sie keinen Alternativurlaub buchen müssen! Ich habe ihnen versichert, dass ich gerne mit euch mitfahren möchte und sie haben daraufhin gesagt, dann bleiben sie eben zu Hause." „Was gibt es Neues?" „Eigentlich tut sich bei uns überhaupt nichts. Echt öde! Was macht Vladimir bei euch?" „Ja... Vladimir..." Anastassja seufzt. Sie hat schon darauf gewartet, dass das richtige Stichwort fällt. „Erzähl mir! Was ist gelaufen!" Verena ermuntert sie zum Weitersprechen. Anastassja kichert. Irgendwie ist es ihr doch peinlich, aber... „Vladimir und ich haben uns geküsst! Wahnsinn!" „Ihr habt euch schon früher geküsst!", wirft Verena ein. „Ja... aber dieses Mal... äh... es war sooo sexy! Er hat so schlimme Sachen gesagt und so..." Anastassja verstummt. Sie ist ganz in Gedanken bei Vladimir. „Anastassja! Lass mich jetzt nicht hängen! Was hat er gesagt?!" „Er hat gesagt... äh... ich kann das nicht sagen! Es ist irgendwie... na ja... wie soll ich sagen... peinlich?" „Dann lass es!" Verena ist eingeschnappt. „Sei mir nicht böse! Aber ich kann darüber noch nicht sprechen! Es ist noch sooo neu für mich!" „Ach was, es ist nicht weiter schlimm!", besänftigt Verena sie. „Wir sehen uns ja bald." „Ja, Aleksej wird Augen machen!" Sie legen auf.

Sie wählt Michael an. „Hi, Ana! Freut mich, von dir zu hören! Wann sehen wir uns?" Er kommt gleich zur Sache. „Hi. Ihr könnt schon einmal starten. Ich hoffe, dass ihr alleine hinfindet. Verena müsst ihr abholen. Sie findet nicht alleine hin. Verratet nichts Aleksej. Es soll eine Überraschung werden!" Anastassja kichert. „Sicher, kein Problem." „Was ist mit Emilie? Kommt sie auch?" „Ja, sie ist zurzeit bei uns. Sie freut sich schon!" „Es ist Anastassja", hört sie leise im Hintergrund. „Gib mir Emilie!" „Hi, Ana. Ich freue mich auf euch. Ich hoffe, dass ich mich nicht aufdränge?" „Wo denkst du hin! Du bist unsere Freundin! Wie geht es dir mit Michael?" „Es geht..." Emilie ist kurz angebunden. Offensichtlich ist Michael in der Nähe. Sie legen bald auf.

Zuletzt ruft sie Alexander an. „Alexander! Ich vermisse dich soo schrecklich!" „Süße, ich vermisse dich auch! Wann sehen wir uns endlich?" „Wir fahren morgen zur Hütte! Wir haben alles beieinander! Es wird spannend. Vladimir hat vor, mit uns ein Überlebenstraining zu machen!" „Vladimir? Ist er bei dir?" Alexander ist eifersüchtig. Er liebt seine Anastassja. Sie sind ebenfalls seit dem ersten Schuljahr beisammen. Vladimir ist ihm ständig im Weg gestanden. „Vladimir soll mich weiterhin auf Schritt und Tritt verfolgen. Er ist mein persönlicher Bodyguard! Das weißt du ja!"

„Ja...ja..." Er ist verstimmt. Er hätte vielleicht doch ihre Einladung zu ihr nach Hause annehmen sollen. Vladimir ist zu besitzergreifend gegenüber seinem Mädchen! Er weiß, dass Anastassja ihm und Vladimir zugetan ist, aber er ist sich seiner nicht allzu sicher. „Ich fahre dann morgen weg." „Super! Wir sehen uns dann! Bussi!" Sie schnalzt ihm einige Schmatzer durch das Telefon. Er lacht. „Ich liebe dich!" „Ach Alexander! Ich liebe dich auch so sehr!" Sie seufzt und legt gedankenvoll auf.

Sie überlegt, wen sie noch einladen könnte. Es sind sechs Burschen und nur drei Mädchen. Sie will unbedingt noch ein oder zwei Mädchen dabei haben! Sie wählt Nora an. Sie war kurz mit Florian ein Paar. Aber sie sind freundschaftlich auseinander gegangen. Das könnte gehen. Sie wählt. „Hi Nora!" „Anastassja!" Nun freut sie sich, dass sie ihre Freundin angerufen hat, denn sie klingt wirklich erfreut, sie zu hören. „Wie geht es dir? Ich vermisse euch schon alle!" „Da kann ich dich beruhigen! Willst du zu uns in die Hütte fahren?" „Meinst du die Hütte deiner Tante Olga?" „Mhmm!" „Gerne! Wer kommt noch alles?" Anastassja zählt auf. „Weiß du, ich wollte dich wirklich schon in der Schule fragen, aber es ist so viel dazwischen gekommen, dass ich ganz darauf vergessen habe! Es tut mir wirklich soo leid!" Anastassja ist echt zerknirscht. „Ach... das macht ja nichts. Jetzt lädst du mich ja ein! Sag mal, ich habe da eine wirklich liebe Nachbarin, die heuer von ihrem Freund sitzen gelassen wurde. Glaubst du, dass ich sie mitnehmen könnte?" Anastassja ist erfreut über den Vorschlag. „Nora, das ist super! Dann haben wir nicht so viele Männer!" Sie lachen beide. „Wie heißt deine Nachbarin?" „Gabrielle! Eine ganz Verrückte! Mit ihr kann man Pferde stehlen!" Anastassja versichert ihr, sich darum zu kümmern, dass sie beide abgeholt werden und notiert sich die Adresse.

Aleksej kommt ins Zimmer. „Was machst du hier?" „Ich rufe unsere Freunde an, damit sie wissen, dass wir ab morgen in der Hütte sind. Sie haben schon darauf gewartet. Aber mir fehlt noch ein Mädchen. Dann sind wir gleich viel Mädchen und Männer!" Aleksej zuckt gleichgültig die Achseln. Seine Verena ist nicht dabei. Irgendwie ist ihm die Lust auf alles vergangen. „Ruf doch Klaudia an! Ihr ist sicher fade mit ihren alten Großeltern zu Hause!" „Das ist wirklich eine gute Idee!" Sofort scrollt sie den Namen auf. Sie wartet und wollte schon auflegen, als sie die Stimme ihrer Cousine hört. „Klaudia Tschakowa." „Hi Klaudia!" „Ana!" „Klaudia hast du Lust mit Freunden von uns in die Hütte zu fahren?" „Ob ich Lust habe aus dem Haus zu kommen?! Das fragst du noch?! Mensch Ana, natürlich habe ich Lust! Wann! Sag mir nur WANN!" Anastassja lacht über so viel Eifer. „Wir fahren morgen! Können wir dich gleich mitnehmen?" „Oje! Ich muss erst um Urlaub ansuchen!" ...Klaudia überlegt... „Leg auf! Ich rufe dich zurück!" Nicht einmal zehn Minuten später ist sie schon am Apparat. „Ich komme!" „So schnell geht das?" „Ja, mein Boss meint, dass es im Sommer nicht so viele Aufträge gibt und deshalb ist es kein Problem, wenn ich Urlaub nehme! Drei Wochen hat er mir genehmigt! Stell dir das vor! Ich bin ja so aufgeregt! Ich muss Schluss machen, ich habe noch so viel zu erledigen! Shoppen..." Klack! Sie hat aufgelegt. Anastassja sieht verwundert auf ihr stummes Handy und schüttelt lachend den Kopf. „Wir holen sie morgen ab.", informiert sie ihren Bruder. Wegen Nora und Gabrielle muss sie mit Vladimir reden. Irgendwer muss sie abholen. Sie geht hinaus, um ihn zu suchen und findet ihn vor der Haustür mit einem fremden Mann.

„Hi. Vladimir kann ich dich kurz sprechen?" „Natürlich. Gleich. Ich will dich noch kurz einem Freund von mir vorstellen. Das ist Havar. Er ist Überlebenstrainer, speziell in den Wäldern Russlands... wie ich. Havar, das ist Anastassja... die Tochter von Kaminov." Anastassja steht vor einem überdimensionalen grinsenden Monster. Der Mann ist so breit wie hoch! Seine strubbeligen roten Haare und blauen Augen, lassen ihn aussehen, als stamme er von den Wikingern ab. Havar streckt Anastassja seine riesengroße Pranke hin und sieht ihr tief in die Augen. „Warum starrst du mich so an?!" Verblüfft über die Beherztheit des Mädchens lacht Havar aus vollem Halse. „Deine Freundin ist nicht nur schön, sondern auch direkt. Das gefällt mir!" Tief errötend weicht sie zurück. Aber Vladimir holt sie an seine Seite. „Vergiss nicht, zu wem sie gehört. Dann bleiben wir gute Freunde!" Anastassja schmiegt sich an die Seite Vladimirs. Havar hebt beschwichtigend beide Hände vor sich in die Höhe. „Ana was wolltest du gerade?" Sie besinnt sich wieder ihrer Mission. „Ich brauche jemanden, der Nora und ihre Nachbarin Gabrielle von zu Hause abholt. Ich habe sie eingeladen." Sie verrät die Adresse ihrer Freundin und Havar fällt ihnen mit seiner besonders tiefen Stimme ins Wort. „Da kann ich aushelfen! Ich bin da ganz in der Nähe. Ich hole die beiden morgen früh ab! Sag es Ihnen!" Gesagt, getan. „Nora! Ich habe einen Chauffeur für Euch! Er kommt morgen bald in der Früh." Anastassja sieht kurz auf Havar, dann meint sie: „Ja, er ist heiß… Ja, ich gebe sie ihm! Ich freue mich auf euch! Bis morgen!" Anastassja gibt ohne weiteren Kommentar die Nummer von Nora an Havar weiter und hüpft frohgemut von dannen. „Deine Freundin ist eigenartig. Aber ich werde sie kennenlernen und darauf freue ich mich besonders!" Havar guckt dem Mädchen schmunzelnd nach. Das warnende Knurren neben ihm ignoriert er geflissentlich.

# Freunde

Endlich ist es soweit. Der Jeep ist beladen bis obenhin. Valdimir und die Zwillinge haben gerade so Platz. Der Anhänger hinter ihrem Auto ist ebenso vollbepackt. „Schnallt euch an! Es geht los! Ana hast du alles?" Vladimir ist gutgelaunt. Die vornehme Stimmung in dem großen Haus der Kaminov drückt auf sein Gemüt. Er braucht Bewegungsfreiheit. Er ist die letzten Tage, so oft es möglich gewesen ist, mit Anastassja ausgefahren. Er hat immer einen Grund dafür gefunden. „Ich habe alles. Fahr endlich!" Anastassja winkt ihrer Mama hektisch zu. „Mama! Ich rufe dich an, wenn wir angekommen sind!" ...und schickt ihr viele Küsschen. Frau Kaminov winkt ebenfalls. Eigentlich sind die Eltern froh, bald alleine zu sein. Sie sind es nicht mehr gewohnt, die Kinder ständig um sich zu haben. Anastassja ist nach wie vor eine lebhafte Tochter und hat für einigen Wirbel in ihrem Haushalt gesorgt. Die Kaminov werden die Ruhe wieder genießen können.

Vladimirs Handy läutet über die Freisprechanlage. „Havar. Was gibt es?", meldet er sich kurz. „Ich habe die Mädchen abgeholt. Meine Fresse! Sie sind heiß!" Vladimir und seine Reisebegleiter hören das Gekicher der beiden Mädchen. „Halte dich zurück! Ich warne dich!" „Keine Sorge! Ich bin ganz brav!" „Gut. Wir treffen uns bei der Ausfahrt." „Alles klar!" Vladimir drückt den Knopf. Sie fahren stumm über die mäßig befahrene Autobahn, bis sie die gewählte Ausfahrt erreicht haben und fahren ab. Vladimir stellt den Jeep auf einen Parkplatz, steigt aus und streckt und dehnt seinen angespannten Körper. Anastassja, an den Jeep gelehnt, starrt Vladimir genüsslich an. Ihr gefällt der muskulöse Körper des Mannes. Aleksej schlendert zur nahe gelegenen Imbissstube und kauft sich einen Hotdog. „Ich habe auch Hunger!" Der Magen von Anastassja knurrt und sie fordert von ihrem Bruder das nötige Kleingeld. „Ich mach das schon!" Vladimir kommt ihr zuvor und nimmt sie resolut bei der Hand, um sie gefahrlos zum Stand zu bringen. Er traut ihr nicht so recht zu, dass sie auf die anderen Autos, die hier kreuz und quer über den Parkplatz fahren, Acht gibt. Sie stehen vor der Bude. „Was willst du essen?" „Käse Krainer mit Kartoffelsalat!" Vladimir fordert die Bestellung zweimal durch die Glasöffnung und lehnt sich entspannt an den Tresen. „Willst du auch etwas trinken?" Anastassja sieht sich die Möglichkeiten auf dem Regal, zur Ansicht aufgestellten Flaschen, an. „Eine Cola Zero bitte!" Vladimir wendet sich abermals an den Verkäufer und meint schließlich zu Anastassja: „Kannst du gleich mal einen Tisch da drüben besetzen? Wie es aussieht kommen gleich einige Leute hier herüber. Dann haben wir zumindest einen guten Platz für uns." „Aber sicher!" Sie gibt ihm ein Küsschen auf die Wange und schnappt sich die Cola Zero und das zweite Cola für Vladimir und begibt sich zu dem Stelltisch etwas weiter weg. Summend steht sie wartend angelehnt an dem Tisch und beobachtet Vladimir vor der Bude. Er unterhält sich mit dem Verkäufer und sie lachen beide über einen Witz.

„Wen haben wir da? So ganz alleine hier draußen?" Anastassja erblickt zwei Männer, die sich ihr nähern. Der eine ist dick und ungepflegt mit einem Körpergeruch der die junge Frau schaudern lässt. Der andere ist ebenfalls korpulent mit Glatze und tätowiert an Armen und Glatze. „Ich bin nicht alleine!", meint sie vorab, in der Hoffnung, dass sich die Männer trollen. Die Männer stellen sich jedoch links und rechts zu ihr und starren sie absichtlich genussvoll an. „Ich brauche mehr Platz! Ihr seid mir unangenehm!" „Oha! Hast du das gehört? Wir sind ihr unangenehm! Wie vornehm!" Der Glatzköpfige umfasst mit seinen Pranken ihren Oberarm. „Lassen Sie mich sofort los! Aua! Vladimir!" Während sie noch nicht einmal direkt nach Vladimir gerufen hat, ist eine Faust in dem Gesicht des anderen gelandet, sodass dieser ein paar Schritte rückwärts strauchelt. Vladimir holt noch einmal aus und verpasst dem Glatzkopf einen Kinnhaken. Dieser schüttelt sich grollend und blickt auf seinen Angreifer und wackelt bedauernd seinen Kopf. „Ts… ts… ts!" Wie ein Stier zieht er den kahlen Kopf ein und rammt sich in Vladimirs Solarplexus. Vladimir geht die Luft aus. Vornübergebeugt, harrt er stöhnend auf den Knien den fiesen Schmerz durch und richtet sich langsam wieder auf.

Die beiden Männer grinsen hämisch und stehen abwartend da. „Ihr seid soo gemein! Ihr… ihr… ihr… Hornochsen!" Anastassja fällt nichts Gemeineres ein und eilt besorgt zu ihrem Freund. „Hey, schöne Frau! Wir haben gewonnen. Du gehörst jetzt uns!" „Äh… warum?" Anastassja hat keine Ahnung, was die beiden noch hier wollen. „Dein Freund ist ausgeknockt und du gehst mit uns!" „Nur über meine Leiche!" Havar! Gerade als sich der Glatzkopf umgedreht hat, landet eine große stählerne Faust auf seiner Nase. Ein Knacksen und ein lautes Gebrüll ist die Antwort. Die Nase ist gebrochen. Blut spritzt über den Asphalt. Der andere weicht vorsichtshalber zurück und meint zu seinem Kompagnon: „Komm schon Kumpel, wir gehen!" Er hilft dem blutüberströmten Freund in die Höhe und sie verschwinden, sich gegenseitig stützend. „Ja! Haut nur ab, ihr widerlichen Kerle!", ruft ihnen Anastassja mit einer drohenden Faust hinterher.

Havar lacht dröhnend. „Das wird ja immer spannender! Mensch Vladimir, ich bin froh, dass ich deinem Ruf gefolgt bin." „Ja, ja!", brummt Vladimir. Sein Appetit ist ihm vergangen und übergibt seine Käse Krainer seinem Freund Havar, der sie genüsslich schmatzend annimmt. „Danke, dass du uns geholfen hast!" Anastassja weiß, was sich gehört. „Deine Freundin gefällt mir, mein Freund!" Havars Augen leuchten hell. Vladimirs zieht sie verärgert weg von der Bude. „Was ist mit dir? Du bist unhöflich! Havar hat uns geholfen und du ärgerst dich?!" Sie versteht die Welt nicht mehr. Sie wird an Aleksej, an Nora und an Gabriele, die mit Havar gekommen sind, vorbeigezogen. „Hi Nora! Hi Gabe!" Die Mädels winken perplex hinter ihnen her. Was für ein Schauspiel. Warum ist Vladimir so verärgert? So ausgerastet ist er noch nie! Am Jeep angekommen, fordert er sie grimmig auf, einzusteigen und schmeißt die Autotür mit einem lauten Knall zu. Dann kommt er auf die andere Seite und setzt sich hinter das Steuer. „Anschnallen!" Er startet. „Halt! Aleksej ist noch nicht da!" „Er kann mit den anderen mitfahren!" Sie sagt nichts mehr und sie sitzen, während der ganzen Fahrt bis zur Hütte, stumm nebeneinander. Ob die anderen jetzt hinter ihnen nachkommen, oder nicht, ist ihm schnurzegal. Unterwegs greift sie nach seiner Hand. Vielleicht braucht er eine Beruhigung? Er nimmt sie schweigsam an und drückt sie fast schon zärtlich. Sie belässt es so wie es ist. Jetzt begleitet ihr Schweigen ein Lächeln auf ihrem Gesicht. Er ist nicht auf sie böse, beruhigt sie sich.

Sie fahren durch den dichten Wald. Irgendwann lichtet es sich und sie erspähen die Hütte auf einem freien Gelände. „Hier ist ja asphaltiert worden! Früher konnte man nur über eine Rumpelpiste fahren!" Anastassja ist erstaunt. Geschmeidig fährt Vladimir auf der Straße, die von großen, dicht gewachsenen Nadelbäumen gesäumt ist. Dann erhellt sich die Strecke und die große Lichtung erstreckt sich vor ihnen. „Wow…" Mit großen Augen bestaunt Anastassja das neu gebaute Blockhaus. Vladimir lenkt auf ein Carport für mehrere Wagen zu und parkt ein. Beeindruckt steigt sie aus. Sie beachtet die anderen Wagen, die ihnen gefolgt sind, nicht weiter. Sie ist neugierig. Langsam schreitet sie voran und begutachtet das neue, mit dunklen Stämmen, gebaute Haus, bis sie zur Haustüre kommt. „Hallo, ich bin Anastassja! Du musst Mira sein.", stellt sie sich vor. „Willkommen! Willkommen meine Liebe! Du musst Nikitas Tochter sein! Du bist ihr wie aus dem Gesicht geschnitten!" Sie umarmt liebevoll die junge Frau. „Wie bist du mit mir verwandt?" „Ich bin eine entfernte Cousine deiner Mama!" Anastassja nickt geistesabwesend. Mira ist ein mütterlicher Typ und nicht mehr ganz so jung. Sie wirkt wie eine liebevolle Großmutter, die auf ihre Enkel aufpassen muss. Sie ist das Gegenteil von Olga. Während Olga eine wüste, hexenhafte Erscheinung war, ist Mira das genaue Gegenteil… sauber, adrett und vor allem gepflegt.

Anastassja ist noch immer gedanklich mit dem Haus beschäftigt. „Kann ich mir das Haus einmal von außen ansehen?" „Sicher! Vladimir zeig ihr alles!" Er lässt sich nicht zweimal bitten und nimmt Anastassja zu einem Rundgang mit. „Da haben wir noch den Stall, den ich letzten Sommer erneuert habe. Das Material habe ich von dem alten Haus beiseitegelegt. Komm gehen wir hinein." „Vladimir, schau! Da sind ja wieder kleine Kätzchen! Ach wie süß!" Die junge Frau ist ganz entzückt und kniet sich in das Stroh, das ringherum auf dem Boden verstreut ist. Streichelnd summt sie vor sich hin. Die Kätzchen, anfangs scheu, werden zutraulicher. Anastassja hat Übung im Umgang mit den Tieren. Hat sie doch bei Olga auch immer die kleinen Katzen versorgt. „Komm gehen wir weiter! Das Pony und die Ziege sind auch noch da! Sieh nur!" Er zieht sie zur Weide. „Da sind ja noch ein Esel, Enten und Hühner! Ach wie süüüß…" Sie ist begeistert. Der Esel kommt neugierig herbei gerannt. iah… iah… iah… Hinter dem Grautier meckert eine Ziege. Aufgeregt, ob des plötzlichen Tumults schnattern die Hühner und flattern gackernd hoch. Lachend zieht sie des Esels Ohren lang und streichelt über seinen Kopf. Iah… Auch die Ziege kommt nicht zu kurz. Meckernd stößt sie ihre Hörner in den Hintern des Grautiers und er weicht unwillig zur Seite. Anastassja reißt eine Handvoll Grasblumen zu ihren Füßen aus und füttert damit die Ziege, die gierig zuschnappt und dann genüsslich die Blumen frisst. Fröhlich lacht Anastassja auf. „Komm weiter!" Ausgelassen folgt sie dem Mann, der hinter das Blockhaus geht. „Hier ist ein Schuppen, wo das Brennholz und die Gartengeräte gelagert werden. Die Hütte wird, wenn es sehr, sehr kalt ist, nur mit Holz beheizt. Bei mäßigen Temperaturen im Winter bleibt es innen schön warm.

Sie hören Motorengeräusche. Neugierig guckt sie um die Ecke. Die Jackson sind da… und Aleksejs Überraschungsbesuch! Sie rennt, um Verena aufzuhalten. „Wo ist Aleksej?" „Ich denke, er ist in der Hütte. Da! Er kommt gerade heraus." „Halt ihn auf, bitte!" Anastassja läuft weiter zum Auto, das gerade einparkt, winkt und fuchtelt mit ihren Armen. „Hi Emilie! Sag Verena, sie soll noch im Auto bleiben! Micha… Seb… ich habe euch vermisst! Florian schön, dass du da bist!" Sie umarmt sie alle voller Elan. „Hi, Herr Jackson!" Sie sieht ihn schmachtend an. Ein so schöner Mann! „Wo ist ihre Frau?" Sein Lächeln haut sie fast um. Die blauen Augen, die gleichen die Florian hat, lächeln sie an. Er beugt sich zu ihr hinunter und umarmt sie mit seinen muskulösen Armen. Ihre Gesichtsfarbe wechselt zu einem tiefen rot. „Noah, bitte!" „Äh… ja… Noah!" Hilflos lässt sie sich die Umarmung gefallen und fühlt seine ausgeprägten Brustmuskeln. Wow… Dann steht sie plötzlich frei. Sie strauchelt. Noah grinst. Seine Wirkung auf das weibliche

Geschlecht, egal welchen Alters, ist immer gleich. Er legt es aber immer wieder darauf an... wie in alten Zeiten. Einmal Rocker... immer Rocker! „Sarah ist bei den Zwillingen geblieben." „Den Zwillingen wird es sicher hier gefallen. Vielleicht können sie und ihre Frau mit den Kleinen ein paar Tage hier herauskommen? Ich würde mich sehr darüber freuen! „Bitte sag doch du zu mir! Dann fühle ich mich gleich besser!" Sie erstarrt entzückt bei seinem Lächeln. Seine lachenden Augen erstrahlen in einem tiefen Meeresblau und blicken tief in ihre großaufgerissenen braunen Augen. Ihr Teint vertieft sich wieder in ein sattes rot und sie blickt verlegen weg.

„Anastassja! Lass mich endlich los! Was hast du nur!" „Aleksej! Komm, ich habe eine Überraschung für dich!" Sie zieht ihn zum SUV der Jacksons. „Hallo Noah!" Aleksej kommt auf die beiden zu und gibt Noah die Hand. Ungeduldig zieht seine Schwester ihn bei der Hand. „Was hast du denn?!" Ungehalten wegen der Hast, hält er sie zurück. „Komm schon, Brüderchen! Ich möchte dir jemanden zeigen!" Unerbittlich zieht sie ihn weiter. Er bleibt abrupt stehen. Verena steht unmittelbar vor ihm. „Aleksej!" „Verena?" Sie fällt ihm kichernd um den Hals. Beide lachen und küssen sich. „Wie hast du das geschafft?" „Mama und Papa mussten den Urlaub stornieren und wollten keinen neuen buchen und so..." Er küsst sie wieder und wieder... bis sie aneinanderkleben und Anastassja sich aufseufzend verzieht. Die Überraschung ist ihr gelungen!

Sie geht in die Hütte. Mira kommandiert die Freunde herum. Jeder muss mit anpacken. Die Betten müssen eingeteilt werden. Schlagartig fällt ihr ihre Cousine Klaudia ein! Sie haben sie vergessen! So was Blödes! Sie sucht nach Vladimir. „Wir haben Klaudia vergessen! Was machen wir nur?!", jammert sie. Vladimir greift abermals nach dem rettenden Telefon. „Chavez? Wo bist du jetzt? Okay. Hör mir zu. Wir haben ein Mädchen vergessen abzuholen. Ich glaube, dass du nicht mehr weit weg von ihr bist. Kannst du... ja... perfekt... alles klar!" Vladimir sieht Anastassja grinsend an und reicht ihr sein Handy. „Gib die Adresse von Klaudia durch." ...und schickt das WhatsApp weiter an seinen

Kumpel. „Vladimir du bist spitze! Ich rufe Klaudia an und sage ihr Bescheid!" Dann fällt sie begeistert Vladimir um den Hals und küsst ihn begehrlich. Seine Arme liegen um ihre Taille, fest an sich gedrückt. Anastassja zuckt zurück. Alexander ist noch nicht da! Wo bleibt er nur? Sie nimmt ihr Handy zur Hand. Es ist das Telefonieren endlich auch hier möglich. Ihr Papa hat eine Leitung legen lassen und es gibt sogar eine Internetverbindung. „Alexander, wann kommst du? Es sind alle da." „Hi, Baby. Ich bin auf dem Weg. Leider sind wir in einem Stau hängengeblieben. Es kann noch länger dauern." „Das ist dumm! Ich vermisse dich!" „Ich dich auch, Baby!" Sie reden noch einige Zeit lang, bis Anastassja Vladimir neben sich entdeckt. Er legt einen Arm um sie und hält sie fest, weil sie sich befreien will. Wie kann sie mit Alexander telefonieren und sich gleichzeitig von Valdimir halten lassen?! Das geht gar nicht! „Lass mich!", zischt sie. „Was ist los, Ana?" „Ach nichts! Ich muss aufhören. Alexander melde dich zwischendurch! Ich liebe dich!" „Ich liebe dich!" Sie legen auf. Vladimir beobachtet den entrückten lächelnden Blick auf dem Gesicht des Mädchens. Er weiß wie Alexander zu ihr steht und Alexander und Anastassja wissen, dass auch er sie liebt. Irgendwie sind sie in einer Dreiecksbeziehung. Mal sehen, wie sich dies entwickelt. Anastassjas Handy schlägt an. Eine Nachricht über WhatsApp.

‚Es geht schon wieder weiter.'

Der Stau muss sich schnell aufgelöst haben. Sie schickt ihm ein küssendes Smiley. ☺ Eifersüchtig drückt Vladimir seine Lippen auf den Hals Anastassjas. Sie macht den Hals lang und genießt seine Zunge, die sich bis zu ihrer Schulter schlängelt.

Staugeflüster…

‚Steckst du wieder im Stau?'

‚Ich vermisse dich!"

‚Ja, leider.'

‚Ich dich auch!'

‚Sind schon alle da?'

‚Fast. Die Kollegen von Vladimir fehlen noch. '

‚Ist Vladimir bei dir?'

‚Ja und ich liebe dich, Alexander! '

‚Ich liebe dich auch! '

‚Es geht weiter. Tschau!'

Anastassja sitzt seufzend neben Vladimir. Sie legt den Kopf auf seine Schulter ab. „Vermisst du Alexander?" „Ja." Vladimir legt tröstend den Arm um Anastassja. Sie schmiegt sich hinein und schließt erschöpft die Augen. Währenddessen nimmt nun Vladimir sein Telefon zur Hand. „Chavez, mein Freund! Es gibt eine Planänderung… ja… ja… wir machen das Überlebenstraining. Aber es verzögert sich. Ich erkläre es dir später. Ja… ja… äh… ja… hast du Klaudia schon bei dir? Die Kontaktdaten hast du ja… okay bis später!" Dann verbindet er sich mit Olivier und informiert ihn. Chavez mit Klaudia und Olivier kommen zeitgleich an. Es sind zwei mehr als unterschiedliche Typen. Während Chavez extrem introvertiert ist, ist Olivier mit dem typisch-sprichwörtlichen Charme eines Franzosen ausgestattet. „Welche Freude für meine Augen! Vladimir stelle mir diese wunderschöne Mademoiselle vor!" Er ergreift, über das ganze Gesicht strahlend, Anastassjas Hand, die sie schüchtern nach der gepflegten langgliedrigen Hand Oliviers ausstreckt. „Oh, meine Liebe! Sie sind ja eiskalt! Kommen Sie, ich muss sie unbedingt aufwärmen, wenn Sie mir gestatten?" …und legt seine zweite auf ihre drauf. Das Mädchen ist etwas irritiert. Sie will sich vorsichtig entziehen. Aber Olivier lässt dies, unter dem Vorwand, ihre eiskalte Hand zu wärmen, nicht zu. Vladimir mischt sich ein. „Das ist Anastassja, MEINE Freundin!" Er zieht Anastassjas Hand resolut aus Oliviers Hand und steckt sie sich kurzerhand auf seine warme Haut unter sein T-Shirt. „Oh... la... la!" Olivier lacht. Er entlockt sogar Anastassja ein Lächeln. „Entzückend!" Der kleine Mann sieht ihr tief in die Augen. Sie schmiegt verwirrt, ob des offenen Flirts, ihre Wange an Vladimirs Arm. „Hallo Kumpel, nichts für ungut!" „Ist schon gut! Ich freue mich, dass du da bist, Olivier!" Sie nicken sich kameradschaftlich zu. Chavez hat neben ihnen abgewartet. Die Augen verdrehend über Oliviers überschwängliches Gehabe, wendet er sich schließlich an Vladimir. „Amigo! Senhorita!" Mit einem kurzen Kopfnicken grüßt er die beiden und umarmt Vladimir männertauglich. „Chavez, mein Freund! Willkommen!" Auch Havar ist hinzugekommen. Die Vier sind alte Freunde. „Wir müssen uns unterhalten, Freunde! Komm gehen wir hinaus." Vladimir sieht zu Anastassja an seiner Seite hinunter. „Willst du hier bei deinen Freunden bleiben?" Sie nickt und beobachtet die Vier, als sie nach hinten zur Koppel gehen und sich im Gras in einem Kreis niederlassen.

Anastassja freut sich unter ihren Freunden zu sein. „Verena! Freust du dich, doch noch gekommen zu sein? Aleksej ist total überrascht! Ich habe ihm nichts gesagt!" Die beiden kichern. Aleksej küsst seine Freundin auf den Nacken und zieht sie noch enger an sich. Verena sieht um sich. „Wo ist Alexander?" „Er steckt im Stau." „Er wird sicher bald kommen! Schreib ihm!" Anastassja zückt abermals ihr Handy.


‚Hat sich der Stau schon aufgelöst? '

      ‚Der erste, ja. Jetzt bin ich schon wieder in einem anderen. '

„Verflixt, das ist vielleicht ein Pech. '

      ‚Du sagst es! Was geht ab? '

‚Die Kumpels von Vladimir sind da. '

‚Hast du sie schon kennen gelernt?'

‚Ja, sie sehen alle gut aus.'

‚Benimm dich! Ich liebe dich!'

‚Ich dich auch.'

‚Ich melde mich wieder, wenn es weitergeht.'

Bedauernd blickt sie wieder auf. „Er steckt im nächsten Stau!" „Da kann man nichts machen, leider!" Anastassja lässt das Paar alleine und wendet sich den Zwillingen Michael und Sebastian zu. „Hi, schön, dass ihr auch da seid! Emilie, wie geht es dir?" Emilie steht blass neben Michael, als würde sie Schutz bei ihm suchen. „Mama und Papa sind begraben. Aber meine Tante sagt, dass ich nicht weiter im Internat bleiben kann. Es ist kein Geld da, wie es aussieht." Mit tränenfeuchten Augen sieht sie die Ältere vor sich an. „Ach Emilie! Das tut mir so leid für dich! Was willst du jetzt machen?" „Ich weiß es noch nicht so genau... einen Job suchen? Was bleibt mir anderes übrig?" „Wir strecken dir das Geld vor! Papa hat genug davon!" Michael will sie nicht ziehen lassen. Sie haben so viel miteinander durchgestanden... und jetzt soll alles vorbei sein? „Das kann ich nicht annehmen! Ich habe es dir schon hundertmal gesagt!"

„Wir machen einen Aufruf über Facebook! Wir organisieren einen Schulflohmarkt in der Schule! Wir treiben dein Schulgeld irgendwie auf!" „Anastassja! Denk nach! Ich müsste noch vier Jahre dorthin, bis ich fertig bin. Soviel bekommt ihr ja gar nicht zusammen!" „Das werden wir ja sehen!", gibt sich Anastassja kämpferisch. Sebastian lacht. „Ja, das ist unsere Anastassja! Mit dem Kopf durch die Wand!" „Das ist ja nicht einmal so eine schlechte Idee! Wir können es zumindest ausprobieren!" Florian hat mit wachsenden Interesse zugehört. Die ganze Publicity interessiert ihn. Werbekampagne ist das, was ihn interessiert. „Wir müssen eine Geschichte ausbauen, die zu Tränen rührt... ja genau! Michael und Emilie... das Liebespaar, das gemeinsam dem Tod von der Schippe gesprungen ist! Was hält Ihr davon?" Anastassja fängt zu grinsen an. Die Idee gefällt ihr immer besser. Spontan wirft sie sich Florian lachend um den Hals. „Genial!" ...und küsst ihn auf die Wangen.

„Was ist hier los?!" Stirnrunzelnd beobachtet Vladimir den Tumult. „Wir starten eine Werbekampagne rund um Emilie und Michael! Wir brauchen Schulgeld für Emilie!" „Äh...?" „Emilies Tante hat gesagt, dass es kein Geld mehr für die Schule gibt. Sie muss sich einen Job suchen! Schrecklich!" „Prima Idee!" Olivier mischt sich händereibend ein. „Ich bin gut in Geschichten erzählen! Um was soll es genau gehen?" „Du kannst mit Florian zusammen arbeiten! Er weiß, um was es geht!" „Wer ist Florian?" „Hier!", meldet sich Florian. Olivier Blick wandert an dem großen jungen Mann langsam hoch. Sein Lächeln wird immer breiter. „Mann, du bist vielleicht groß!", staunt Olivier, der selbst gerade einen Meter sechzig misst. Florian lächelt. Der ursprüngliche Charmeur kommt bei ihm wieder durch. Oliviers Begeisterung kennt keine Grenzen. „Ich sehe, wir verstehen uns blendend!" Olivier ist entflammt. „Du bist nicht zufällig zu haben...?" Florian wird rot. Er hat gerade erst eine Beziehung mit einem Mann hinter sich! Er sieht zu Nora hin, mit der er auch erst eine Beziehung beendet hat. „Äh..." „Du musst dich jetzt nicht entscheiden. Gute Sachen müssen sich entwickeln!" Olivier schlägt ihm freundschaftlich die Hand auf die Schulter. Oh Mann! „Oh mein Gott! Florian und Olivier! Verena das ist ja soo spannend!", flüstert Anastassja. Verena nickt verhalten.

‚Es geht weiter!"

‚Alexander ich freue mich auf dich!'

‚Ja, ich auch. Ich schätze ich bin bald da.'

„Juchu! Da ist viel los hier! Ich erzähle es dir heute Nacht!'

‚Bin schon neugierig.'

„Also lasst uns beginnen! Erzählt mir die Geschichte und ich schreibe mit!" Olivier ist begeistert bei der Sache. Florian verlässt sich ganz auf Olivier. Er beobachtet den Mann interessiert von der Seite. Außerdem ist er froh, dass er die Geschichte nicht schreiben muss. Die Vergangenheit sitzt noch tief in seinen Knochen und lässt ihm fast übel werden. Beinahe hätte er seinen Bruder verloren. Michael ist im Wald über einen Felsen abgestürzt und bewusstlos liegengeblieben. Er wurde mit der Rettung ins Krankenhaus gebracht. Die Ärzte konnten nach einer Operation am Kopf Entwarnung geben. Aber Michaels Motorik ist zum Stillstand gekommen. Ein Jahr mühseliger Therapie hat ihn wieder aufgerichtet. Stolz lächelnd sieht er zu seinem jüngeren Bruder hin. Er kann wieder normal laufen. Seine Krücken hat er zu Hause gelassen. Er braucht sie nicht mehr. Emilie ist Michaels Freundin. Sie ist ebenfalls abgestürzt. Ihre Überlebenschance war ebenfalls gering. Aber mit ihrer Musik hat sie sich und Michael seelisch aufgerichtet und nun stehen sie da und bringen Olivier zum Weinen! Scheiße! Oliviers Gesicht ist tränennass. „Mon dieu! Wie furchtbar! Das ist ja schrecklich! Ihr armen Kinder! Oh mein Gott!" Er notiert ununterbrochen auf seinem herbeigezauberten Schreibblock. Florian sieht ihm über die Schulter. Das Gekritzel könnte er nicht entziffern und verlässt sich dabei voll und ganz auf den in Tränen aufgelösten Mann. „Sebastian, was hast du nur mitgemacht! Er ist dein Zwilling… deine zweite Hälfte!" Er sieht teilnahmsvoll auf Sebastian, der nur mehr schnaubt. Sebastian ist es peinlich. So viel Gejammer! Er ist vorbei und aus! Er geht hinaus zu Vladimir. Da ist er besser aufgehoben.

„Florian, mon ami! Du musst ja schrecklich gelitten haben! Komm in meine Arme!" Florian kann nicht schnell genug ausweichen. Zwei starke Arme schlingen sich um ihn und drücken seinen Kopf auf eine Brust. Eine Hand streichelt über seine blonden Haare. Dann nimmt Olivier sein Gesicht in seine beiden Hände und zieht ihn in Augenhöhe. „Du hast so schöne Augen, mon ami!" Olivier küsst ihn links und rechts auf die Wangen. Es reicht Florian. Er reißt sich permanent los und flüchtet zu Sebastian hinaus. Shit! Leises Gekicher folgt ihm. „Olivier ist sehr emotional!" Nora hält sich den Bauch vor Lachen. Gabrielle, ihre Freundin bereut es ganz und gar nicht, dass sie mitgefahren ist. Es wird sicher noch spannender! Da ist sie sich sicher.

Michael und Emilie hingegen sind erschöpft. Das ganze furchtbare Erlebnis wird wieder vor ihnen ausgebreitet. Olivier sieht sie beide an und wendet sich zu Emilie. „Mon petite fille, möchtest du uns nicht etwas vorspielen? Ich möchte einfach die schwermütige Stimmung etwas aufgelockert wissen!" Er sieht sie treuherzig an. Sie lässt sich nicht lange bitten. Sie braucht es und packt ihr Saxophon aus. „Superbe! Ein Saxophon! Welch ein schönes Instrument!" Emilie legt ihre Lippen an das Mundstück und spielt eine flotte Melodie. Wunderschöne Töne füllen den Raum. Die Freunde sind begeistert. Sie haben schon öfters Emilies Spielen gehört und es gefällt ihnen. Als die letzten Klänge vorbei sind, klatscht der kleine Franzose begeistert in die Hände. „Fantastique, Emilie!"

‚Ich bin fast da!'

‚Alexander ich freue mich ja so!'

„Alexander ist da!" Anastassja rennt zur Tür hinaus. Olivier sieht ihr kopfschüttelnd nach. Sie gehört doch Vladimir? Oder? Er wendet sich seinen Notizen zu und holt den Laptop. Er muss die Geschichte schreiben, solange er im Geiste noch damit beschäftigt ist. Alexander wird mit einem großen Hallo empfangen. Anastassja hängt an seinem Arm, der um ihre Schulter geschlungen ist. Immer wieder küssen sie sich. Olivier ist verwirrt. Vladimir und Alexander? „Mon dieu! Das wird interessant!"

# Jour Fix

Anastassja geht mit Alexander händchenhaltend auf Besichtigungstour. „Sieh mal! Die Ziege und das Pony sind noch da. Neu sind der Esel, die Enten und die Hühner. Sind sie nicht süß, wie sie sich vertragen?" Alexander nickt gedankenverloren. Er hat fast nur Augen für Anastassja. Jetzt sind sie schon so lange beieinander und er merkt erst heute wie wunderschön sie geworden ist. Er hat sie mit fünfzehn kennengelernt und heute sind sie beide zwanzig! Wie die Zeit vergeht! Das letzte Schuljahr steht an und was sie nachher machen, steht in den Sternen. Er seufzt. Anastassja zieht ihn ausgelassen in den Schuppen, der als einziges altes Bauwerk erhalten geblieben ist. „Mira hat heuer auch kleine Kätzchen! Süß, nicht wahr?" Sie beugt sich hinunter und nimmt sich eines in den Arm. „So kuschelig!" und steckt ihre Nase in das weiche Fellknäuel. Kleine Tatzen streichen über ihre Wangen. Das Mädchen lacht entzückt, währenddessen Alexander nur Augen für Anastassja hat. Er kann gar nicht anders und zieht sie an seine Brust. Er hebt ihr Kinn an und beugt sich langsam zu ihr hinunter. Ihr aufgeregtes Gesicht und ihre glanzvollen Augen leuchten ihm entgegen. Dann treffen ihre Lippen aufeinander…

„Kommt Ihr essen?" Vladimir steht plötzlich vor ihnen. Alexander unterbricht verärgert den Kuss und sieht böse auf seinen Kontrahenten. Vladimir ist genauso fasziniert von ihr, wie er. Er weiß, dass sie beide sie lieben. Nur eines weiß er nicht. Wer wird sie gewinnen? Besitzergreifend nimmt Alex ihre Hand in seine und geleitet sie zum Haus. Vladimir geht neben ihnen einher und hält ihnen die Türe auf. Staunend betrachtet Alex den großen Raum. Ein riesig großer Tisch steht mitten drin. „Hi Alexander!" „Kumpel!" Vladimir zieht Alexander zu seinen Freunden und stellt sie alle vor. „Havar, Chavez und Olivier! Sie alle sind Spezialisten, wenn es ums Überleben geht!" Alexander schüttelt freundlich, mit seiner ruhigen Art, die Hände und beantwortet belanglose Fragen.

…und das Freunde, ist Alexander!" Olivier ist neugierig. „Ist Anastassja deine Freundin?" Alexander nickt verhalten und hebt kurz die verschlungenen Hände in die Höhe. Er hat immer noch Anastassja an der Hand. Olivier zieht fragend seine Augenbraue in die Höhe. „Vladimir? Was erzählst du uns?!" Vladimir winkt ab und schiebt resolut das Pärchen aus der Sichtweite von Olivier.

Das Essen verläuft sehr gesprächig. „Olivier, wie weit bist du mit der Geschichte?", will Florian wissen. „Ich habe schon einen Entwurf, mein Lieber!" Alexander hebt nun seinerseits die Augenbraue in die Höhe. Hat er was verpasst?! „Ich muss komprimieren! Die Story ist sonst zu lange für die Medien." „Wo wollen wir es veröffentlichen?" Michael ist skeptisch darüber, ob er seine und Emilies gesamte Leidensgeschichte in der Öffentlichkeit ausbreiten will. „Wir haben die Möglichkeit via Facebook, Instagram, WhatsApp, Zeitung, etc." Florian hat einige Varianten in Gedanken. „Außerdem benötigen wir ein Konto. Wir brauchen Geld." Alexander wird aus dem Gespräch nicht schlau und wendet sich an Florian. „Um was geht's hier eigentlich?" Emilie kann wegen Geldmangel nicht mehr in die Schule gehen und wir versuchen ihr zu helfen!" Er sieht zu ihr hinüber. Emilie ist vor Verlegenheit rot im Gesicht geworden. Michael zieht sie zu sich und sie ergreift die Gelegenheit sich hinter ihm zu verstecken. „Es muss dir nicht peinlich sein, Emilie! Wir haben dich alle gern und wir helfen! Punkt!" Verena sitzt neben ihr und zieht sie wieder nach vorne. Emilie lächelt schüchtern. Chavez hat das ganze Hin und Her beobachtet. „Habt Ihr schon Michael und Emilie gefragt, ob sie es überhaupt wollen?" Nachdem er dies in den Raum geworfen hat, zieht er sich wieder in sich zurück und widmet sich seinem Teller. Alle sehen zu Emilie hinüber. Emilie versteckt sich peinlichst berührt, wieder hinter den großen Körper Michaels. „Wir besprechen das noch heute Abend, okay?", versichert er und sieht sie alle der Reihe nach auffordernd an, um die neugierigen Blicke auf die Teller abzuwenden.

Vladimir ergreift das Wort. Er legt seine Gabel und sein Messer neben seinen Teller und wendet sich den Menschen rund um dem Tisch zu. „Nachdem das Thema bis auf weiteres verschoben wird, gehen wir auf unser eigentliches Programm über. Wie ihr wisst, wollen wir ein Überlebenstraining veranstalten. Meine Freunde und ich haben uns für etwa vier Tage abgesprochen. Wir sind alle Überlebenskünstler und haben verschiedene Schwerpunkte. Olivier ist fantastisch in Nahrungssuche. Chavez ist perfekt im Spurenlesen. Havar kann Geräusche zuordnen wie kein Zweiter. Ich bin der Organisator und kundig in diesen Wäldern. Ich muss euch vorwarnen. Es wird kein Kinderspiel. Es hat durchaus seine gefährlichen Seiten. Ihr müsst euch unseren Befehlen unterordnen, sonst kann es passieren, dass der eine, oder andere sich in gefährlichen Situationen wiederfindet." „Was ist eine gefährliche Situation?", wagt Gabriele einzuwenden. Havar sieht sie mit glutvollen Augen an. Ihm gefällt das Mädchen. „Du könntest, zum Beispiel, einem Bären, oder einem Wolf gegenüber stehen!" Gabriele wird blass. „...aber wenn du an meiner Seite bleibst und tust was ich sage, passiert dir nichts!", meint Havar anzüglich. „Havar, pass auf was du sagst!" Vladimir ruft seinen Freund zur Räson. „Mon Dieu! Meine lieben Freunde, es wird fantastique!", wirft Olivier ein. „Freust du dich schon darauf, mon ami?" Er spricht Florian direkt an. Alle Blicke richten sich wieder einmal auf ihn. „Wieso ich? Wir alle freuen uns auf das Abenteuer, nicht wahr?!" Florian sieht die anderen an und wird leicht rot.

Vladimir räuspert sich und lenkt die Aufmerksamkeit aller wieder auf sich. „Anastassja und ich waren einkaufen. Wir haben für jeden von euch einen Rucksack, Handschuhe, Schirmkappen, Proteinriegel, ein Messer und einen Schlafsack gekauft. Alles gesponsert von Herrn Kaminov. Meine Freunde und ich haben je ein Jagdgewehr und Munition." „Wow! Das ist ja besonders großzügig!" Havar bleibt der Mund offen stehen. „Ich hoffe, dass ihr feste Kleidung und gutes Schuhwerk mithabt, wie wir es noch in der Schule besprochen haben?" Hier und da ein kleines Nicken und Vladimir muss sich vorerst damit zufrieden geben. „Wir starten übermorgen! Vorher werden wir hier etwas aufräumen und Holz hacken. Mira braucht für den kalten Winter Brennholz! Diese Tage wird unseren Trainern die Gelegenheit geben, jeden einzelnen von euch kennen zu lernen!" „Nicht schon wieder! Immer arbeiten!", murrt Florian in sich hinein. „Vladimir, mein Freund! Florian muss mir bei der anderen Sache zur Hand gehen. Er hat gar keine Zeit, nicht wahr, mon ami?" Olivier springt für Florian ein und lächelt ihn selig an. Der große Junge neben ihm gefällt ihm immer besser. Diese blauen Augen! Dieser gottbegnadete Körper! Diese Muskeln! Er hat sicher einen... Olivier träumt vor sich hin. „Olivier!" Erbarmungslos wird der Franzose aus seinen äußerst angenehmen Tagträumen gerissen. „Jaaa...?" Gekicher. „Olivier, du träumst!", lacht Anastassja. „Oui, ma belle fille! Ich träume von der Liebe meines Lebens!" „Wer ist die Liebe deines Lebens?" „Das verrate ich dir nicht! Das ist mein Geheimnis!" „Weiß es wenigstens deine Liebe des Lebens?", feixt Nora grinsend und sieht dabei provozierend zu Florian hinüber, der geflissentlich anderwärtig beschäftigt ist. „Ich denke, dass er es schon ahnt!", meint der Mann geheimnisvoll und schmunzelt in die Runde. Vladimir schüttelt, genervt über seinen Freund, den Kopf. Er weiß, dass Olivier auf Männer steht und ausschließlich auf Männer! Ob Florian dem Werben nachgibt, kann Vladimir nicht sagen. Die Zukunft wird es zeigen.

Havar, Chavez und Olivier nehmen ihre Aufgabe sehr ernst und führen Gespräche mit allen Beteiligten. Bald wissen sie mehr über die jungen Leute, als diese unter sich.

„Warum willst du etwas über meine Beziehung zu Anastassja wissen? Das geht doch dich nichts an!", versucht sich Alexander über peinliche Fragen herauszuwinden. „Wenn ich weiß, wie tief Eure Beziehung reicht, dann kann ich abschätzen wie weit du dich für dein Mädchen in Gefahr bringst! Capito?", erklärt ihm Chavez.

„Warum willst du wissen, welche Farbe meine Unterwäsche hat? Das ist doch sehr persönlich!" Gabriele runzelt die Stirn. Havar sieht ihr tief in die Augen. „Ich will ehrlich sein. Ich träume von dir jede Nacht, seit ich dich gesehen habe... und jetzt will ich wissen, welche Farbe dein Höschen hat!" „Mint!", entschlüpft es ihr. Sie liefern sich ein Blickduell. „Welcher Idiot hat dich verlassen?" Sie zuckt nichtssagend mit den Achseln. „Schlaf mit mir heute Abend!" Ihre Pupillen werden merklich größer. Verlangen steht in ihren grünen Augen großgeschrieben. Er langt in ihre rote, ungebändigte Mähne und zieht sie, zu einem wilden Kuss, zu sich. „Wieso ist mein Kloverhalten wichtig für das Überlebenstraining?" Verena schaut Olivier etwas beleidigt an. Das ist doch ein bisschen zu extrem! „Weißt du, ich kann dir mit entsprechender Nahrung den Harndrang eindämmen, falls er zu häufig vorkommt." „Echt krass! Da könntest du mir, auch für den Alltag, Ernährungstipps geben?" „Natürlich, ma belle fille. Jederzeit gerne!" Verena ist zufrieden und beantwortet jede noch so pikante Frage Oliviers.

„Das geht zu weit! Ich habe keine Hämorrhoiden! Eklig!" „War nur eine Frage!" „Warum ist das wichtig?" Nora sieht Chavez an. „Ich bin Spurenleser! Wenn du solche Auswüchse hättest, würde dein Gang und somit deine Spuren beeinträchtigt sein! Ich muss wissen, mit wem ich es zu tun habe!" „Warum Hämorrhoiden?!" „Sie können jucken, oder brennen! Da läufst du ganz anders!" „Ah…! Nein, nicht, dass ich wüsste!"

„Anastassja, du bist hyperaktiv? Wie äußert sich das? Kannst du mir darüber etwas erzählen?" „Sehr gerne! Wenn mir danach ist, laufe ich einfach durch die Gegend, ohne jemanden etwas gesagt zu haben. Ich schreie, wenn mir danach ist. Ich wechsle das Thema spontan und all solche Sachen." Havar sieht sie gedankenvoll an. „Das kann ein Problem werden." „Wieso das?" „Wenn du still sein sollst, könntest du plötzlich ohne Vorwarnung losschreien? Du verschwindest einfach, wenn ich mich vielleicht kurz umdrehe? Ich finde dich nicht mehr im Wald! Ich muss auch auf andere aufpassen! Wir haben jeder einzelne die Verantwortung für zwei bis drei Kids von euch! Ich muss mir was überlegen." „Ich habe eine Idee! Bei Vollmond hat mich Alexej, oder auch einmal Alexander festgebunden, damit ich nicht herumgeistere!", meint Anastassja hilfreich. „Du hast ja Humor! Du meinst wir sollen dich immer an den jeweiligen Trainer anbinden, dass du zumindest in der Nähe bleibst?!" „Ist zumindest eine praktikable Lösung!" „Das muss ich mit Vladimir besprechen!" Havar macht sich kopfschüttelnd eine Notiz.

„Komm gib mir einen Kuss!" „Bist du jetzt vollkommen verrückt?!" „Oui, nach dir, mon bel ami!" „Wir müssen noch viel erledigen! Hast du die Geschichte minimiert?" „Alles klar, Florian!", schmunzelnd übergeht Olivier die Ablenkung und fragt: „Hast du schon einmal mit einem Mann geschmust? Sie müssen ja Schlange stehen bei dir!" „Jetzt komm endlich wieder auf den Boden! Ich muss deine Geschichte online stellen! Hier sieh mal! Die Bank hat uns ein Konto für die Spenden eröffnet!" „Superbe! Jetzt kann es losgehen! Ich schreibe noch einen Artikel für die Zeitung. Es muss uns gelingen für la pauvre fille Geld zu beschaffen!" Florian schüttelt den Kopf über Olivier. Er ist sehr hartnäckig. Mit Bedauern erinnert er sich an seine Beziehung zu Justin. Er konnte gut küssen. „Was geht dir durch den Kopf, mon ami? Denkst du an mich?" Plötzlich wird er an den Männerkörper von Olivier gezogen und Lippen pressen sich auf seine. Vor Überraschung vergisst Florian sich zu wehren und erwidert den Kuss. Zögernd legt er seine Arme um den etwas älteren Mann und sie schieben sich die Zungen in den Rachen. Gierig schlingen sie sich umeinander und Florian schließt berauscht die Augen, wühlt sich in den Lockenkopf seines Liebhabers und hält ihn in Position. Wie lange hat er diese raue Art des Küssens vermisst! Hände gehen überall auf seinem Körper auf Wanderschaft. Olivier erkundet leidenschaftlich den wunderschönen straffen Körper des Jüngeren. Die muskulösen Arme und die breite Brust haben es ihm besonders angetan. Er löst sich von dem aufregend schmeckenden Mund und leckt über den breiten Hals hinunter. Er saugt sich fest. Florian streckt ihm stöhnend den Hals entgegen.

„Anastassja wird die ganze Zeit an meiner Seite bleiben. Sie ist speziell. Ich kann ihre unkontrollierbaren Eskapaden am besten einschätzen!", bestimmt Vladimir. Havar und Chavez sitzen bei ihm. „Wo ist Olivier?" „Keine Ahnung! Er ist zuletzt mit Florian zusammen gewesen! Ich habe mit diesem Jungen noch kein Gespräch geführt." „Ich auch nicht!"

„Verdammt, was macht er die ganze Zeit bei Olivier!"
Vladimir ist genervt. „Er sollte doch längst da sein!"
„Franzosen!", meint Chavez die Augen verdrehend. „Soll ich
nachschauen?" „Ja, und verdammt, er soll sofort kommen!"
Vladimir ist sauer. Havar geht in die Hütte. Er nimmt an, dass
sie die Zeit mit der Spendenaktion übersehen haben. Aber er
findet sie leidenschaftlich küssend, übereinander auf der
Couch liegend, vor. Er räuspert sich... einmal... zweimal.
Florian drängt Olivier jäh von sich. Der kleine Franzose hat
Glück, nicht hart auf dem Boden zu landen. „Olivier! Wir
warten auf dich und deine Zusammenfassung! Also wirklich!
Konntet ihr nicht warten?" „Salut Havar! Ich war
beschäftigt, wie du siehst!" Olivier zeigt sich kein bisschen
verlegen... im Gegensatz zu Florian, der sich schleunigst auf
die Toilette verkrochen hat. „Ich komme!" Beschwingt und
bestens gelaunt erhebt sich Olivier vom Boden und
schlendert pfeifend neben Havar hinaus.

„Was hast du da am Hals?" Nora kommt etwas näher an
Florian heran und zieht ihn an seinem T-Shirt näher zu sich
hinunter. Mit seinen fast eins neunzig überragt er alle
Anwesenden, bis auf seine Brüder, die die Marke schon
überschritten haben. „Ist das ein Knutschfleck?!" Florian
wird rot bis an die Haarwurzel. „Äh..." „Florian bist du
wieder schwul?", feixend schlägt ihm sein Bruder Sebastian
auf die Schulter. „Halt deine Klappe!", knurrt Florian. „Lasst
ihn in Ruhe! Es ist doch schön, verliebt zu sein!" Anastassja
will Florian helfen. Lautes Lachen rundherum... „Ich hoffe,
dass Dad davon nichts erfährt. Das letzte Mal war knapp!"
Sebastian kann es nicht lassen. „Du sollst die Klappe halten,
hab ich gesagt!" Florian rempelt seinen jüngeren Bruder
unsanft an. „Hey... hey...!" Sebastian gibt den Hieb zurück.
„Hört sofort auf!" Anastassja kann es nicht sehen, wenn sich
ihre Freunde streiten. Aber der Kampf ist eröffnet. Sie will
dazwischen gehen und tritt vor. Plötzlich schlingen sich
starke Arme um sie und ziehen sie zurück. „Baby! du kannst
dich da nicht einmischen!" „Vladimir! Tu doch was! Sie tun
sich weh!" Aber Vladimir denkt nicht dran, sieht sich das
emotionslos an und greift erst ein, als die Kampfhähne zu
brutal übergehen. „Na...na...es reicht jetzt aber!" Chavez
und Vladimir ziehen jeweils einen der Brüder weg. Fauchend

und knurrend wehren sie sich. Aber Chavez und Vladimir sind älter und viel kampferprobter. Die Jüngeren haben keine Möglichkeit des Entwischens.

„Mon ami! Warum tust du das? Sieh dich nur an! Du blutest ja! Komm ich säubere dich! Oje, deine Nase verblutet!" Florian schiebt Olivier etwas verlegen zur Seite. Aber Olivier ist entschlossen, seinen neu gefundenen Liebhaber zu verarzten. Verdutzt sehen alle dem ungleichen Paar hinterher. „Komm Sebastian, ich mache dich sauber!" Anastassja, die stets Hilfsbereite, nimmt ihn an der Hand und zieht ihn hinter Florian und Olivier zur Hütte hinein. Anastassja übernimmt das Kommando. Sie hat viel von Ihrer verstorbenen Tante Olga gelernt, mit Kräutern umzugehen. Jetzt bereitet sie alles vor, um die Blessuren zu behandeln. „Anastassja du bist eine Perle! Wo hast du das gelernt, ma belle fille?" Sie erzählt es ihm, während sie immer wieder die getränkten Wattebauschen auf die Verletzungen tupft. „Au…!" Olivier sieht Florian streng an. „Ein Mann zeigt keinen Schmerz, wenn er schuld an seinen Verletzungen ist, mon amour! Du sollst dich nicht mit deinem frère schlagen!" Florian verzieht schmerzlich das Gesicht. Auch Sebastian ist wehleidig. Anastassja tupft extra fest auf seine verfärbenden Blessuren. „Au… das tut weh!" „Ach was!"

Vladimir kommt herein. „Wie sieht es aus? Könnt Ihr morgen mitgehen?" Olivier spricht für beide. „Ich denke schon! Ein blaues Auge, eine blutende Nase und einige Blessuren, die nicht schlimm sind. Nichts gebrochen!", fasst er zusammen. Anastassja nickt zustimmend. „Alles okay!" …legt noch einmal Kraft auf eine besonders schmerzende Stelle. „Aua…!" Sie lächelt Sebastian zuckersüß an. Lächelnd geht Vladimir hinaus. Seine Anastassja ist eine Hexe! „So meine Lieben, jetzt vertragt euch wieder!" Olivier fasst nach den großen Händen der Brüder und führt sie zusammen. „Es tut mir leid. Ich hab das nicht so gemeint." Sebastian zeigt sich reumütig. Er erinnert sich noch überdeutlich an die Beziehung seines Bruders mit Justin. Er hatte es nicht leicht. Ihr beider Vater hat Florian deswegen arg zugesetzt. „Ist schon gut! Hat Spaß gemacht!" Die Brüder lachen befreit auf und fallen sich in den Arm. „Ich vergönne es dir!", flüstert Sebastian seinem älteren Bruder zu. „Danke!", grinst Florian verlegen. „C'est merveilleux!" Olivier klatscht begeistert in die Hände. In seinem Überschwang schmeißt er sich zuerst an Sebastian und küsst ihn nach Franzosen Manier ab. Dann kommt Florian an die Reihe. Die Umarmung und die Küsse sind viel intensiver. Florian lässt es über sich ergehen und legt nun seinerseits die Arme um ihn. Sebastian zieht die staunend gaffende Anastassja mit sich aus dem Haus. „Lassen wir sie alleine!", murmelt er. „Oh mein Gooott!!" Sie hätte lieber zugeschaut.

# Start ins Ungewisse

Am Tag des Aufbruchs werden die Gruppen ausgelost. Vladimir, Havar, Chavez und Olivier stehen nebeneinander und rufen den jeweiligen Kandidaten auf, bis keiner mehr übrig bleibt. Die Gruppen wechseln täglich zum anderen, um von den Fertigkeiten der einzelnen Überlebenstrainer zu profitieren. Einzige Ausnahme ist Anastassja. Sie bleibt die ganze Zeit bei Vladimir. Er kennt sie in- und auswendig und kann mit ihr auch in einer schwierigen Situation umgehen. Den anderen ist es nur recht. Sie ist zu unberechenbar! Anfangs ist Michael bei Anastassja. Sie können gut miteinander. Alexander, Nora und Klaudia sind am Anfang bei Havar, Aleksej und Gabrielle sind bei Chavez, Sebastian, Florian und Verena bei Olivier. Nicht alle haben eine Ausrüstung. Die Teilnehmerzahl ist größer, als ursprünglich angenommen. Die Schlafsituation wird sich ergeben. Zum Glück haben alle halbwegs festes Schuhwerk und warme strapazierfähige Kleidung mit. Anastassja hat alle, auf Anweisung von Vladimir, im Voraus informiert und ihnen seine strikten Order eingebläut. Sie sind aufgeregt, weil es ein Abenteuer ist, auf das sie sich nicht einstellen können. Sie sind von der Zivilisation verwöhnt. Dies wird ein einmaliges Abenteuer werden, das sie nicht so schnell vergessen werden. „Olivier, wo sind die Vorräte?" „Wir haben keine Vorräte mit!" „Wir sind einige Tage unterwegs! Wir werden etwas zu essen und zu trinken brauchen!" „Das ist ja das Spannende, Kindchen! Wir bekommen alles aus dem Wald. Ich werde euch alles beibringen!" Verena sieht ihn skeptisch an. Irgendwie ist ihr nicht gut dabei. Aber wenn die anderen sich auf das Abenteuer ins Ungewisse einlassen, will sie nicht die Spaßverderberin sein. Auf keinen Fall!

„Wir bleiben zusammen! Trotzdem werdet Ihr eurem jeweiligen Trainer folgen. Es kann sein, dass eine Gruppe von den anderen wegfällt. Aber wir Anführer achten darauf, dass wir wieder zusammen finden! Wir haben unsere

Methoden und bleiben in Kontakt. Bitte leistet keinen Widerstand. Wir wissen, was wir tun! Fragen?" „Was wenn wir einem Bären gegenüber stehen?!" Die Frage wäre als Jux gemeint, worauf die anderen lachen. Die Vorstellung ist zu grotesk. Sebastian dreht sich grinsend zu den Lachern um. „Sei bloß vorsichtig, dass dir das nicht passiert. Der Bär könnte hungrig sein, oder Junge haben. Dann Gnade dir Gott!" Chavez sieht ihn mit stechenden schwarzen Augen an. Sebastian wird blass. „Äh… ja… ich mein ja nur…", stottert er. „Du schaust, dass du brav bei deiner Gruppe bleibst! Dann kann dir so etwas nicht passieren!" Havar meint es ernst. Gabrielle hebt die Hand. „Ja?" „Wenn ich pipi gehen muss, was dann?" Havar stiert sie leicht lächelnd an. „Ganz einfach, du sagst es und wir sorgen dafür, dass du das sicher machen kannst. Aber erwarte keine Privatsphäre!" Er grinst. „Scheiße!" Gabriele ist über und über errötet. Havar und sein laszives Gegrinse!

„Sonst noch was?" Vladimir sieht in die Runde. „Wenn euch unwohl ist, oder sonstige Beschwerden, Anregungen… bitte sagt es sofort! Wir sind flexibel! Los geht's" Vladimir geht voran und hinter ihnen seine vorerst ausgewählte Gruppe. Anastassja und Michael. Sebastian gesellt sich zu ihnen. „Wer ist dein Anführer nochmal?" Vladimir sieht ihn mit hochgezogenen Augenbrauen an. „Ach Mann! Ich wollte mit meinem Bruder etwas abhängen!" „Geh in deine Gruppe und keine Widerrede!" Brummend fällt Sebastian zurück und reiht sich hinter Olivier. „Mon ami, das ist lebenswichtig! Es ist gefährlich für uns alle, wenn wir uns nicht an die Regeln halten!", weist ihn Olivier ernst darauf hin. „Ist schon gut!", mürrisch gesellt er sich zu Florian. Er wollte doch mit seinem Zwillingsbruder beisammen sein! So was Blödes! Verena indessen unterhält sich mit Olivier. Sie ist neugierig, was es Interessantes im Wald zu entdecken gibt. Olivier zeigt ihr Wurzeln und Beeren und teilt ihr mit, zu was sie gut sind. Er lässt sie auch gleich Verschiedenes schmecken und versucht auch die Brüder dafür zu interessieren. Florian zieht seinen missgelaunten Bruder mit und bald sind sie in einer angeregten Diskussion, was gut ist und was nicht. Irgendwann fordert er seine drei Schützlinge auf, die Beeren und Wurzeln in die Behälter, die er anfangs auf die drei aufgeteilt hat, zu sammeln. Sie müssen Nahrung für die gesamte Mannschaft zusammen bekommen! Das wird nicht einfach werden! „So jetzt kommen wir zu den Proteinen. Es gibt Würmer und Insekten, die besonders reich an Proteinen und Vitaminen sind!" „Igitt! Nicht mit mir!" Verena ekelt es jetzt schon. „Warte es ab, ma fille! Es wird dir schmecken!" Die Brüder zucken die Achseln. Sie sehen den Trip noch als harmlosen Waldsparziergang. Verena indessen folgt den Anweisungen und sammelt das besagte Getier eifrig ein. Sie ist froh, dass sie Handschuhe hat. Mit den bloßen Händen hätte sie keines dieser glitschigen, krabbelnden und vielleicht beißenden Tiere vom Waldboden, oder von den Baumstämmen, aufgegriffen. „Seht mal, hier habe ich einen besonders langen Wurm gefunden!" Sebastian weicht erschrocken zurück. Verena hält ihm das glitschige Tier in seiner vollen Länge direkt vor die Nase. „Pass doch auf! Das ist ja ekelig!" Sebastian wischt mit einem schnellen Kick den gruseligen Wurm zur Seite. Der Wurm klatscht an den nächsten Baumstamm und fällt auf den Nadelboden, wo er sich eiligst in den weichen Boden verkriecht. Er hat Glück gehabt. „Junge! Du wirst den Wurm noch vermissen! Dein Körper braucht die Nahrung!" Olivier sieht ihn von oben nach unten an. Verena kichert. Florian klopft seinem Bruder auf die Schulter. „Entspann dich!" Sebastian ist schlecht gelaunt. Bisher hat ihm dieses Abenteuer keinen Spaß gemacht. Immer nur Würmer, Schnecken, Grillen und was noch alles! Er braucht etwas Nahrhafteres! Außerdem vermisst er seinen Zwilling!

Es ist schon etwas spät geworden. Die Behälter sind mit dem kleinen nahrhaften Getier voll. Olivier versichert ihnen, dass sie reich an Proteinen, Vitaminen, und wichtigen Spurenelementen sind. „Jetzt kommen wir zu einem vielleicht interessanteren Teil für Sebastian. Wir brauchen größere Tiere. Ich haben schon Rehe und Hasen erspäht. Wir werden uns einige Hasen schießen und vielleicht erwischen wir ein Reh! Wer möchte beginnen?" Olivier holt das Jagdgewehr von seinen Schultern. Er prüft das Magazin und sichert vorsorglich, damit kein Schuss vorzeitig fällt. „Endlich! Jetzt wird es interessant!" Sebastian reibt sich die Hände. Auch Florians Augen funkeln. Verena hält sich indessen zurück. Sie trinkt lieber einmal aus der Flasche, die sie aus einem kleinen Wasserlauf gefüllt haben. „Kommt! Wir setzen uns hierhin und beobachten die Gegend. Sebastian du darfst als Erster. Hier nimm das Gewehr in die Hand und ich erkläre dir, wie du es handhaben musst." Der junge Mann nimmt es entgegen. Dann sitzen sie still da. Olivier macht sie flüsternd auf mögliche Hinweise von Wild aufmerksam. „Da! Ein Hase!", flüsternd greift Olivier beruhigend auf Sebastians Arm. Sein Arm zeigt ausgestreckt in die Richtung des Tieres, das ruhig unter einem tief hängenden Blätterdach sitzt und an irgendetwas zu knabbern scheint. Sebastian versucht vorsichtig die Anweisungen bezüglich des Gewehrs, zu befolgen. Aber beim Klick des Entsichern, das wie ein lauter Knall durch die dicht stehenden Bäume hallt, schlägt das Tier einen Haken und hoppelt wie gehetzt davon. „Shit!" „Kein Problem! Beim nächsten Mal hast du das Gewehr vorher entsichert!", lächelnd schlägt ihm Olivier auf die Schulter. Sie haben Zeit und Sebastian bekommt bald die nächste Chance.

„Ich habe ihn!", jubelt Sebastian. Er springt auf und will den erlegten Hasen holen. „Halt!" Olivier pfeift ihn zurück. „Mann, da draußen lauern überall Gefahren! Du kannst nicht einfach kopflos davonlaufen!" „Da ist ja nichts, was mir gefährlich werden kann!" Sebastian sieht ihn verständnislos an. Nirgends sieht er ein gefährliches Tier! Nicht einmal ein Käfer kreuzt seinen Weg zu seinem erlegten Wild. Olivier zeigt in die andere Richtung. Sebastian plumpst wieder auf seinen Hintern. „Scheiße!" „Ist das ein Bär?!" Florian legt erschrocken seinen Arm um die Schulter seines Bruders. Beinahe hätte er um das Leben seinen Bruders bangen müssen! „Eine Bärin. Seht nur! Hinter ihr sind zwei Jungen! Bleibt still sitzen. Sie kann uns nicht wittern. Der Wind weht in die andere Richtung.", flüstert Olivier. Fasziniert beobachten sie das große Tier, das vermeintlich gemütlich, direkt vor ihnen, über den Waldboden trottet. Sie beachtet das tote Tier nicht. Die Kleinen wackeln ihr vergnügt nach. Immer wieder lassen sie sich von beweglichen Dingen ablenken und laufen aber geschwind, der im Gebüsch verschwindenden Mutter hinterher. Nach einer gefühlten Ewigkeit erhebt sich Olivier. Er streckt sich kurz, dann fordert er Sebastian auf, dass er jetzt den toten Hasen holen kann. Sebastian schnellt in die Höhe. Er ist vollgepumpt mit Adrenalin. Die drohende Gefahr hat ihn aufgerüttelt. Er sieht Olivier jetzt mit anderen Augen. Der Franzose ist knallhart. Sebastians Langeweile ist wie weggeblasen.

Nach einem langen Tag treffen sie auf die Gruppe von Havar. Stolz grinsend hebt Sebastian sein selbst erlegtes Tier wie eine Siegestrophäe empor. Auch Florian und Verena können Erfolge aufweisen. Olivier steuert noch ein erjagtes Reh hinzu. Für das Abendessen ist gesorgt. Sie gehen weiter und erreichen eine große Lichtung, den idealen Standort, an dem sie das Lager für die erste Nacht aufschlagen können. „Wir fangen schon einmal an, Holz zu sammeln." Havar übernimmt das Kommando und geht mit seinen Schützlingen zum Waldrand. „Es liegt genug Holz hier herum. Nehmt was ihr tragen könnt! Klaudia und Nora, ihr beide sammelt Kleinholz. Aleksej du nimmst mittlere Größe, so wie diese hier. Ich werde große Scheite suchen." Nach einer Weile werden Klaudia und Nora von Havar mit vielen Ästen und Zweigen mehr beladen und er schickt sie zu Olivier zurück. Er selbst nimmt seinen großen Stoß gesammeltes Holz vom Boden auf und geht mit Aleksey ihnen hinterher. Die anderen beiden Gruppen mit Vladimir und Chavez sind angekommen und sie fertigen ein großes Lagerfeuer. Die jungen Freunde sind gefordert. Sie sind an die Zivilisation gewöhnt und alles ist neu für sie. Aber es macht Spaß.

Olivier zeigt seinen Schützlingen, wie dem Wild das Fell über die Ohren gezogen und das Fleisch für das Feuer zubereitet wird. „Das arme Kaninchen!" „Ach was! Jetzt ist es schon tot!" „Wie kann man nur so grausam sein! Ich werde es nicht essen!" Anastassja verschränkt resolut die Arme vor sich. Vladimir legt die Arme um sie. „Baby, wenn du Hunger hast, isst du auch Hasen- oder Rehfleisch." Anastassja gruselt es. Sie hat Gänsehaut und versteckt das Gesicht in der Brust Vladimirs. „Ich freue mich auf jeden Fall auf einen Braten!" Michael und Sebastian sitzen eng beieinander. Seit Michaels fast tödlichen Unfall lassen sie sich nicht gerne trennen. Als Sebastian seinem Bruder von der Bärin mit den Jungen erzählt hat, hat Michael seine Arme eng um Sebastian geschlungen und sie sind eine Zeit lang so da gestanden.

Anastassja begutachtet vorerst die Behälter mit dem kleinen Getier und Beeren. „Wie schmeckt das?", skeptisch und doch neugierig, sieht sie Olivier und Verena an. „Probiere es einmal. Nicht mal so schlecht. Augen zu und durch!" Verena knabbert indessen an einem Käfer. Anastassja drückt die Augen zu und nimmt eine kleine Made und schluckt es augenblicklich. Sie traut sich noch einmal und nimmt mehrere zwischen ihren Daumen und Zeigefinger. „Na ja..." Sie sieht zu den anderen Behältern und kostet sich nach und nach durch. „Das ist gewöhnungsbedürftig. Aber es geht. Ich brauche keinen Hasen!", beharrt sie. „Ma belle fille! Wenn du mit dem zufrieden bist und satt wirst, brauchst du auch nicht! Es ist genug da!" Olivier sieht das tapfere Mädchen liebevoll an. Als das gegarte Fleisch vom provisorisch angefertigten Drehgrill abgeschnitten wird, will Anastassja doch etwas haben. Jetzt ist es kein süßes Kaninchen mehr, oder ein unschuldiges Reh. Mit Appetit verschlingt sie einige Brocken und lehnt sich schließlich zufrieden, ihren Bauch massierend, an Alexanders Körper, der ihre Nähe gesucht hat, zurück.

„Leute! Es wird nicht gefaulenzt!" Vladimir reißt die träge herumliegenden Freunde aus ihrem Dämmerzustand und klatscht mehrmals in die Hände. „Wir müssen hier sauber machen, sonst locken wir wilde Tiere an! Havar teilt euch ein. Dann werden wir unsere Schlafplätze richten und ab in die Säcke!" „Es ist ja nicht einmal finster!" „Ich bin noch nicht müde!" „Wir sind doch keine kleinen Kinder mehr!" Vladimir schüttelt ungeduldig den Kopf. „In einer halben Stunde ist es so finster, so dass ihr eure Hände nicht mehr sehen könnt. Chavez und ich werden heute Nacht Wache halten. Das Feuer wird auf ein Minimum heruntergedrosselt und jetzt... marsch... marsch... auf mit euch!" Er klatscht mehrmals in die Hände und mürrisch erheben sich die ersten, um die anstehenden Aufgaben zu erfüllen und kriechen schließlich todmüde in ihre Schlafsäcke.

# Gefahren lauern überall

Früh am nächsten Morgen werden die Freunde von Havar und Olivier geweckt. „Auf… auf! Keine Müdigkeit vortäuschen. Kurze Morgentoilette und jeder holt sich einen Kaffee von dort drüben! Hopp…hopp!" Havar zieht ordentlich an dem einen, oder anderen Schlafsack. Aufmunternd klatscht Olivier in die Hände und streicht dem einen oder anderen liebevoll über den Kopf. Florian als bekannter Langschläfer und deshalb auch mürrisch, reagiert in keinster Weise auf Havars Aufrüttelungsversuchen. Im Gegenteil… er zieht sich wie eine Schnecke in sein ‚Haus' zurück… in seinem Fall in seinen Schlafsack. Olivier lacht. Er steht neben ihm und kniet sich kurzentschlossen zu ihm hinunter und hofft, ihn wie Dornröschen wachküssen zu können. Es funktioniert. Florian schnurrt mit noch immer geschlossenen Augen wie ein kleiner Löwe auf diese nette Aufwachaktion. Er umschlingt sogar die Schulter von Olivier und sie beide vergessen die Umgebung. „Mon ami! Wir müssen auf! Bitte!", fleht Olivier flüsternd. Er würde am liebsten mit in den Schlafsack hineinkriechen. Er hat einen Ständer und er ist sich sicher, dass Florian ebenfalls eine Latte hat. „Wir werden beobachtet, mon ami. Bitte steh auf!" Langsam aber sicher sickern die Worte Oliviers in Florians Verstand und er guckt sich um. Schockiert schlüpft er eiligst aus dem warmen Schlafsack und wendet sich knallrot ab und geht zum nächsten Baumstamm am Rande der Lichtung, um sich zu erleichtern. Als er zurückkommt, reicht Michael ihm verschmitzt einen Becher dampfenden Kaffee. „Danke!"

Die Gruppen wechseln zum nächsten Trainer. Sie sollen alle Bereiche kennenlernen. Die Gruppe, die am Vortag bei Olivier war, ist heute bei Chavez. Das sind Sebastian, Florian und Verena. Sebastian geht zu Vladimir. „Mann, kann ich heute mit Michael? Ich fühle mich wohler, wenn wir zusammen sind." Valdimir sieht ihn scharf an. Ein Gruppenwechsel in dieser Form ist nicht vorgesehen gewesen. Aber er hat Sebastian und Michael beobachtet. Sie sind einfach, wie typische Zwillinge, unzertrennlich. Irgendwie hat er gespürt, dass sie sich gestern Abend nicht mehr trennen wollten. „Also gut. Chavez, Michael und Florian... kommt ihr bitte zu mir?" Die Drei folgen sofort seinem Ruf und Vladimir teilt Florian zu sich und Michael zu Chavez. „Ist dir das recht, Chavez?" Dieser zuckt mit den Schultern. Es ändert sich für ihn ohnehin nicht viel. „Danke!" „Geil!" Sebastian und Michael klopfen sich gegenseitig auf die Schulter. Es ist ihnen anzumerken, dass sie wirklich froh sind, diesen Tag miteinander verbringen zu dürfen. Chavez sieht sie auffordernd an. „Kommt mit!" Mit von der Partie ist Verena. Sie starten als erste Gruppe los und sind alsbald im dichten Wald verschwunden. „Ich zeige euch, wie Ihr Spuren erkennt und vor allem sie richtig zu deuten lernt! Ihr sollt die Gefahr vorher als solche erkennen und darauf reagieren!" Er geht weiter. Michael folgt ihm und Verena und Sebastian bilden das Schlusslicht. Chavez hebt die Hand und zeigt auf den Boden. „Hier haben wir schon einmal was. Wer hat eine Idee?" Die drei gucken hinunter. „Ich sehe nichts!" „Ich auch nicht?" „Schaut genauer hin." Aber niemand kann etwas sehen. „Hier liegt das Laub etwas zerdrückt. Seht ihr das? Rundherum ist es locker auf dem Boden. Aber hier nicht. Aber es kann nur ein kleines Tier gewesen sein. Vielleicht eine Maus, oder bestenfalls eine Ratte." Er geht weiter. Er scheint auf der Hut zu sein. Einzig Verena fällt es auf und rückt nach vorne.

„Was geht in deinem Kopf vor? Was siehst du noch?" Chavez sieht sie gefällig an. Sie hat ein Gespür für Stimmungen. „Ich kann es noch nicht so genau sagen. Die Maus, oder vielleicht die Ratte, hat es sehr eilig gehabt, als ob es Gefahr gewittert hätte. Es kann sein, dass ein größeres Tier in der Nähe ist. Wir müssen die Umgebung sehr genau beobachten." „Auf was muss ich achten?" „Auf eine Bewegung in den Ästen, Geräusche von knackenden Zweigen, Rascheln im Laub, auf dem Boden und so weiter..." Vorsichtig und geräuschlos zieht er sein Messer aus der Scheide an seinem Bein heraus. Verena bekommt große Augen. Es sieht wie das Messer des Rambo aus. „Cool!" Sebastian kommt näher heran, um es sich genauer anzusehen. Sie merken gar nicht, dass Chavez' Körper angespannt ist. Sebastian steht ahnungslos mit dem Rücken an einen Baumstamm gelehnt. Dann hört er das leise Zischen, bevor er es als solches erkennen kann. Ein gut getarnter dünner langer Körper schlängelt sich zu ihm hinunter. Die Schlange hat die Farbe des Baumes. Er hat sie zu spät gesehen. Sie kriecht längst auf seiner Schulter herab. „Nicht bewegen!" Chavez Stimme ist beinahe nicht zu hören. Doch Sebastian hat längst aufgehört zu atmen. Er ist zu einer menschlichen Säule erstarrt. Er hat Angst. Er weiß nicht, ob es eine Giftschlange ist, oder eine Harmlose. Aber wenn Chavez sagt, dass er sich nicht rühren soll, muss es gefährlich sein! Er fühlt sich ohnmächtig. Sein Körper fängt an zu schwitzen. Michael tritt, etwas weiter weg, in sein Sichtfeld. Sein Gesicht zeigt Entsetzen, sein Körper ist starr wie seiner. Die Schlange hat sich um den Arm Sebastians gewickelt. Sie lässt nicht mehr ab. Hilflos sieht er zu Michael. Sein Schweiß rinnt ihm in die Augen. Er blinzelt. Die Schlange hebt, aufgrund der winzigen Bewegung, den Kopf zu seinem Gesicht. Sebastian kann die vorschnellende Zunge an seinem Hals fühlen. Lange dauert es nicht mehr und er dreht durch! Er sieht zu Michael. Seine Lippen sagen ihm, dass er durchhalten soll. Sebastian schließt die Augen und fängt innerlich zu beten an. Er denkt an seine kleinen Geschwister, seine Eltern und Florian. Micheal kommt ihm immer wieder dazwischen. Lieber Gott, lass mich meine Familie wieder sehen!

Dann passiert es. Chavez holt konzentriert mit seinem Rambo Messer aus. Verena quiekt schrill auf. Michael stolpert entsetzt zurück und stürzt über eine Wurzel auf seinen Hosenboden. „Au…! Sebastian!", schreit er schmerzvoll seinem Bruder zu. Entsetzt beobachtet er, wie Chavez' Messer direkt in die Richtung seines Bruders fliegt. Er hört den schneidenden Flug des Messers, bis es im Kopf der Schlange landet und spießt diesen unerbittlich an dem Baumstamm fest. Sebastians Augen sind halb verdreht. Ihm wird fast schwarz vor den Augen. Er sieht das scharfe gezackte Messer pfeilscharf auf sich zu fliegen. Er fühlt die letzte Minute seines jungen Lebens auf sich zukommen. Er kann sich nicht bewegen. Er ist starr vor Angst und dann plötzlich zischt das Messer an seinem Ohr vorbei. Mit einem leisen Klatsch landet es direkt neben ihm und er wendet sich instinktiv zur Seite. Vor seinen Augen steckt das Messer, leicht federnd, in dem weit aufgerissenen Maul der Schlange. Er fühlt sich von den stechenden schwarzen Augen der Schlange beobachtet. Vor Grauen wendet er seinen Blick würgend ab. Das Tier wollte gerade zubeißen! Sebastian steht noch immer wie gelähmt da. Seine Motorik will noch nicht einsetzen. Seine Augen sind weit aufgerissen. Er hat das Messer auf sich zu sausen gesehen und nicht mehr denken können. „Scheiße!" „SCHEISSE!" „SCHEISSE!" Dann fällt er in sich zusammen und bleibt erschöpft am Laubboden liegen. Das Ende der Schlange baumelt neben ihm herab. „Du hast Glück gehabt, Bursche! Das ist eine Viper gewesen! Sie hatte es offensichtlich auf dich abgesehen! Du hast wahrscheinlich zwischen ihr und ihrer Beute gestanden." Endlich kommt etwas Bewegung in Sebastian. Gestern der Bär, heute die Schlange... was kommt morgen? Er will nach Hause! Michael spürt das Gefühlschaos im Kopf seines Bruders. Spontan nimmt er ihn in die Arme, streicht ihm über den Kopf und zieht ihn zu sich heran. Egal was die anderen denken. Sein Bruder ist jetzt wichtig. Das nur langsam abbauende Adrenalin lässt Sebastians Körper unkontrolliert erzittern. Michael hält seinen Zwilling fest an sich gedrückt. Chavez lässt ihnen die Zeit und holt den Körper des toten Tieres vom Stamm, rollt ihn zusammen und verstaut ihn in seinem Rucksack.

„Was willst du mit der noch machen?!" Verena schluckt. Dieses grauenvolle Erlebnis zerrt an ihren Nerven. Misstrauisch beobachtet sie Chavez. „Sie ist genießbar." „Iiiigiiitt!" Verena sieht ihn entsetzt an. Sie wird die Schlange nicht essen! Das weiß sie jetzt schon. Kommt, wir gehen weiter!" Michael hilft den, noch wie paralysierten Bruder, am Arm hoch und zieht ihn mit sich. Verena geht mit Chavez voraus. Sie ist etwas beunruhigt. Was kommt noch alles auf sie zu? Langsam, aber sicher merkt sie, dass das hier kein Spaziergang ist. Der Spaß ist vorbei.

Havars Gruppe hat die Schreie im Wald gehört. Gabrielle und Aleksej sind erschrocken zusammen gerückt. „Das war Verena! Mein Gott! Ich muss zu ihr!" „Aleksej! Beruhige dich! Es passiert ihr nichts.", beschwichtigt Havar ihn. „Woher willst du das wissen?"! Du weißt gar nichts!", schreit ihn Aleksej an. Seine Verena ist in Gefahr! Havar nimmt sein Walkie-Talkie zur Hand: „Havar hier! Bitte um Bericht." „Chavez! Alles unter Kontrolle! Eine Viper hat Sebastian bedroht. Alles unter Kontrolle!" „WAS!" Gabrielles Mageninhalt kommt bei diesen Worten mit einem Schwall hervor. Aleksej hält ihr die Haare aus dem Gesicht. Würgend übergibt sie sich immer wieder. Havar reicht ihr seine Wasserflasche, damit sie sich den Mund ausspülen kann. Dann holt er eine mitgebrachte Campingschaufel aus seinem Rucksack und vergräbt die erbrochenen Mageninhalte. „Wir wollen ja keine Spuren hinterlassen. Sonst haben wir bald ein weiteres wildes Tier am Hals!", meint er lapidar. Gabriele sieht ihn entgeistert an. Mit einem erstickten Schrei springt sie nervös zur Seite. Ihre Augen bewegen sich fahrig hin und her. Es hat sich etwas bewegt! „Nichts Aufregendes! Das war nur eine Waldmaus!" Havar nimmt das Mädchen kurz in die Arme und klopft ihr auf den Rücken, um sie zu beruhigen. Auch Aleksej ist käseweiß. Der Schrei Verenas hat ihn schwer erschüttert.

„Wir müssen weiter!" Havar rückt Gabriele wieder von sich ab, aber sieht sie in Augenhöhe an. „Geht's wieder?" Sie nickt beklommen und greift zaghaft nach Aleksejs Hand, die dieser fest in seine nimmt. Dies hier ist wahrhaftig gefährlich! „Hört ihr das?" „Was!" Aleksej und Gabrielle sind in Alarmbereitschaft. Havar blickt nach oben und streckt den Arm aus. „Dort!" Ängstlich blicken sie nach oben. Eine dunkle Wolke zieht über ihnen von links nach rechts vorbei und entfernt sich aus ihrem Blickfeld. „Das war ein Bienenschwarm! Wilde Bienen!" Havars Blick richtet sich wieder auf das Paar vor ihm. Gabriele zeigt sich nun interessiert. „Gibt es hier irgendwo ein Nest? Vielleicht etwas Honig?" „Ziemlich sicher. Aber wir müssen vorsichtig sein. Wo Honig ist, ist auch ein Bär!" „Oh Gott! Was denn noch alles!" Gabriele will jetzt den Honig doch nicht mehr. Havar zieht mit ihnen weiter. Genau in die Richtung, in die der Schwarm geflogen ist. Nach einer Weile bleibt er abrupt stehen und legt den Zeigefinger auf seinen Mund. Er deutet ihnen, sich mit ihm, hinter das, neben ihnen befindliche

Gebüsch, zu verstecken. Geduldig wartet er ab. Dann zeigt er auf ein großes imposantes Tier. Es ist die Bärenmutter mit ihren Kleinen. Gemächlich trottet sie nahe an ihnen vorbei. Die drei sitzen starr, die Luft anhaltend, hinter dem dicht gewachsenen Gebüsch und beobachten fasziniert die Tiere. Die kleinen Bären springen, hüpfen und tollen auf dem Platz vor ihnen und treten neugierig das Laub am Boden zur Seite. Immer wieder schlecken sie nach irgendetwas und kratzen über die Baumstämme, bis sie ihrer Mutter wieder nachlaufen, weil sie schon ein gutes Stück weitergegangen ist. „Die sind aber süß!", ist Gabrieles Kommentar. Dennoch hat sie gehörigen Respekt gegenüber der Bärin gehabt. Havar treibt sie weiter. Er will ihr die Bienenwaben zeigen. Vielleicht gibt es ja Honig. Sie gehen vorsichtig über den Waldboden. Sie wollen keine unnötig lauten Geräusche verursachen, um wilde Tiere aufzuscheuchen. Immer wieder macht Havar sie auf kleinere Tiere aufmerksam. Aber alle sind harmlos. „Wir sind hier!" Aleksej und Gabriele sehen Havar fragend an. „Seht! Da oben!" Er zeigt auf den hoch gewachsenen, stark verästelten Stamm. Aleksej guckt in sein Fernglas, das er sich wohlweislich mitgenommen hat. „Das sind Bienen!" „Richtig!" „Da sieh nur!" Aleksej reicht sein Fernglas an Verena weiter. „Die sind aber weit oben. Da kommen wir nicht dazu!", bedauert Gabriele und ist froh darüber. Der Stich einer Biene ist scheußlich. Der einer wilden Biene…? Sie gibt sich mit der Beobachtung der fliegenden Insekten zufrieden und dankt Aleksej für das Fernglas.

„Hallo!" „Hey! Anastassja, sieh nur!" Vladimir ist mit Anastassja und Florian zu ihnen gestoßen. Havar begrüßt Vladimir mit Handschlag. „Gibt's da oben was zu sehen?" Gabriele reicht Florian das Fernglas weiter. „Bienen?" Mhm. „Kann man da Honig herunterholen?" Anastassja sieht blinzelnd nach oben. Sonnenstrahlen scheinen durch das dichte Blätterdach des Waldes. „Wir können es versuchen.", macht Vladimir Hoffnung. Er kramt in seinem Rucksack und holt einen Imker Hut hervor. Wie ein netzartiges Zelt, stülpt er es sich über den Kopf. Dank der robusten Handschuhe, die alle bekommen haben, sind auch seine Hände geschützt. Er sieht sich suchend um und zieht an Ästen der Lianen eines nahe stehenden Baumes. „Helft mir! Ich brauche noch einige. Ich muss ein Seil daraus drehen!", fordert er Aleksej und Florian auf. Havar hilft Vladimir die Lianen kraftvoll zusammenzuflechten. Schließlich ist Vladimir zufrieden, rollt es zusammen und hängt es sich quer über seinen Körper. Dann sucht er sich eine geeignete Aufstiegsmöglichkeit. Immer wieder setzt er an, bis er schließlich sein selbstgedrehtes Seil zum Einsatz bringt. Er wirft es weiter oben über einen dicken Ast und setzt zum weiteren Aufstieg an. Er ist schon sehr nahe der Bienenwaben. Auf einem Ast weilend, wühlt er in seinem Rucksack. „Was macht er da?" „Er wird einen Behälter für die Waben herausholen!" Havar guckt um sich. Er hat etwas gehört.

„Kommt wir müssen hier weg!" „Wieso?" „Die Bärenfamilie ist in der Nähe!" Aleksej nimmt vorsorglich die Hand seiner Schwester. Er kennt sie. Er traut ihr zu, dass sie die Bärin aus nächster Nähe sehen will. Ihr ist wahrscheinlich gar nicht bewusst, wie gefährlich dieses Tier sein kann. Sie weichen zurück und verstecken sich hinter einer Felsformation, geschützt vor den Blicken des wilden Tieres. „Sieh mal Aleksej! Sind die nicht süß?" Anastassja hat die kleinen, scheinbar kuscheligen Tiere gesichtet und springt ohne Vorwarnung auf. Bevor Aleksej sie zurückhalten kann, ist sie auch schon nach vorne gelaufen, um den Bärchen näher zu sein. „Ana!" „Scheiße!" „Mein Gott!" Ihr Bruder will ihr nach, um sie heil zurück zu holen. Havar hält ihn gerade noch zurück. „Ihr bleibt hier! Ich hole sie!", beschwört Havar mit eindringlichen Blick auf Aleksej. Er zieht sein Messer, ähnlich dem von Chavez, hervor und folgt Anastassja, die schon gefährlich nahe der Bärenfamilie ist. Sie kniet vor einem der jungen Tiere und hält ihm wackelnd einen Ast mit Blättern vor die Nase. Das Kleine schlägt mit seiner Tatze verspielt auf das verzweigte und belaubte Geäst und wirft sich auf den Rücken, immer den Ast in seinen kleinen Tatzen festhaltend. Neugierig kommt das Zweite hinzu. Anastassja lacht hell auf. Sie ist begeistert. „Komm zu mir Kleiner!", lockt sie und wackelt mit dem Spielzeug, den kleinen Bären daran hängend, hin und her.

Havar nähert sich vorsichtig und geduckt. Er will sie einfach wieder mit sich nach hinten ziehen. Aber die Bärin hat die Gefahr, in der ihre Kinder vermeintlich schweben, schon längst gewittert und nähert sich schnell mit einem wilden Grollen. Vor Anastassja und Havar stellt sie sich plötzlich bedrohlich auf die Hinterbeine und brüllt mit weit aufgerissenem Maul und zeigt ihre äußerst scharfen Zähne. „Bleib unten und verhalte dich ruhig.", flüstert Havar Anastassja scharf zu. Die Bärin lässt sich wieder herabfallen und sammelt die Kinder ein und sieht nach dem Letzten, das sich ebenfalls neugierig den Menschen zugewendet hat. „Geh zu deiner Mama!", flüstert Anastassja dem Bärenjungen zu und stupst es auf den richtigen Pfad. Die Bärin meint ihr Junges wieder in Gefahr und stellt sich abermals bedrohlich auf. Brüllend nähert sie sich zu schnell den Menschen und Havar zieht Anastassja entschlossen auf die Beine und stößt sie ins Gebüsch. „Lauf!" Er stellt sich der Bärin, immer wieder schreiend und fuchtelnd in den Weg, bis zu seinem Glück das große Tier sich wieder auf alle Viere fallen lässt, ihre Kinder einsammelt und den weiteren Weg entlang scheucht. Havar atmet befreit auf und dreht sich fuchsteufelswild nach dem Mädchen um. „Was hast du dir dabei gedacht?! Das ist ein wildes Tier, das instinktiv ihre Jungen verteidigt! Wir hätten draufgehen können!" „Mach mal langsam, Havar! Du schreist meine Schwester nicht an!" Aleksej ist seiner Schwester zu Hilfe geeilt. Der große bärtige Mann ist auf seine unschuldige Schwester losgegangen! Das kann er nicht tolerieren! Sie hat nicht vorsätzlich gehandelt. Sie ist einfach so. Wenn wer schuld ist, dann er selbst. Er hätte es voraussehen müssen. Die Schuldgefühle stehen ihm ins Gesicht geschrieben. Ihm ist übel.

Havar, vor Zorn rot im Gesicht, sieht den jungen Mann vor sich perplex an. Niemand stellt sich ihm in den Weg! Was bildet er sich nur ein?! „Hey... hey... hey! Es ist ja nichts passiert!" Vladimir steht plötzlich hinter ihm. Seine Hand greift vorsorglich um den Bizeps seines Freundes. Havar faucht. „Hast du das gesehen? DIE DA...", er zeigt auf die heulende Anastassja... „...geht einfach da hinaus und spielt mit den kuscheligen Tieren, als wären es ihre Haustiere im

Wohnzimmer!" Er schüttelt fassungslos den Kopf. Sein Adrenalin peitscht stetig seinen Körper weiter auf. „Mach mal halblang! Du hast ja selbst gesagt, sie ist unberechenbar. Ich habe sie auch deshalb immer in meiner Gruppe. Dieses Mal… das war Schicksal, dass ich nicht da war. Aber du hattest ja alles im Griff! Aber was soll's? Wir haben Honig als Nachtisch!", grinsend hebt Vladimir die sorgfältig verschlossenen Plastikbehälter hoch. Brummend lässt Havar es gut sein, während es Vladimir sich innerlich zerreißt. SEINE Anastassja hätte draufgehen können!

Anstatt freudig auf die Honigernte zu reagieren, sind die Freunde zu geschockt. Anastassja weint still im Arm von Gabrielle, die Havar böse anstarrt. Aleksej hat, immer wieder kopfschüttelnd und äußerst blass, auch einen Arm um beide Mädchen gelegt und Vladimir meint: „Setzen wir uns erst einmal hierhin und beruhigen uns, bevor wir weitergehen." Stumm verstaut er wieder seine Beute. Er macht sich Vorwürfe. Er hat die Verantwortung einfach so auf Havar übertragen, ohne ihn besonders auf Anastassja zu sensibilisieren! Sie ist prompt ihren Gefühlen nachgegangen. Es ist alleine seine Schuld… Irgendwann beruhigen sich die Gemüter und sie gehen weiter. Stundenlang streifen sie hintereinander ohne Worte durch den Wald. Die Gefahren bleiben ausnahmsweise einmal fern. Havar ist schon lange nicht mehr auf Anastassja böse. Im ersten Augenblick hat er etwas überreagiert und entschuldigt sich reumütig bei dem Mädchen. „Ach, das macht ja nichts! Ich mag dich. Du bist ein netter Mann!", ist ihr Kommentar. Havar lacht amüsiert auf. Für nett hat ihn noch keine gehalten! Er sieht sie mit neu erwachtem Interesse an. Sie beginnen sich zu unterhalten. „Woher kommst du? Aus dem Norden?", mutmaßt sie. „Meine Mutter ist Finnin, Papa Norweger. Du bist Russin, nicht wahr?" „Ja, Aleksej ist mein Zwillingsbruder.", fügt sie noch hinzu. Havar ist überrascht. Das hat er nicht gewusst. Jetzt versteht er so einiges… Sie gehen einige Zeit neben einander einher, bis Vladimir sie zu sich holt. Genug Süßholz geraspelt!

Bald erreichen sie die Lichtung, in der sie die zweite Nacht verbringen werden. Es dauert nicht lange und die Gruppen von Chavez und Olivier trudeln nacheinander und erschöpft zum Lagerplatz ein. Diesen Abend haben sie sich wieder einiges zu erzählen und die Geschichten werden weidlich ausgeschmückt.

# Vollmond

Der heutige Platz ist von dem milchigen Schein des Vollmondes hell erleuchtet. Die Abenteurer sitzen rund um das Lagerfeuer. Das Essen, das Oliviers Gruppe beigesteuert hat, ist aufgegessen. Sogar die Schlange ist gekostet worden. Einzig Verena und Sebastian haben sie abgelehnt. Jetzt knabbern die Naschkatzen an den Honigwaben. „Vladimir hat sie heruntergeholt. Er war sooo tapfer! Er hat viele Stiche hinnehmen müssen!" Anastassja ist entsetzt gewesen, als sie die Bienenstiche bei Vladimir entdeckt hat. Sein Arm ist glühend heiß gewesen. Sein Kopf hat einige Stiche abbekommen und kleine rote Beulen gebildet. Trotz des Kopfschutzes und der festen Kleidung sind die giftigen Stacheln durchgedrungen. Sie hat einige Kräuter zusammengesucht und einen Brei daraus gebraut. Sorgfältig trägt sie die kühlende Masse auf. Vladimir reagiert auf Insektenstiche nicht allzu heftig und Anastassja wundert sich, dass sie jetzt nicht mehr viele von den roten Flecken ausmachen kann, obwohl sie seine betroffenen Körperteile gerade genauer untersucht. „Lass das!", lacht Vladimir. „Du bist kitzelig!", frohlockt Anastassja, probiert ein paar Mal, ihn zum Lachen zu bringen. Spontan küsst sie ihn auf die Lippen. Seine Arme legen sich um ihren Körper und ziehen sie an sich. Seine Lippen öffnen sich und kitzeln sie mit der Zunge. Aller Schmerz der vergangenen Stunden ist vergessen und sie geben sich einander hin.

Sie werden nicht weiter beachtet. Auch Alexander, der Anastassja liebt, macht dies nichts aus. Sie leben irgendwie in einer Dreierbeziehung. Anastassja wendet sich schließlich Alexander zu, der neben ihnen sitzt, aber sich mit Sebastian unterhält. „Alexander, stell dir vor! Ich habe mit kleinen Bären gespielt! Die waren sooo kuschelig!" „Wirklich?!", skeptisch sieht er an ihr vorbei zu Vladimir. „Na, ganz so war das nicht!" Alexander hört Havar hinter sich schnauben. Da gibt es noch mehr! „Erzählt!" „Du kennst ja unsere Anastassja! Sie glaubte, weil die kleinen Bären so lieb aussehen, sind sie nicht gefährlich und ist aus der Deckung gegangen. Aber Havar kann euch das besser erzählen! Ich bin gerade bei den Bienen hoch oben in den Bäumen gesessen." Alle sehen zu Havar. Er verdreht die Augen. „Wie gesagt, Ana ist einfach aus der Deckung rausgelaufen! Sie hat die kleinen Bären mit einem Ast gelockt. Die Bärin hat ihre Jungen verteidigt und ist aufgerichtet und brüllend auf uns losgegangen. Ich habe die Kleine gerettet und die Bärin verscheucht. Das war's." „Ich bin nicht klein!" Alexander ist ganz still geworden. Er hat sofort den Ernst der Lage erkannt, in der sie sich befunden hatte! Er hätte sie heute verlieren können! Er holt sie zu sich und umarmt sie ganz fest. Anastassja spürt die eigenartige Stimmung ihres Freundes und schmiegt sich an ihn. Er lässt sie heute Nacht nicht mehr los.

„…und wem haben wir die Schlange zu verdanken?" Nora blickt in die Runde. „…um welche Schlange handelt es sich, bitte sehr?", fragt sie skeptisch, als zweifle sie daran, dass sie gefährlich war. „Das ist eine russische Viper… hochgiftig und tödlich!", brummt Chavez. Nora starrt ihn entgeistert an. „Sind wir jetzt vergiftet?!" „Nein, die Giftdrüsen habe ich noch am Tatort entfernt." Chavez sieht sie ausdruckslos an. „Das war echt gefährlich heute!" Verena schüttelt es noch immer. „Was?" „Sebastian wurde heute fast von dieser Viper gebissen!" Alle sehen zu ihm. Er sagt kein Wort. Er möchte nicht mehr daran erinnert werden müssen. Verena erzählt auf Wunsch der anderen dieses schreckliche Erlebnis. Die Münder stehen weit offen. „Ah…!" „Furchtbar!" „Mann, du hattest Schwein gehabt!" „Bin ich froh, dass dir nichts passiert ist. Die Freunde sind sehr teilnahmsvoll und sehen Sebastian einmal mehr als guten Freund an, der Gott sei Dank noch immer unter ihnen sitzt.

Uuuuuh… uhhhhh… uhhhh…"Was ist daaas?!" „Hört sich wie Wölfe an!" Jeder einzelne dreht sich erschrocken um. Gehetzt durchsuchen sie mit ihren Blicken das dichte Gebüsch um sie herum. Das Geheul hört sich verdammt nahe an. „Ihr bleibt alle hier sitzen. Solange wir am Feuer sitzen, werden die Wölfe nicht näher kommen!", weist Havar sie an. „Seht mal dort!" Aleksej hat mit seinem Fernglas die

Umgebung abgesucht. Er zeigt in die Richtung zum Waldrand. „Ich sehe die Augen! Das Feuer spiegelt sich in ihnen! Sie glimmen hell!" „Echt gruselig!" „Mein Gott! Was machen wir jetzt?" „Gib mal her! Ich will sie auch sehen! Alexander nimmt das Fernglas entgegen und guckt durch. Lange, ohne ein Wort von sich zu geben, beobachtet er sie stillschweigend und gibt das Glas weiter. Uuuuh... uuuuh... uuuuh! Das Geheul wiederholt sich. Vladimir, Havar, Chavez und Olivier stehen mit ihren entsicherten Jagdgewehren bereit da. Sie haben für die Unversehrtheit der jungen Leute die Verantwortung zu tragen! Wölfe in Rudeln sind eine ernstzunehmende Gefahr. Die kampferprobten Männer stehen, mit Blick in allen Himmelsrichtungen und beobachten die undurchdringliche Wand des Waldes. Noch schießen sie nicht. Sie wollen abwarten. Aber wenn sich die Wölfe entschließen sollten, näher zu kommen, sind sie zu allem bereit. „Seht dort!" Verena bemerkt den ersten Wolf. Der dickpelzige Körper kommt mit langsamen, vorsichtigen Schritten aus dem Wald. Ihm folgen einige nach. Vladimir, Havar und Olivier bilden eine undurchdringliche Mauer. Chavez prüft weiterhin die anderen Seiten ab. Noch warten sie ab. „Sie knurren!", verängstigt reißt Verena die Augen auf. Aleksej greift nach ihrer Hand. „Still! Sonst greifen sie an!", meint er. Die Spannung ist greifbar. Keiner sagt ein Wort. Alle starren in die eine Richtung. Dann ist die Hölle los. Das nächste Geheul, das die Wölfe von sich geben, hört sich an, an hätten die Wölfe sich entschlossen zum Angriff überzugehen. Der Leitwolf setzt an und rennt auf die drei los. Nora und Klaudia schreien entsetzt auf. Chavez legt an und schießt. Es soll nur ein Warnschuss sein. Aber die Wölfe lassen sich nicht beirren. Sie sind auf der Jagd. Die vier Männer fangen an abzufeuern und zwei der Wölfe fallen zu Boden. Das Rudel jault auf, als betrauern sie den Tod der Verstorbenen und die Tiere bleiben irritiert stehen, als wüssten sie nicht, wie es weiter gehen soll. Der Leitwolf knurrt böse, entblößt die scharfen Zähne und knickt schließlich winselnd die Vorderläufe ein. Sein Wolfsrudel macht es ihm nach. Sie haben Respekt vor den Stärkeren. Der Stärkere ist in diesem Fall der Mensch... Vladimir schießt noch einmal in die Luft. Die Tiere rühren sich nicht vom

Fleck. Es braucht noch mindestens drei Schüsse, bis die Jagd beendet ist. Die übrig gebliebenen Wölfe ziehen sich lautlos, ohne Beute, in den Wald zurück. Die Männer senken aufatmend die Gewehrläufe und entsichern. Die Wölfe heulen entfernt wieder auf. Uuuuh… uuuuh… uuuuh! Verena atmet schnappend durch. Sie hat permanent die Luft angehalten. „Das war sooo spannend." Anastassja sieht bewundernd zu Vladimir, der sich ihnen nähert. „Geil!" „Wow!" „Was gibt es hier noch an wilden Tieren?" „Was wird uns wohl morgen erwarten?!" Nora und Klaudia zittern wie Espenlaub. Die Nerven drohen auszurasten. Chavez kommt auf sie zu und nimmt jedes der beiden Mädchen beschützend in seine Arme und hält sie lange fest. Er legt sich sogar mit den beiden in zwei aneinander gelegten Schlafsäcke und wartet bis sie erschöpft eingeschlafen sind. Dann lässt er sie alleine zurück. Seine Wache beginnt.

#  Der Tiger

Die Gruppe von Havar ist an einen See angekommen. Die Umgebung ist wirklich schön. Sebastian, Michael und Verena sind bei ihm. „Na los! Zieht euch aus und geht baden! Der See ist sauber!" „Woher weißt du das?" Sebastian ist argwöhnisch. Dieser Tage scheint er der Pechvogel zu sein. Er will nicht mehr der Mittelpunkt eines Abenteuers sein! Dennoch macht er es den anderen gleich. Michael und Verena plantschen schon ausgelassen in dem kalten Wasser herum. „Zier dich nicht! Es ist eine einmalige Gelegenheit! Die bekommst du nie wieder!", fordert ihn sein Bruder auf. Irgendwie reizt es ihn ein kaltes Bad zu nehmen. Seine Muskeln sind verspannt. Er zieht sich bis auf seine Boxer Shorts aus und watet, bis zu den Knien, ins kühle erfrischende Nass, nicht ohne die bewundernden Blicke Verenas zu bemerken. „Gefällt dir was du siehst?", fragt er frech. Er kennt seinen tollen Körper und seine Wirkung auf die Mädchen. „Oh du…!" Sie spritzt das kalte Wasser auf seine nackte Haut, worauf er bibbernd zusammenzuckt. Seine Haut überzieht sich sofort mit Gänsehaut. Dann sprintet er entschlossen ins Wasser und taucht ab. Havar hat das Ganze mit einem Lächeln beobachtet. Kinder! Er träumt von Gabrielle. Diese Frau reizt ihn. Sie ist nicht so kindisch. Sie hat das Leben schon gesehen. Sie ist reifer, wenn auch nicht altersmäßig weit von den anderen entfernt. Sie ist eine Frau, die weiß was sie will. Er wird den Aufenthalt bei Mira verlängern und sehen, ob sich zwischen sie beide etwas entwickelt…

Er horcht auf und sieht in den Himmel. Geier? Wo Geier kreisen gibt es Aas. Tote Tiere locken andere Tiere an. „Kommt heraus! Wir müssen weiter." „Aber wir sind gerade erst ins Wasser!", mault Michael. „Herauskommen, habe ich gesagt! Ich wiederhole mich nicht gerne!" Verena ist sofort beim ersten Befehl raus und steht schon angezogen neben Havar. Sie hat gelernt, dass die erfahrenen Männer keine unnützen Worte vergeuden. „Kommt schon! Er wird schon einen Grund haben!" Unwillig, vor sich hin maulend, kommen die Zwillinge tropfend nass an ihnen vorbei und ziehen sich an. Sie haben keine Handtücher mit. Wer konnte schon ahnen, dass sie zum Baden kommen würden? „Seht Ihr die Geier? Es sind mindestens vier Vögel. Was glaubt ihr, was die hier machen?" Havar weist mit dem Zeigefinger in den Himmel. „Im Film sind sie auf Aas fixiert.", lacht Sebastian. „Genau! ...und was denkst du, was die im wirklichen Leben wollen?" Havar sieht ihn scharf an. „...Aas?" „Richtig! Wir gehen, bevor uns ein lebendiges und hungriges Wildtier über den Weg läuft." Er geht voran, immer die Augen auf die Umgebung fixiert. „Bückt Euch!" Sofort folgen sie dem Befehl. Sie strecken sich auf dem Boden aus und Havar zeigt auf eine wunderschöne Wildkatze. „Seht Ihr? Ein Tiger! Er sieht nicht hungrig aus. Wir haben Glück!" „Wunderschön!" Verena ist fasziniert von dem großen gestreiften Tier, das anmutig durch das hohe Gras dahinschreitet. Sebastian stöhnt. Er hat genug von den gefährlichen Tieren. Eigentlich will er gerne wieder zu Hause beim Fernsehen sitzen und sich die Serien hineinziehen. Trotzdem lässt er den Tiger nicht aus den Augen. „Wow! Siehst du die wunderschönen Streifen? Die haben was!", meint Michael. Sebastian brummt nur. Er ist froh, dass sie im hohen Gras versteckt sind. Ob sie sicher sind, bezweifelt er. Er verhält sich ganz still und beobachtet die übergroße Katze.

Als der Tiger endlich außer Sichtweite ist, stehen sie auf und klopfen sich gegenseitig das Ungeziefer ab, das sich auf ihren Körpern niedergelassen hat. „Eklig!" Verena juckt es am ganzen Körper. Sie windet sich, um sich zu kratzen. „Sebastian, sieh nach, ob ich in den Haaren noch etwas habe! Iiiigiiit!" Er zupft ihr einige undefinierbare Insekten aus ihren Haaren und zeigt ihr jedes einzelne. Angeekelt lockert sie die Haare kopfüber aus, kämmt sie vorsichtshalber mit den Fingern durch und stülpt sich resolut wieder ihre Schirmkappe über. „Danke!" „Keine Ursache! Hat Spaß gemacht!", feixt Sebastian. Schnaubend boxt sie gegen seine Schulter. „Uff!", gespielt geht er in die Knie, als hätte sie ihn ernst hart getroffen. „Hey Leute!" Oliviers Truppe kreuzt Havars Gruppe. „Habt ihr den Tiger gesehen? Einfach wunderschön, nicht wahr?" Heute begleiten Alexander, Nora und Klaudia den kleinen Franzosen. „Ja, haben wir! Es ist ein imposantes Tier!" Verena hängt sich bei Nora und Klaudia unter. Endlich kann sie sich mit Mädchen austauschen. Die Zwillinge sind anstrengend. Havar und Olivier beschließen den Weg von nun an gemeinsam weiter zu gehen. Havar ist auf der Hut. Er glaubt, dass sie den Tiger noch einmal sehen werden. Eine Großkatze wie diese durchstreift ein großes Gebiet. Er teilt seine Befürchtungen Olivier mit. „Mon ami, dies ist deine Spezialität! Ich vertraue ganz deinem Urteil!" Sie gehen weiter. In dem hohen Gras kommen sie nur langsam voran. Havar checkt immer wieder die Umgebung. Olivier führt die Bande an, damit Havar sich konzentrieren kann. Immer wieder macht er auf Pflanzen aufmerksam. Einige lässt er von den Mitgliedern der Runde einsammeln. Einzig Verena ist interessiert an seinen Anmerkungen und weicht nicht von seiner Seite. Er mag sie. Sie ist offen für Neues. Immer neugierig und lernfähig. Sie gefällt ihm. Wäre er nicht schwul, könnte sie interessant für ihn sein! Apropos, was Florian wohl so treibt?

„Mein Gott! Der Tiger läuft uns hinterher!" Nora hat ihn als erste gesehen. Alle anderen drehen sich um. Entsetzt bemerken sie, dass er in ihre Richtung sieht. Die große Katze leckt sich über seine Schnauze. „Er wird doch nicht Hunger haben?!" Sebastian ist der Gefahren längst überdrüssig und dreht sich zu seinem Bruder um. „Sag uns, wenn wir rennen sollen!", meint er zu Havar und tut trotzdem so, als würde er über der Gefahr stehen. Havar mahnt seine Gefährten leise und ruhig zu bleiben. Die jungen Leute stehen starr und glotzen den nicht weit entfernten Tiger an, der auf sie zu trottet. „Seht mal, wie geschmeidig er dahin läuft!" Verena hat trotz ihrer Angst bewundernde Worte übrig. „Ja. Aber ich möchte nicht seine Beute sein!" „Glaubst du, ich möchte das?" „Warum nur bin ich nicht zu Hause und spiele mit meinen Schwestern!" „Sebastian! Wir kommen nach Hause!" „Hoffentlich in einem Stück!", jammert Sebastian. Michael versteht seinen Bruder und macht sich Sorgen um ihn. Er hat die letzten Tage die meiste Aufregung gehabt. Wieviel wird er noch aushalten?

„Auuuu… ich habe einen Krampf!", flüstert Nora lautstark. Der Tiger wendet den Kopf und scheint die Truppe vor ihm in Augenschein zu nehmen. „Nora halt die Klappe! Siehst du, jetzt hat uns der Tiger im Visier! Ich werde dich in der Hölle heimsuchen!", schreit Sebastian aufgebracht. Er rastet aus. Havar versucht ihn zu beruhigen. „Still! Der Tiger ist nicht hungrig. Er ist nur neugierig. Er wird uns nichts tun!", versichert er dem jungen Mann, obwohl er dafür seine Hand nicht ins Feuer legen würde. Michael redet auf ihn ein. „Mann, reiß dich zusammen! Wir kommen heil nach Hause!" Sebastian ist wieder still. In seinem Inneren ist er längst nicht mehr so cool. Olivier und Havar sind in Alarmbereitschaft. Sie halten ihre vorsorglich entsicherten Gewehre in den Händen und warten ab. Der Tiger geht gemächlich seinen Weg und wird plötzlich von Rufen abgelenkt. Ruhig, als wüsste er, dass er sowieso der Stärkere ist, dreht er seinen Kopf. Vladimir und Chavez kommen auf sie zu. Hinter ihnen der Rest ihrer Freunde. Die Erleichterung ist riesengroß. Plötzlich ist auch Sebastian nach außen hin wieder der coole Typ. „Gegen uns alle kann die Katze nichts ausrichten! Wir werden es ihr zeigen! Los Havar mach sie fertig!" „Mensch Sebastian! Sei still! Havar wird dieses schöne Tier nicht erschießen! Havar?!" Verena fragt vorsichtshalber bei Havar nach. Dieser schüttelt beruhigend den Kopf. Erleichtert dreht sie sich zu Sebastian hin und schimpft: „Reiß dich endlich zusammen!" Der Tiger dreht sich schließlich weg und läuft davon. „Das war ja knapp. Was habt ihr euch dabei gedacht den Tiger aufzuschrecken!" Havar stemmt seine Arme in die Seiten und sieht Nora und Sebastian wachsam in die Augen. „Die blöde Kuh hat mich erschreckt! Da bin ich durchgedreht!" „Blöde Kuh? Du sagst blöde Kuh zu mir?! Du, du bist ein Feigling. Wer jammert denn die ganze Zeit, dass er lieber zu Hause sein möchte und mit seinen Schwestern spielen will?" „Ach was!" Sebastian wendet sich fluchend und verlegen ab. So eine Scheiße!

Havar dreht sich kopfschüttelnd ab. Er ist für diesen Streit nicht zuständig. Soll sich doch Vladimir mit den zweien auseinander setzen! Vorsorglich halten Olivier und er die beiden Kampfhähne getrennt. Ihr letztes nächtliches Lager

ist nicht mehr weit und sie schreiten ohne weitere
Zwischenfälle dorthin.

# Küss den Tiger

Inzwischen hat sich Sebastian bei Nora entschuldigt. „Schon gut. Du hast die meisten Gefahren bisher durchgemacht. Es zerrt an deinen Nerven. Entschuldigung angenommen!" Sie sitzen einträchtig beieinander und kauen an einem Stück gebratenen Fleisch, das Olivier mit seiner Truppe angeschleppt hat. Dieses Mal sind sie alle still. Sie sind müde. Die Tage der Aufregung zerren an der Konstitution aller. Verena hat Blasen an ihren Fersen und hat sich nicht einmal beschwert. Dennoch zieht sie mit schmerzhaft gequälten Gesicht ihre Schuhe aus. Die Blasen bluten bereits. „Au…", jammert sie leise. „Verena, du Arme! Ich habe den Rucksack voller Kräuter! Ich mach dir einen Umschlag!" Anastassja wirft bereits ihre Blätter in eine Schüssel. Mit dem Mörser stampft sie sie zu einem Brei. Dann holt sie etwas heißes Wasser von dem Kessel über dem Lagerfeuer und rührt es zu einem matschigen Etwas. Vorsichtig streicht sie Verenas Fersen damit ein. und legt eine leichte Binde um. „So das müsste reichen! Bis morgen ist es gut!" Olivier hat ihr interessiert zugesehen. „Sie ist ja eine richtige Kräuterhexe!", schwärmt er. „Ja, da magst du recht haben. Olivier sieht Vladimir und Alexander dabei zu, wie sie beide zärtlich nach dem Mädchen sehen. Oh… la… la…! Er geht zu ihr. „Du bist ein Glückskind! Du hast zwei Liebhaber!" „Ich weiß!", meint Anastassja bescheiden. „Oh… la… la! Du weißt es? Seid Ihr in einer Dreierbeziehung?" Sie nickt. Olivier ist sich nicht ganz sicher, ob sie beide dasselbe gemeint haben. Aber er wird es herausfinden! Mon dieu!

Aleksej nimmt sein Fernglas in die Hand. Er will sicher gehen, dass die Wölfe nicht zu hungrig sind und es nicht doch noch auf ihnen abgesehen haben. Aber er sieht keinen. Aber er sieht etwas anderes. Schnell geht er zu Havar, der ihm am nächsten steht. „Sieh' mal!" Aleksej reicht ihm sein Fernglas. Sein Kopf zuckt in die Richtung, in der er es gesehen hat. Havar blickt durch. „Das ist der Tiger!"

„Richtig! ...und was will er von uns?" „Ich weiß es nicht!"
Havar drückt den Knopf seines Walkie-Talkies und Vladimir
von der anderen Seite des Lagerfeuers sieht zu ihnen herüber.
„Was?" „Der Tiger hat sich am Waldrand niedergelassen.
Was machen wir?" Vladimirs Kopf zuckt in die Höhe.
Chavez und Olivier haben mitgehört. Sie greifen nach ihren
Jagdgewehren und bleiben wachsam. Der Tiger liegt
entspannt am Boden und blickt scheinbar träge zu ihnen.
Seine Zunge hängt leicht hechelnd aus seinem Maul. „Was
ist los?" Sebastian spürt die Veränderung sofort. Er ist
empfindlich gegenüber Spannungen geworden. „Der Tiger!"
„Was! Wo!" „Ein wunderschönes Tier, nicht wahr?" Verena
kann sich nicht sattsehen. Sie hat keine Angst. Hier sind vier
schwerbewaffnete Männer! Die jungen Leute rücken
zusammen. Anastassja und Verena stehen nahe Havar. Sie
wollen das majestätische Tier aus nächster Nähe sehen. „Gib
mir das Fernglas, Aleksej!", fordert Anastassja ihren Bruder
auf. „Wow!" Anastassja ist ganz hingerissen. Am liebsten
würde sie hingehen und einmal über das Fell streicheln.
„Sebastian hat sich nahe dem Feuer niedergelassen. „Zu
einem Feuer traut sich keines der Viecher!", meint er und
erntet Gelächter. Nora geht an ihm vorbei und stolpert mit
dem Fuß in ein Erdloch hinein. „Aua...! Au... das tut soo
weh!", heult sie auf. Sie plumpst neben Sebastian auf einen
Stein und reibt sich die Knöchel, der augenblicklich
anschwillt. „Shit! Sieh nur! Mein Knöchel!", jammert sie.
Sie versucht aufzustehen und wäre auf den Boden geknallt,
wenn Sebastian sie nicht aufgefangen hätte. „Mädel, so
kannst du nicht weiter! Wir müssen mit Vladimir reden!
Vladimir!", schreit er über das Lagerfeuer." Dieser sieht zu
ihnen hinüber. „Wir haben ein Problem!" Vladimir erkennt
sofort das Dilemma... ein angeknackster Knöchel! „Wartet
hier! Ich hole Anastassja! Vielleicht hat sie eine Idee."
Anastassja hat eine Idee. Sie kramt wieder in ihrem
Rucksack und holt undefinierbare Blätter hervor und
fabriziert wieder einen Brei, den sie rundum Noras Knöchel
streicht und ihr den Socken überzieht. „Uiii! Das stinkt ja!"
„Aber morgen geht es dir sicher besser und ich mache dir
einen neuen Umschlag. Ich denke nicht, dass du weiter
marschieren kannst!" Vladimir hat zugehört. Er muss

umdisponieren. So können sie nicht weiter. Er schlägt seinen Freunden vor, dass sie nicht mehr weitermarschieren werden, sondern direkt zu Miras Hütte gehen sollen. Die jungen Leute haben genug von den Abenteuern und jetzt müssen sie Nora abwechselnd tragen. Sie sind einverstanden. Der Tiger hat sich nicht vom Fleck gerührt. Nachdem er sein Maul gähnend weit aufgerissen hat, legt er seinen Kopf auf seine Vorderläufe und scheint ein Nickerchen machen zu wollen. Vladimir teilt Chavez und Havar ein, auf den Tiger aufzupassen. Die jungen Leute haben inzwischen sauber gemacht und ihre Schlafsäcke ausgerollt. Lange dauert es nicht mehr und es wird still im Lager. Vereinzelt hört man leise Schnarch Geräusche.

Anastassja kann nicht schlafen. Der Vollmond ist noch immer hoch am Himmel. Sie setzt sich auf und sieht nach Vladimir und Alexander, die links und rechts neben ihr schlafen. Dann steht sie auf. Sie geht zu Chavez. „Ist der Tiger noch da?" Er nickt. „Warum liegt er da und geht nicht nach Hause?" „Keine Ahnung!", brummt er. „Er muss Hunger haben.", meint sie sorgenvoll. Er zuckt die Achseln. Chavez ist nicht sehr gesprächig. Er sieht ihr kurz nach, als sie zum Lagerplatz zurück geht. Anastassja schlüpft ungesehen in das kleine Zelt, in dem sie die Vorräte verstaut haben. Der Tiger liegt schon so lange da. Er muss Hunger haben! Sie stöbert nach dem Fleisch, das sie nicht gegessen haben und geht damit hinaus. Ungesehen schleicht sie sich im Schatten von dem sicheren Platz weg. Chavez und Havar rechnen nicht mit Anastassjas Fürsorge und sehen sie auch nicht. Ihre Konzentration liegt vor allem auf dem Tiger und den Geräuschen der Nacht im Wald. Die tapfere junge Frau nähert sich vorsichtig der großen Katze, die leise knurrend den Kopf hebt. „Ich habe dir etwas zu Fressen mitgebracht. Du musst Hunger haben!" Unsicher lächelnd hält sie zwei große Keulen eines Rehs vor sich und will den Tiger damit locken. Aufgeregt, was nun passieren wird, schwenkt sie mit den Fleischbrocken vor dem Maul des Tigers herum. Die Katze knurrt lauter und die Zähne blitzen bedrohlich auf. Der große Körper erhebt sich majestätisch und nähert sich ihr. Mit der Zunge über sein Maul schleckend, kommt er näher an ihr heran. Einen Schritt zurückweichend, überlegt sie, ob das wirklich so eine gute Idee war, dem Tiger so nahe zu kommen. Ihre Hände zittern, das Fleisch wird ihr aus den Händen gerissen. Sie starrt angstvoll in die scheinbar schwarzen Augen des Tigers. Er senkt den Kopf und frisst in Sekundenschnelle die beiden Keulen. Ohne sie noch eines Blickes zu würdigen, legt sich die Wildkatze scheinbar zufrieden und satt nieder. Immer wieder schleckt es über sein ganzes Fell. Obwohl es bis jetzt gut ausgegangen ist, kann es Anastassja nicht lassen. Sie kommt ängstlich näher und versucht die Hand auszustrecken, um über das Fell zu streichen. Sie traut sich einen Schritt näher, bis die Katze sie leise knurrend innehalten lässt. Sie stockt und wartet ab. Noch einmal versucht sie es und steht schon sehr nahe. „Anastassja! Nicht!" Irgendwer schreit, aber sie ist hochkonzentriert. Sie will das Fell berühren! Sie streckt die Hand aus und legt sie vorsichtig auf den mächtigen Kopf. „Du hast sooo ein weiches Fell!", flüstert sie dem Tiger zu. Die Katze lässt es sich gefallen, als Anastassja über die halbrunden aufgestellten Ohren krault. Schnurrend senkt sich der Kopf des Tieres der Berührung entgegen.

Im Lager ist die Hölle los. Vladimir dreht durch. Wie konnte sie neben ihm entwischen?! Er macht sich Vorwürfe. Auch Alexander ist durcheinander. Er musste es wissen! Vollmond! „Wie konntet ihr sie gehen lassen! Wenn ihr was passiert! Scheiße! Anastassja!", heult ihr Zwilling. In diesem Moment dreht Anastassja den Kopf, als hätte sie Aleksej gespürt. Er ist in Not! Sie lässt von dem Tiger ab und läuft schnurstracks zum Lagerplatz zurück. Der Tiger bleibt liegen und macht es sich wieder auf seinen Vorderläufen gemütlich. Seine Reinigung hat ein Ende. Anastassjas Blick schweift sorgenvoll suchend durch die Finsternis. Durch den hellen Lichtstrahl des Vollmondes macht sie Aleksej aus und geht zu ihm. „Brüderchen! Was ist los mit dir? Ich glaubte, dich in Gefahr?" Aleksej nimmt sie fest in die Arme, froh, dass er sie lebendig wieder hat. Seine Augen sind nass. „Anastassja wie konntest du nur?!" „Was habe ich getan?" Sie ist ahnungslos. „Der Tiger hätte dich töten können!" „Ach was! Er hat Hunger gehabt und ich habe ihm zwei Keulen aus unserem Vorrat gebracht. Er hat so ein weiches Fell!", schwärmt sie. Vladimir und Alexander sind fassungslos. Olivier lacht aus vollem Halse. „Dieses Mädchen ist Goldes wert!" „Sie ist verrückt!" Havar erinnert sich nur zu gut, dass sie auch mit den kleinen Bären gespielt hat, ohne an die Bärenmutter zu denken! Die helle Aufregung senkt sich allmählich. Chavez und Havar beziehen wieder ihre Posten. Sie müssen trotzdem Wache halten. Soll sich Vladimir um das verrückte Mädchen kümmern!

Der Tiger erhebt sich geschmeidig. Sein Knurren ist laut durch die Dunkelheit zu hören. Er scheint böse zu sein! Die Männer gehen in Alarmbereitschaft. Die Gewehre werden entsichert. Entschließt sich der Tiger nun doch anzugreifen? Er scheint sich im hohen Gras der Lichtung zu verstecken. Sein Blick ist zum Waldrand gerichtet. Irgendwas bewegt sich dort. „Vielleicht sind es wieder Wölfe, die auf der Jagd sind?", meint Havar. Er kann keine Gerüche, oder Bewegungen ausmachen. Er blickt zu Chavez und wieder zum Waldrand. Dann zeigt Chavez zum Waldrand. „Sieh! Dort! Wölfe!", warnt er. Tatsächlich schleicht ein Rudel Wölfe unruhig im Gebüsch herum. Sie wagen nicht, hervorzukommen, als würden sie die Großkatze wittern. Die Katze springt vor und brüllt ohrenbetäubend in den Wald hinein. Die Wölfe heulen auf. Sie wagen sich mutig nach vor und versuchen, vorsichtigen Schrittes, um den Tiger herum zu schleichen. Aber der Tiger versperrt ihnen permanent den Weg und brüllt abermals markerschütternd. Die Wölfe werden mutiger, als ihnen guttut. Der Tiger greift an. Er beißt dem ersten Wolf in den Nacken und schüttelt ihn grob in der Luft hin und her. Der vergleichsweise kleine Körper des Wolfes wird in die Luft zu den anderen Wölfen geschleudert und der Tiger nimmt sich den nächsten auf die gleiche Weise vor. Winselnd weicht das Rudel zurück. Die Großkatze steht drohend mit einer dicken Tatze auf dem Körper des einen getöteten Wolfes. Es ist seine Beute, die ihm nun keiner mehr streitig machen will.

„Siehst du? Er ist ein ganz Lieber!" Anastassja sieht Vladimir, mit Stolz auf den Tiger, bedeutungsvoll an. Dieser schüttelt den Kopf. Er versucht sie erst gar nicht richtig zu stellen, denn er weiß, dass sie es nicht verstehen würde oder will. „Anastassja, du bist tout simplement adorable, ma chére!" Olivier ist hingerissen von Anastassja. Havar und Chavez haben ihre Gewehre entsichert. Der Tiger hat sich hungrig über seine reiche Beute hergemacht. Die zwei Wölfe sind bald verschlungen und die Katze schleckt sich wieder einmal gründlich sauber. „Ist sie nicht süß?" Am liebsten würde Anastassja hingehen und über das Fell streicheln. Aber Vladimir hält sie wohlweislich fest. Zum Schlafen zieht er sie in seinen Schlafsack. Sie wird keine Gelegenheit mehr bekommen, ihm zu entwischen!

# Klatschgeschichten

Nach dem kargen Frühstück am nächsten Morgen, teilt Vladimir den Freunden mit, dass sie heute direkt zur Hütte Miras marschieren werden. „Wir müssen uns abwechseln, Nora zu tragen. Sie kann nicht aufsteigen. Ihr Bein ist verstaucht. Wer meldet sich freiwillig?" Sebastian hebt als erster die Hand. Alle helfen zusammen und bald machen sich alle gemeinsam auf den Weg. Die Trainer sind auf der Hut. Auf eine Gruppe junger Erwachsener aufzupassen, ist eine große Herausforderung. Der Tiger erhebt sich ebenfalls und verschwindet im dichten Gebüsch. Dennoch sind Chavez, Havar, Olivier und Vladimir in Alarmbereitschaft. Ihre Gewehre sind entsichert. Sie wollen ohne Zwischenfälle zum Ziel gelangen und dazu braucht es mindestens einen Tag.

Sebastian trägt Nora schon eine Weile den Trampelpfad entlang. Sie redet ununterbrochen. „Ich bin dir sooo dankbar, Sebastian! Ich werde dir das nie vergessen!" Betont unauffällig tastet sie bewundernd über seine ausgeprägten Brustmuskeln. Er tut so, als falle es ihm nicht auf. Aber insgeheim gefällt ihm ihre Anerkennung. Sie kann es nicht verkneifen, irgendwann doch eine Bemerkung zu machen. „Wieso seid Ihr Jacksons so muskulös? Seid Ihr Tag und Nacht im Fitnessstudio?" Sebastian grinst. Er braucht nicht viel für seinen Body zu tun. Er hat ihn einfach so. „Bin ich zu schwer?" „Nein! Es geht noch!" Sein Puls ist merklich höher, als zu Beginn des Marsches. Seine Arme scheinen einem Krampf nicht mehr fern zu sein. „Ich bin wirklich zu ungeschickt. Im Wald bei der Schule musste mich Florina nach Hause tragen. Da hatte ich auch meinen Knöchel angeknackst. Aber er war ganz aus der Puste, als er mich getragen hat. Aber du... du trägst mich schon sooo lange und atmest noch fast normal." Wenn sie wüsste! Sebastians Arme krampfen. Er überlegt, ob er nicht um eine Ablöse bitten soll. Aber sein Ego treibt ihn an. „Wir machen Pause!!" Endlich... Sebastian lässt Nora vorsichtig auf einen großen

Stein nieder. Dann beginnt er seinen Körper zu strecken, wobei er natürlich wieder einmal bewundernde Blicke, nicht nur von Nora, auf sich zieht. „Wow! Der Typ sieht gut aus!", flüstert Gabriele Verena zu. Diese nickt nur. Sie sieht Sebastian schon seit der zweiten Klasse. Da hat sie sich schon an ihn gewöhnt. Havar tritt zu den beiden hübschen jungen Frauen. „Mädels! Wollt Ihr meine Muckis sehen?" Er hat die bewundernden Blicke auf den Typ bemerkt. Dabei wollte er doch Gabrielle auf sich aufmerksam machen! Er beugt sich nach vorne und berührt dabei fast die Nase Gabrielles. „Willst du?" „Ach was! Mach Platz, ich bekomme keine Luft." Sie ist keineswegs schüchtern und stupst ihn mit halber Kraft von sich weg. Aber ihr gefällt Havar. Dennoch ist ihr diese Anmache zu blöd.

„Wer trägt Nora als nächster? Sebastian muss sich ausruhen!" Florian hebt die Hand. „Hältst du mich überhaupt aus?" Nora ist skeptisch. „Natürlich! Du bist ja ein Fliegengewicht!" Florian ist etwas beleidigt. Wieso kommt Nora auf die Idee, dass er sie nicht tragen könnte? „Also gut!" Nora steht mit Hilfe von Verena auf und Florian bückt sich, damit sie auf seinem Rücken aufsitzen kann. Sie schlingt die Arme um seinen Hals, worauf er fast erstickt Luft holen muss. „Nimm die Arme von meinem Hals. Ich bekomme keine Luft!", röchelt er. Sie senkt sie auf seine Schultern und legt die Hände vorne auf seine Brust. „Wow! Deine Muckis sind viel härter als vor einem halben Jahr!", bewundernd drückt sie zu. „Lass das!" Olivier sieht etwas irritiert zu den beiden. Verena klärt ihn auf. „Die beiden sind zirka ein dreiviertel Jahr zusammen gewesen. Aber es klappte nicht." „Aha..." Nachdenklich guckt er das Paar nach. Florian gehört ihm! Zumindest bis er selbst wieder weiterzieht. „Olivier auf deinen Posten!" Sie marschieren schweigend weiter. Sie kommen an dem See vorbei, wo die Truppe Havars schon am Vortag war. Hier machen sie erst einmal eine längere Pause. Der Weg ist noch lang und sie müssen ihre Reserven einteilen. „Hier bleiben wir für eine Stunde. Ihr habt die Möglichkeit zu baden! Nutzt es aus, der Heimweg dauert noch lange." „Lass mich runter, Florian! Ich will baden!" „Mach langsam! Du brichst mir das Kreuz! Aah...!" Nora zappelt ungeduldig auf Florians Rücken, bis er sie mehr fallend, als vorsichtig absetzt. „Aua… pass doch auf!", schreit sie schmerzgepeinigt. „Undankbares Biest!", grummelt er. Er gesellt sich zu seinen Brüdern und zieht sich wie alle anderen bis auf die Unterwäsche aus. Ausgelassen plantschen die jungen Leute im Wasser.

Nur Anastassja bleibt am Ufer des kleinen Sees. Olivier gesellt sich zu ihr. „Warum gehst du nicht hinein? Das Wasser ist erfrischend, ma belle fille!" „Ach was! Ich genieße die positive Stimmung hier! Siehst du Nora? Sie ist so übermütig. Man könnte glauben, dass ihr Knöchel nicht mehr weh tut!" „Dank dir! Ich bleibe noch ein paar Tage bei Mira und du zeigst mir votre magie!" Sie lächelt. „Keine Zauberkünste, Olivier! Kräuter! Außerdem willst du noch bei Florian landen! Habe ich recht?", schmunzelt sie. „Oh… du hast mich durchschaut, mon ami." Er schweift mit seinen Gedanken weit ab… zu Florian? Als hätte Florian gespürt, dass über ihn gesprochen wird, stellt er sich aufrecht, mit beiden Armen an der Hüfte abgestützt, hin und starrt zu den beiden am Uferrand. „Sieh dir diesen Körper an! Il est un dieu!" Mhm…

„Sieh dir Michael an. Er läuft seit einem Jahr Emilie nach! Anfangs hat sie ihn abgelehnt. Nach dem Unfall waren sie unzertrennlich. Man hatte das Gefühl, dass sie sich gegenseitig stützen. Jetzt wird sich zeigen, ob Michael sie bei sich behalten kann." „Ja… ja… l'amour! Bin gespannt auf die Reaktionen im Web!" Olivier und Florian haben hart daran gearbeitet, damit die Aktion für Emilie ins Laufen kommt. Anastassja erzählt eine weitere Anekdote. „Florian war anfangs ein hoffnungsloser Charmeur und lustig. Dann hat er sich inoffiziell als schwul geoutet. Sein Vater hat ihm die Hölle heißgemacht. Er und Nora sind zusammen gekommen. Aber es hat nicht lange gehalten. Sieh ihn dir an! Er ist wieder fröhlich. Ich glaube, du tust ihm gut." Olivier ist geschmeichelt. „Ich begehre ihn!" „Ja, das haben wir schon gemerkt!", lacht Anastassja.

„…und Verena! Sie ist seit unserem ersten Jahr die Freundin von Aleksej und auch meine. Seit er ihr das Leben gerettet hat, sind sie unzertrennlich. „Was ist mit Gabrielle?" „Gabrielle kenne ich nicht. Sie ist Noras Nachbarin. Sie geht nicht mehr in die Schule und sie hat, laut Nora, eine schlimme Trennung hinter sich. Hast du schon gemerkt, dass Havar auf sie steht?" Überrascht blickt er auf Havar, dann auf Gabrielle. Havar starrt sie begehrlich an, als sie aus vollem Halse lacht, wie sie ihr nasses Haar nach hinten schleudert und ihr schlanker, biegsamer Körper sich dabei nach oben streckt. Sie ist nur mit BH und Höschen bekleidet. Beides klebt nass an ihr. Havar greift sich an den Schritt. „Oh mein Gott!" Ana und Olivier beobachten ihn... dann kichern sie.

„Ja dann noch die Zwillinge Jackson... Michael und Sebastian!" Anastassja lacht laut auf. „Sie haben es faustdick hinter den Ohren! Sie haben für Aufregung nonstop gesorgt." „Warum das?" „Sie haben Mädchen aus der Schule engagiert, dass sie so tun, als umschwärmen sie die Beiden. Für uns war es wahnsinnig unterhaltend. Aber Florian hat sich stets geärgert. Es war ihm megapeinlich!" „Oh... la... la! Erzähl!" Er beugt sich neugierig vor. „In der dritten Klasse wurden Aleksej und ich bedroht. Aleksej wurde entführt. Meine Eltern sind deshalb in die Schule und in Aleksejs Zimmer, gezogen." „Mon dieu! Furchtbar!" „Ja, Aleksej musste im Krankenzimmer bleiben, weil unsere Eltern sein Bett belegt haben. Irgendwann habe ich, weil mir Aleksej so leidgetan hat, die Zwillinge gefragt, ob sie nicht einen ihrer Streiche spielen können. Glaub mir, es war wirklich grenzwertig! Die Mädels haben sogar meinen Vater angemacht! Stell dir das vor!", kichert sie. Olivier lacht aus vollem Halse. „Aber es hat gewirkt?" „Da kannst du Gift darauf nehmen!"

„Schau mal, wer da kommt!" Sie steht auf und will schon weglaufen. „Halt! Stehen bleiben!" Olivier bekommt sie gerade noch an ihrem T-Shirt zu packen. Der Tiger kommt aus dem Versteck der Bäume und sieht sich träge um. Er setzt sich elegant auf sein Hinterteil. Seine Zunge schleckt um das Maul. Kurz darauf lässt er sich vollends im Gras nieder und leckt sich die Pfoten. „Mon ami! Der Tiger ist gefährlich! Du kannst nicht mit ihm spielen! Mon dieu! Mit einer Hand hält er sie eisern fest. Mit der anderen Hand nimmt er sein Walkie-Talkie und gibt Alarm. Vladimir, Havar und Chavez schauen gleichzeitig zu Olivier, der sie auf das große Tier aufmerksam macht. Sie haben gut daran getan, dass sie nicht auch ins Wasser gesprungen sind. Sie greifen nach ihren Waffen und verteilen sich scheinbar unauffällig, immer mit ihren scharfen Blicken auf das Tier, auf verschiedene Plätze. Die Katze jedoch reißt müde sein Maul auf und beobachtet gelassen das Geschehen. Leicht hechelnd, mit heraushängender Zunge, beobachtet sie die Badenden. Olivier und Anastassja scheuchen nun die Wasserratten aus dem See. Sie ziehen schnell ihre Klamotten über und bleiben abwartend am Ufer stehen. „Wer trägt Nora?" Anastassja sieht in die Runde. „Ich bin dran!", Michael tritt vor." „Du?" „Wieso nicht ich?" „Du kannst ja gerade mal, ich überlege noch, zwei Monate ohne Krücken gehen!" Anastassja ist skeptisch. „Ach was! Es geht schon!" Nora sieht Michael an. „Du sagst mir Bescheid, wenn ich zu schwer werde!" „Du bist doch ein Fliegengewicht!" „Wo habe ich das schon einmal gehört?", überlegt Nora. Dann lässt sie sich auf seinen Rücken heben und er schlingt seine Arme unter ihre Knie. „Es ist doch immer wieder aufregend von einem Jackson genommen zu werden!" Diese Zweideutigkeit haben alle verstanden! Die Mädchen kichern und die Jungs tun so, als hätten sie es nicht gehört.

Der Tiger folgt ihnen in einem großen Abstand. „Er wird uns doch nicht bis zu Mira begleiten? Das ist zu gefährlich für die Frau!", meint Havar. Vladimir überlegt, ob sie das Tier nicht mit Schüssen verscheuchen sollen. Er berät sich mit Chavez und Havar, die neben ihm das Schlusslicht bilden. „Wir können es versuchen. Aber es gibt uns keine Garantie, dass er nicht doch wieder zu uns kommt. Bis jetzt hat er keine aggressiven Neigungen uns gegenüber gezeigt." „Er bewacht uns." Chavez gibt kurz und bündig seine Meinung kund. „Glaubst du?", skeptisch sieht ihn Havar an. Chavez zuckt die Achseln. Er ist sich nicht sicher. Sie beschließen nichts zu tun, aber den Tiger nicht aus den Augen zu verlieren!

Inzwischen hat sich Michael vorausgabt. Total erschöpft fällt er, mit Nora auf dem Rücken, auf einen mit Moos bedeckten Stein. Ufff! „Ich kann nicht mehr!", stöhnt er. „Michael du hast mich so lange getragen. Ich bewundere dich dafür!", versichert sie ihm und rückt minimal zur Seite. Er bekommt einen Schmatzer auf die Wange und gleich noch einen. Lächelnd legt er einen Arm um sie und lehnt sich schwer an sie. „Wir brauchen Ablöse!" Olivier schaut sich um, bis sich Aleksej meldet. Mit Nora huckepack auf Aleksejs Rücken geht es weiter. Emilie tritt an Michaels Seite und legt sich seinen Arm auf ihre Schulter. „Stütz dich eine Weile auf mich! Das zusätzliche Gewicht war zu anstrengend für dich!" Dankbar nimmt er das Angebot an. Sebastian hat die vorsorgliche Geste beobachtet. Warum ist er nicht auf die Idee gekommen? Er ist eifersüchtig auf Emilie! Mürrisch stapft er hinterher. „Wie lange haben wir noch?", müde schließt Verena zu Olivier auf. „Ich denke wir werden noch etwa zwei Stunden brauchen, wenn es zügig vorangeht. Aber vorerst brauchen wir eine Pause. Ich werde Vladimir anfunken." Sie suchen sich einen geeigneten Platz, wo sie sich ausrasten können und packen den Rest an Vorräten aus. Die Trinkflaschen sind, dank des Sees, aufgefüllt.

„Sebastian, was ist das über deinem Kopf?!" „Eine Spinne?!" „Was?!" Sebastian springt hektisch auf und wuschelt seine Haare. Er hasst Spinnen! „Ruhig Sebastian. Du musst ruhig sein! Das ist eine Schwarze Witwe… tödlich!", will Havar ihn zur Ruhe zwingen. Der Körper Sebastians erstarrt. Er hat die Spinne mit der Hand, von seinen Haaren auf seine Schulter gestreift. Sie hat ihn doch nicht gebissen?! Jetzt scheint sie auf seinen Hals zuzukriechen. Er spürt ihre Beine schon überall. Seine Haut kribbelt. Seine Nerven sind in Aufruhr. Sie liegen wieder einmal blank. Schwarze Witwe! Er könnte sterben! Die Spinne scheint sein Kinn entern zu wollen. Langsam aber sicher, tastet sie sich vor. Ich will noch nicht sterben! Er sieht zu Michael. Sein Bruder starrt ihm in die Augen und hält ihn dort fest. Sebastian überkommt etwas Ruhe. Der Blick seines Bruders erdet ihn. Havar sucht inzwischen nach einem dünnen langen Ast, um sie von dem jungen Mann wegzutreiben. „Ruhig… nicht bewegen!", meint Havar. Sebastian ist schon erstarrt. Er könnte sich, auf keinen Fall bewegen! Zsch… Der dünne Ast zischt nahe an Sebastians Nase vorbei. Der erste Versuch gelingt. Sebastian kann aufatmen. Die schwarze Witwe ist weg. Beinahe wäre sie auf

Havar selbst zugesprungen. Chavez tritt heran, hält ein Netz parat und fängt sie und bringt sie weit weg von der Gruppe. Allgemeines Aufatmen. Sebastian fällt in sich zusammen. Sein Bruder fängt ihn auf... wieder einmal ist sein Bruder in Lebensgefahr gewesen! Michael wird schlecht. Er übergibt sich vor seines Bruders Beinen. „So eine Scheiße!" Sie umarmen sich fest.

Sie blenden die Umgebung komplett aus, bis Anastassja zu ihnen tritt. „Ich habe eine Mixtur gegen das Gift gemacht. Lass mich dich damit einreiben. Vielleicht hat sie dich gekratzt?" „Ich spür nichts!", will Sebastian abwiegeln. „Komm schon, zieh dein T-Shirt aus!" Maulend zerrt er sein Shirt von sich und erntet wieder einmal das eine aaah... und oooh... „Hier hast du einen roten Fleck! Spürst du nichts?" Sie drückt auf den Fleck. „Au...! Sie schmiert einen großen Klecks des Breis auf seine Schulter und auch in seine Haare. „Hör auf! Das stinkt ja!" „Aber es wirkt!", ist sie sich sicher. Durch das kleine Intermezzo mit Anastassja haben sich die Nerven der Zwillingsbrüder wieder beruhigt. Nur der bestialische Gestank der Kräuter auf seiner Schulter und in seinen Haaren lässt ihn die Luft anhalten. Immer wieder muss er sich gefallen lassen, dass jemand in seiner Nähe die Nase rümpft und blöde Sprüche klopft. Ärgerlich... gar nicht cool...

Es geht weiter. Alexander nimmt Nora huckepack und sie nehmen den letzten Teil des Marsches in Richtung Miras Hütte auf. „Der Tiger folgt uns noch immer!", berichtet Havar. Irgendwie ist es nicht mehr so interessant. Sie wollen alle nur nach Hause. Sie haben Abenteuer genug gehabt. „Die Hütte!" Emilie sieht sie als erste. „Mensch, es wurde auch Zeit!" „Ich spüre meine Füße nicht mehr!" „Mira, wir kommen!" Mira steht, über das ganze runde Gesicht strahlend, vor ihrer Hütte und hält die Arme willkommen ausgestreckt. Fröhlich lachend sieht sie die müden Freunde mit letzter Kraft auf sich zu rennen. Sie haben ihr gefehlt... jeder einzelne...

Sie fallen nacheinander um wie Kartoffelsäcke. Mira lacht, als sie die jungen Leute beobachtet. „Kinder! Ich habe euch etwas gekocht! Hühnersuppe mit Nudeln!" „Mira du bist ein

Schatz!" „Ich habe Hunger!" „Ich komme!" Mühselig, wie
alte Menschen, rappeln sie sich wieder auf die Beine. Die
Rucksäcke bleiben liegen und sie gehen in die Hütte. „Ich
bleibe draußen." Vladimir löst Chavez ab, der die ganze Zeit
nach dem Tier Ausschau gehalten hat. In der Hütte ist die
Hölle los. Der Tisch ist voll besetzt und Mira stellt jedem
einen Napf mit der Hühnersuppe hin. „Endlich etwas
Normales!" „Die Suppe ist sehr gut, Nora!" „Kann ich noch
etwas haben?" „Danke!" Mira lächelt. Der Kessel ist leer.
Ihre Gäste gebärden sich, als hätten sie die letzten Tage
nichts zu essen bekommen! Als Nachtisch hat sie Kuchen
mit Puddingcreme gemacht, der ebenfalls in Null Komma
Nichts verschlungen wird. Mit vollem Bauch kehren sie in
die Schlafecken. Wohlig seufzen sie auf. Hier können sie
wieder auf Matratzen schlafen. Bald hört man hier und da
nur mehr leises Geschnarche.

# Dunja, die Tigerin

Anastassja liegt lange wach. Sie kann nicht schlafen und steht auf, als sich niemand mehr rührt. Sie geht hinaus und will nach den kleinen Kätzchen sehen. Ungesehen erreicht sie die halboffene Stalltür und schlüpft hinein. Ein bekanntes Knurren vibriert durch die Luft. Erschrocken dreht sie sich um. Aber sie sieht vorerst nichts und schleicht sich vorsichtig weiter. Sie sieht zum Heuschober, zum Holzstapel und in die leere Pferdekoppel. Staunend steht sie dem Tiger gegenüber! Sein großer Kopf erreicht spielend ihre Kopfhöhe. Die Augen des Tieres sind grün. Sie staunt über die dichten Schnurrhaare der Wildkatze. Dann sieht sie die Zunge über sein Maul lecken. Ein kleiner Schrei kommt tief aus ihrer Kehle. Ihre Hand greift schützend nach ihrem Hals, als wollte sie ihn vor dem Angriff des Tieres schützen. Der Tiger steht vor ihr und beobachtet sie. Als sie in keiner Weise reagiert, macht er kehrt und legt sich in das Stroh auf den Boden der Koppel. „Was machst du da?", fragt sie ihn, obwohl sie weiß, dass sie keine Antwort erwarten kann. Sie kommt neugierig näher. Die Katze reinigt inzwischen gewissenhaft ihr Fell. Anastassja kniet sich vor sie und greift in den gestreiften, dicken Pelz. Sie krault es hinter den Ohren. „Es gefällt dir, nicht wahr?" Der Tiger neigt den Kopf ihrer sanft streichelnden Hand entgegen. Immer wieder wühlt sie sich hinein. Die große Katze fängt zu schnurren an und legt den Kopf auf ihren Schoß. Behaglich schließt das Tier die Augen.

Anastassja ist müde und entschließt sich, sich an den warmen Körper des Tieres zu schmiegen. Sie fühlt den regelmäßigen Herzschlag des Tigers und schläft ein. „Anastassja!" Eine Hand liegt auf ihrer Schulter. „Chavez!" Der Tiger wird munter. Ein lautes Knurren weckt die junge Frau vollends. Der Tiger steigt über sie drüber und scheint sie beschützen zu wollen. Chavez stolpert zurück und hebt sein Messer, bereit zur Verteidigung. Der Tiger reißt sein Maul auf und brüllt warnend durch die Nacht. Seine Zähne blitzen im schwachen Licht der Stalllaterne. Chavez bückt sich, als wolle er sich dem Tiger unterordnen. Anastassja hat sich inzwischen unter dem Tiger hervorgerappelt. „Nein!", ruft sie den beiden zu. Sie legt eine Hand auf das Maul des Tigers und eine Hand auf die Hand des Mannes. Beide geben nach. Der Tiger neigt den Kopf und dreht sich um. Er legt sich wieder auf das Stroh und leckt sich wieder einmal die Pfoten. Chavez' Atem ist wieder ruhig geworden. Fassungslos den Kopf schüttelnd betrachtet er abwechselnd Anastassja und das wilde Tier. So etwas hat er noch nie gesehen. Ein zahmer Tiger?!

Havar, Olivier und Vladimir stürmen den Stall. „Chavez! Anastassja? Was machst DU hier?!" Vladimir hat sie schon wieder verschlafen! Schön langsam wird es zur Gewohnheit! Shit! Zu viert stehen sie staunend vor der Koppel und sehen Anastassja zu, wie sie den Tiger scheinbar beruhigen will. Sie flüstert dem Tier immer wieder etwas zu und ihre Finger kraulen ständig durch das gestreifte Fell. Die Katze schnurrt. Sie sieht lächelnd auf. „Vladimir, ist sie nicht süß?" „Sie?" „Ja, es ist eine Katze! Wollen wir ihr einen Namen geben?" Havar lacht nervös. „Das ist ein wildes Tier. Sie ist gefährlich!" „Ach was! Ich glaube, dass sie schwanger ist und hat sich deshalb ein sicheres Plätzchen für ihre Jungen gesucht!" Eine größere Bombe hätte sie nicht platzen lassen können. „Wie kommst du denn darauf?!" Vladimir sieht sie äußerst skeptisch an. „Komm her! Sie hat einen dicken Bauch! Wenn man hier hin greift, dann bewegt sich etwas. Ich glaube, dass es soweit ist und die Jungen kommen bald zur Welt! Ich bin sooo aufgeregt!" Sie hat Vladimir zu sich gezogen und nimmt seine Hand mit zum Bauch der Katze. „Sie hat Recht! Das ist ein Weibchen! Sie ist schwanger!", staunend streichelt er über die Bauchdecke. Der Tiger legt sich zu Seite und lässt es sich gefallen. Behaglich schnurrt das Tier unter den Streicheleinheiten. Es scheint ihr zu gefallen. Chavez, Havar und Olivier sitzen derweil mit einem gehörigen Abstand auf dem Boden und beobachten aufmerksam das Geschehen. „Mon dieu! Dass ich das einmal erleben darf. Ein Tigerweibchen lässt sich streicheln!" Olivier lacht in sich hinein. Chavez grunzt und Havar schüttelt seinen Kopf. Unglaublich! „Das ist Dunja! Wir nennen sie Dunja! Was sagst du, Vladimir? Sie ist eine waschechte Russin!" „Wie du meinst!" Vladimir hat sich an die Holzwand der Koppel zurückgelehnt und sieht Anastassja zu, wie sie immer wieder über Dunjas Fell streichelt. Die Katze wirkt entspannt und hat die Augen geschlossen. „Komm wir gehen wieder ins Bett! Du musst ja hundemüde sein!" Schweren Herzens folgt sie Vladimir Hand in Hand nach draußen. Sie ist wirklich sehr müde und legt ihren Kopf auf seine Schulter. Kurz entschlossen nimmt er sie auf seine Arme und trägt sie in die Hütte hinein.

Am nächsten Tag ist Dunja verschwunden. Anastassja sucht sie am ganzen Gelände rund um die Hütte. „Sie ist weg! Sie ist weg!" Verstört sucht sie jedes Fleckchen ab. Aber keine Dunja! „Beruhige dich doch! Sie wird vielleicht auf die Jagd gehen. Immerhin muss sie auch Nahrung zu sich nehmen!" Vladimir hält die aufgelöste Anastassja fest im Arm. Dunja ist ihr sehr ans Herz gewachsen.

Verena zupft an ihrem Ärmel. „Komm wir müssen uns um die anderen Tiere kümmern. Immerhin brauchen dich die kleinen Kätzchen. Der Esel, die Ziege und das Pony brauchen Auslauf. Wir müssen die Eier von den Hühnern holen! Siehst du, wir haben jede Menge zu tun!" Anastassja seufzt. Verena hat ja so Recht! Gemeinsam mit Emilie füttern sie das Vieh und lassen die großen Tiere auf die Koppel hinaus. „Lassen wir ein paar Eier über. Vielleicht bekommen wir dann Küken! Sie sind so süß, wenn sie flauschig sind!" Emilie sieht bittend mit großen braunen Augen die Älteren an. „Ja, das machen wir!" Anastassja ist wieder voller Elan. Die Aussicht auf kleine Küken, gefällt ihr sehr.

Zwei Nächte voller Sehnsucht nach Dunja, schläft sie ruhelos zwischen Vladimir und Alexander. Sie dreht sich ständig hin und her. Sie träumt von der Tigerin und wacht traurig wieder auf. Alexander und Vladimir wissen gar nicht, wie sie ihre Freundin aufheitern können. Immer wieder versuchen sie sie mit Kleinigkeiten aufzuheitern. „Hörst du? Ein Specht klopft dort drüben!" „Wo?" „Komm wir sehen nach." Fast nicht sichtbar, aber gut hörbar, klopft der Vogel weit oben am Stamm. „Schau mal, Wildschweine mit kleinen Ferkeln... Frischlinge. Alexander reicht ihr ein Fernglas. Mit ausgestreckten Arm zeigt er in den tiefen, dunklen Wald. Eigentlich kann man fast nur Schatten ausmachen. Aber aufgrund des hellen, gestreiften Fells der Jungen, kann man sie dennoch erkennen. Dann hören sie ein leises Knurren. „Dunja? Dunja! Sie ist wieder da!" „Vorsicht!" Vladimir hält sie, seinen Arm von hinten um ihre Taille geschlungen, zurück. „Wir wissen nicht, ob sie es ist. Warte! Chavez bist du da?" Die Vier haben ihr Walkie-Talkie ständig bei sich, um sich jederzeit mitteilen zu können, solange sie hier sind. „Ich habe sie schon gesehen! Sie geht in den Stall." Chavez ist vorsichtig. Sein Gewehr liegt locker in seinen Armen. „Sie ist es! Lass mich los!" Anastassja kann es kaum erwarten zu Dunja zu kommen.

Vladimir und Chavez begleiten sie achtsam zu der Tigerin. Ihre Waffen sind bereit abzufeuern, sollte die Tigerin auf sie losgehen. Mit einem Prankenhieb könnte sie die junge Frau schwer verletzen, wenn nicht gar töten. Als Begrüßung ernten sie leises Knurren. Anastassja geht stetig weiter. „Dunja! Ich freue mich, dass du wieder da bist!", sagt sie leise. Dunja hebt den Kopf, leckt über ihre Schnauze und säubert ihr goldbraunes, mit schwarzen Steifen geschmücktes Fell. Das Tier sieht Anastassja zu, als sie sich neben ihr niederlässt. Eine schmale Hand greift in den dichten Pelz hinter den Ohren und krault es durch. Schnurrend kommt der Kopf auf dem Schoß der jungen Frau zu liegen. „Ich bin so froh, dass du wieder da bist! Wo warst du nur?" Dunja hebt leicht den Kopf an und reißt gähnend das große Maul auf und blickt in die Augen ihres Gegenübers. Die langen scharfen Eckzähne setzen die beiden Männer erneut in Alarmbereitschaft. Sie trauen dem Wildtier noch nicht über den Weg. Anastassja indessen, streckt vorsichtig ihre Hand nach dem Gesicht des Tieres aus. Eine lange raue Zunge schnellt hervor und leckt über ihre Finger, nein über die ganze Hand, über das Handgelenk und benetzt den Ärmel ihres Pullovers. Anastassja lacht. „Sieh nur! Du machst mich ja ganz nass!", verspielt rubbelt sie das Fell am Hals und versteckt ihre Nase darin. Dunja lässt sich alles gefallen und legt ihren Kopf wieder auf ihre

Vorderpfoten. Die Augen fallen zu. „Sie ist müde! Wir müssen sie schlafen lassen. Sie ist zwei Nächte und zwei Tage weg gewesen." Resolut steht sie auf und lehnt die Koppeltür zu. Dunja kann jederzeit von alleine rausgehen. Vladimir und Chavez atmen auf. Ihre Nerven sind nahe am Zerreißen. Ausnahmsweise sind sie etwas unschlüssig, wie es weiter gehen soll. So eine Situation ist neu für sie. Wäre nicht Anastassja, hätten sie die Tigerin längst verjagen können. Aber so... Sie setzen sich erst einmal auf die Heuballen und Chavez fragt: „Was machen wir jetzt? Die Tigerin wird mindestens einen Tag und eine Nacht hier sein, bis sie wieder auf die Jagd gehen muss." „Einer von uns muss immer in der Nähe bleiben. Anastassja wird sich nicht von uns abhalten lassen, zu Dunja zu gehen. Wir werden uns abwechseln. Hol Havar und Olivier her." Ohne ein weiteres Wort folgt Chavez Vladimirs Worten. Anastassja indessen, sucht nach Milch in den Vorräten. Sie haben viel zu viel davon gekauft! Da geht sicher was für Dunja ab. „Mira hast du eine größere Schüssel für Dunja? Sie braucht Milch!" „Ana, sie ist eine Wildkatze! Sie braucht kein Futter von dir! Sie geht ja selbst auf die Jagd." Nora sieht Anastassja beim Suchen nach einer Schüssel zu. „Sie ist schwanger! Natürlich braucht sie Milch!", beharrt sie und wird fündig. Großzügig leert sie einen ganzen Liter von der Milch aus und verdünnt sie mit extra viel Wasser. Bei den kleinen Kätzchen muss sie auch verdünnen, sonst bekommen sie Durchfall. Sie will nicht, dass Dunja unter Durchfall leidet. Langsam und vorsichtig balanciert sie die schwappende Milch zum Schuppen. Die Vier sitzen noch immer im Stall und diskutieren. Sie beachtet sie nicht und steuert die Koppel an. Havar springt auf und macht ihr den Holzgattern auf. Sie geht langsam in die Knie und schiebt die Schüssel in die Nähe der Katze. Dunja scheint zu schlafen. Sie rührt sich nicht. Ihr Körper atmet heftig, als wäre sie gerade gelaufen. Anastassja verlässt wieder leise den Platz und geht zu den Männern, die ihr entgegensehen. Gemeinsam mit Chavez, Vladimir und Olivier verlässt sie den Stall. Havar macht die erste Schicht und lehnt sich gemütlich im Stroh zurück. Sein Gewehr liegt griffbereit neben ihm.

„Hallo Ana! Der Tiger ist schon wieder da, habe ich gehört?"
Aleksej macht sich Sorgen. Das Tier ist gefährlich. Bis jetzt
hat er es nur im Wald gesehen, als sie alle noch unterwegs
waren. „Ja! Stell dir vor, sie ist sooo schön! Du musst sie
unbedingt einmal streicheln. Du kannst mit mir hingehen.
Mir vertraut sie." „Ana, jetzt hör einmal gut zu! Es ist ein
wildes Tier und ein Fleischfresser! Wenn er Hunger hat…"
„Es ist eine SIE!", unterbricht ihn seine Schwester. „Wenn
SIE Hunger hat und nichts zu fressen da ist, fällt sie dich an!
Wie soll ich es Papa erklären, dass wir einen Tiger im Stall
haben… als Haustier?!" „Eine SIE, Aleksej! Ich habe sie
Dunja getauft!", grinst Anastassja. Aleksej schüttelt den
Kopf. Er kennt das. Sie ist an dem Punkt, wo sie keine
Einsicht mehr zeigen wird. Sie ist von sich überzeugt und
niemand kann sie davon abbringen. „Dunja ist schwanger!
Stell dir vor! Du kannst ihr helfen." „Ich?! Wie soll ICH ihr
helfen können?" Aleksej sieht sie an, als habe sie nicht alle
Tassen im Schrank. „Du kannst während der Geburt der
kleinen Tigerchen die Hand auflegen. Es beruhigt sie
sicher.", meint sie überlegend. Schon zum x-ten Male
schüttelt er über die fantasievollen Ideen seiner Schwester
den Kopf. „Stell dir vor, du bist hautnah dabei, wenn die
kleinen Tiger zur Welt kommen…!", träumerisch guckt sie
in den blauen Himmel.

Sie läuft ohne weiteres Wort schon wieder hinaus und in den
Stall hinein. Dunja ist wieder munter. Schon wieder leckt sie
über ihr Fell. „Hallo Dunja. Du hast ja die Schüssel schon
ausgeschleckt!" Anastassja ist entzückt, dass sie Dunja eine
Freude damit machen konnte. Sie gräbt ihre Hand in den
dichten Pelz im Nacken und verweilt ohne Worte neben ihr.
„Darf ich mich zu dir setzen?" Emilie steht vor ihnen.
Furchtsam guckt sie auf das Tier. „Komm!", Anastassja
streckt die Hand nach ihrer jungen Freundin aus. Dankbar
ergreift sie Emilie, denn von alleine hätte sie sich nicht
getraut, näher zu treten. Misstrauisch, aber neugierig kniet
sie sich neben Anastassja. „Dunja, das ist meine Freundin
Emilie!" Sie zieht die Hand Emilies näher zum Fell. „Wow!
Das ist total weich wie Seide!" Sie wird mutiger und streift
vom Hals bis zum Po des Tieres durch. Dunja lässt sich zur
Seite fallen. Anastassja lacht. „Sie will auf dem Bauch

gestreichelt werden!", gluckst sie. Emilie tut dem Tier den Gefallen. Dunja fängt an zu schnurren. Emilie ist ganz begeistert. „So ein schönes Tier!" „Ja, nicht wahr?" Plötzlich schreckt Emilie zurück. Dunja knurrt, liegt aber noch auf dem Rücken. Anastassja blickt auf. Aleksej und Michael stehen da und sehen argwöhnisch zu. Noch scheint keine Gefahr zu drohen. „Aleksej, Michael! Schön, dass ihr euch bekannt machen wollt! Wir machen es so, dass nur immer einer hinzukommt." „Ich wollte eigentlich nur nach Emilie sehen!" Michael hat sie in den Stall gehen sehen und ist ihr besorgt hinterher. Unterwegs ist er auf Aleksej gestoßen, der ebenfalls nach seiner Schwester sehen wollte.

„Machst du Aleksej Platz? Er wollte schon vorhin Dunja sehen." Nickend steht Emilie auf und gesellt sich zu Michael, der sie sofort besitzergreifend an der Hand nimmt und sie schützend neben sich zieht. „Aleksej, darf ich dir vorstellen? Das ist Dunja. Du kannst ruhig näher kommen!" Als ihr Bruder näher kommt, knurrt Dunja etwas lauter. „Dunja, das ist mein Zwillingsbruder Aleksej! Du brauchst keine Angst zu haben. Er tut dir nichts!" Dunja hat sich wieder auf ihre Beine gelegt, den riesigen Kopf erhoben und lässt schließlich Aleksej näher kommen. Vorsichtig streckt auch er seine Hand aus und berührt zaghaft das Fell hinter den Ohren. Leise lächelnd krault er Dunja weiter. Dann nimmt er seine zweite Hand und krault ihr auch das andere Ohr. Er kniet direkt vor ihrem Kopf. Aleksej ist begeistert und wird mutiger, als er Dunja schnurren hört. Er massiert ihr den ganzen Kopf und den Hals. Dunja hat die Augen geschlossen und genießt die Zuwendung des jungen Mannes. „Hab ich dir nicht gesagt, dass Dunja eine ganz süße Tigerin ist?" Die Zwillinge sehen sich an und prusten drauflos.

Havar ist näher getreten, als es lauter geworden ist, wobei Dunja alarmiert böse zu knurren anfängt. Sie erhebt sich majestätisch und steigt über die beiden neben ihr hinweg und sieht Havar böse an. „Dunja, das ist Havar! Havar nimm die Waffe weg! Du erschreckst sie!" Havar hängt sein Gewehr auf den Rücken und breitet beide Arme von sich weg. Er will seine Kapitulation demonstrieren. Dunja wendet sich wieder von ihm ab und geht gemächlich aus dem Stall. Die anderen folgen ihr neugierig. Aber Dunja legt sich ins Gras vor dem Stall und sieht zur Koppel. Anastassja stellt sich groß vor Dunja auf und ermahnt sie ernst. „Dunja! Diese Tiere sind nichts für dich! Der Esel, das Pony und die Ziege sind tabu! Auch die Hennen, der Hahn und die Katzen! Hast du gehört?!" Dunja leckt sich über die Schnauze, legt den Kopf auf seine Vorderpfoten ab und schließt wieder die Augen.

# Die Geburt

Als Anastassja nach dem Abendessen zu Dunja will, ist das Tier wieder verschwunden. Sie seufzt. „Dunja ist auf der Jagd.", teilt sie den anderen mit. Dieses Mal dauert es viel länger, bis sie wieder auftaucht. Anastassja hat sie fast schon aufgegeben. „Sie wird nicht mehr zurückkommen!", ist Vladimir sich sicher. Dunja ist schon vier Nächte lang nicht mehr da gewesen. In der fünften Nacht schrecken die Bewohner der Hütte durch ein sehr lautes langgezogenes Aufbrüllen auf. „Sie ist wieder da! Dunja! Sie hat Schmerzen! Ich muss Aleksej aufwecken! Er muss ihr helfen." Alexander und Vladimir sehen sie unwillig an, aber müssen einsehen, dass sie Anastassja nicht alleine durch die Finsternis zu einer brüllenden Tigerin lassen können. Sie ist durch nichts aufzuhalten. Aufgeregt läuft sie zum Bett von Aleksej. Er ist schon munter und versucht seine Freundin Verena zu beruhigen. Sie sieht sehr erschrocken aus. „Aleksej, du musst mir helfen! Dunja geht es schlecht! Vielleicht bekommt sie ihre Jungen?! Komm! Schnell!" Hektisch spornt sie ihn an und ihm bleibt nichts anderes übrig, als dass er ihr folgt. Sie werden von allen Freunden und von den vier Bodyguards im Laufschritt begleitet.

Anastassja erreicht als erste die Koppel. Besänftigend auf Dunja einredend, nähert sie sich. Dunja winselt. Das Tier liegt in voller Länge da. In Abständen krümmt sie sich zusammen und schleckt immer wieder über ihren Bauch, der verspannt, gut sichtbar, offen vor Anastassja liegt. „Dunja, komm lass dir helfen! Aleksej ist auch hier. Er kommt jetzt zu uns." Sie streichelt über den Kopf der Tigerin. Anastassja winkt ihrem Bruder und er nähert sich langsam. Er kniet sich zu dem imposanten Tier nieder und streichelt, in kleinen Abständen drückend, über den harten Bauch. Vorerst gibt Dunja knurrende Laute von sich. Seine Pfoten wollen die Hände Aleksejs wegstoßen. Die Krallen sind zum Glück eingezogen. Aleksej bleibt dran. Er streift mit langen, langsamen Strichen über die harte Bauchdecke und versucht das Tier auf den Rücken umzulegen, damit er besseren Zugang hat. Langsam, aber sicher, entspannt sich Dunja. Sie lässt sich mittlerweile alles gefallen. Der junge Mann spürt, dass sich der Bauch nun in kürzeren Abständen verhärtet. „Sie muss die Wehen haben! Sie entspannt nur kurz und verkrampft hart." Anastassja kniet sich zu dem am Boden liegenden Kopf und krault sie beruhigend über den Hinterkopf und Hals. Immer wieder streift sie über die Wirbelsäule und beginnt massierend auf das Tier einzuwirken. „Ja, das tut ihr gut. Sie entspannt etwas!", zustimmend lächelnd sieht Aleksej sie an. Stetig macht sie weiter, bis der mächtige Körper sich wiederholt krampfend zusammen rollt. „Die Babys kommen! Sie nur! Sie hebt den Schwanz und presst!" Aufgeregt klettert Aleksej zum hinteren Teil des Tieres und beobachtet erregt die einleitende Geburt. Die Scheide der Tigerin öffnet sich und ein Schwall Flüssigkeit spritzt direkt auf Aleksej. „Woah! Scheiße! Ekelig!" Es schüttelt ihn vor Abscheu, aber er weicht nicht zur Seite und wartet weiter ab. Anastassja hat Mitleid und nimmt eine Handvoll Stroh in die Hand und wischt damit ihren Bruder halbwegs trocken. „Hier ein Taschentuch!" Olivier zückt ein Stofftuch aus seiner Hosentasche und wischt Aleksej die blinzelnden Augen aus. „Danke!" „Gerne spiele ich immer wieder die OP-Schwester!", feixt Olivier.

Die Leute kauern vollzählig vor der Koppel. Gespannt warten sie den weiteren Verlauf. Als Aleksej von dem Schwall des Fruchtwassers begossen wurde, ging ein teils angeekeltes, teils belustigtes Raunen durch die Menge. „Das ist soo aufregend!" Gabrielle hält inzwischen verkrampft die Hand Havars, der zufällig neben ihr sitzt. Verena, Klaudia und Nora harren gespannt auf das weitere Geschehen. Michael hat Emilie, fest umarmt, auf seinem Schoß sitzen. Sebastian und sein älterer Bruder lehnen lässig an dem Gattern und sehen scheinbar gelassen zu. Das Fruchtwasser auf Aleksej hat sie auflachen lassen. Dennoch sind sie gebannt. Vladimir, Chavez, Olivier und Havar haben längst die Waffen niedergelegt. Sie sind genauso neugierig, wie der Rest.

„Das erste Baby kommt! Ich sehe den Kopf! Mein Gott!" Aleksej massiert die Muskeln rund um die Vagina, um die Wehen zu erleichtern. Die Tigerin hechelt stärker und hin und wieder brüllt sie schwach in die Morgendämmerung hinaus. Anastassja versucht ihrerseits die Massage am Rücken stetig weiterzuführen. Immer wieder krault sie den Kopf des Tieres. Es tut der jungen Frau im Herzen weh, dass das Tier Schmerzen erleiden muss. Aber ihr ist auch klar, dass es ein natürlicher Vorgang ist. Sie ist aufgeregt und zappelig, als Aleksej seinen eigenen Schrei losgelöst hat. Gebannt sieht sie zu, als der Kopf des winzig kleinen Tieres zum Vorschein kommt. Der Körper folgt in einem Rutsch nach. Der glitschige kleine Körper ähnelt auf keinem Fall einem kleinen Tiger! Mit glänzenden Augen sieht sie zu Alexander und Vladimir hoch, die nebeneinander ausharren. Dann wird sie von Aleksej zu dem Hauptgeschehen abgelenkt. „Der zweite Tiger!" Sie lachen alle befreit auf. Ein zweites Baby! Olivier sammelt genügend Stroh ein und versucht sich den kleinen Tieren zu nähern. Aber Dunja ist beschützerisch. Sie knurrt böse. Keiner kommt ihrem Nachwuchs zu nahe! Also nimmt Anastassja das Stroh und fängt an, die kleinen Körper trocken zu tupfen und legt sie zum Kopf der Tigerin. Dunja beugt sich nach vorne und fängt sofort an, ihre Kinder abzuschlecken. Die Babys sind blind, nackt und schwach. „Dunja verkrampft! Aleksej was hat sie nur?" Er tastet sie ab und sieht ihr wieder zur Vagina. „Es kommt noch eins!", schreit er aufgewühlt. Zu ihrer Begeisterung auf das Dritte, folgen noch ein Viertes und Fünftes! Dann glitscht die Nachgeburt heraus. „Ich denke, dass die Tiere das auch noch fressen, oder?" „Glaube schon. Ich habe da einmal was gelesen. Igitt!" „Aleksej, leg ihr das vor die Nase. Dann sehen wir was sie damit macht.", schlägt Olivier vor. Dunja frisst alles auf. Anastassja hat inzwischen das letzte kleine Tier trocken getupft und es zur Mutter gelegt.

Anastassja und Aleksej sind erschöpft, aber glücklich. Berauscht von dem einmaligen Erlebnis lehnen sie sich an die Holzwand zurück, schließen kurz die Augen und tasten nach der Hand des anderen. Sie halten sich ganz fest. Die Verbindung der Zwillinge ist deutlich spürbar. „Das habt ihr gut gemacht!", lobt Olivier. „Sind sie nicht süß?" „Sie sehen so nackt aus!" „Das Fell wird bald kommen!" „Wie werden wir sie nennen?" „Wer hat einen Vorschlag?" „Wir brauchen fünf Namen!" „Russische Namen! Dunja ist eine Russin!" Dann wird es still, als scheinen sie alle nachzudenken. „Ich gehe! Ich muss schlafen!", Anastassja ist ausnahmsweise die Erste, die sich von der Tigerin trennt. Auch die anderen erheben sich und werfen einen letzten Blick auf die Koppel und folgen ihr in die Hütte. „Ich habe Hunger!" „Das ist eine gute Idee! Ich verhungere!" Mira hat vorsorglich schon einen Eintopf im großen Kessel vorbereitet. Es dauert nicht lange und der Kessel ist leer. Alexander putzt mit kleinen Stücken Brot den Kessel sauber und reibt sich über seinen Bauch. „Komm Anastassja, wir gehen ins Bett!" Er nimmt sie an der Hand und zieht sie resolut hinter sich her. Nur zu gerne kuschelt sie sich in seine Armbeuge und schläft augenblicklich ein.

Der erste Weg am frühen Morgen führt Anastassja sofort zum Stall. Dunja hebt etwas den Kopf. Sie hat die junge Frau schon gewittert und entspannt sich wieder. Die Kleinen liegen, teils übereinander, in der Umarmung des Muttertiers und schlafen. Anastassja sieht eine Weile auf sie hinunter und geht wieder in die Hütte. Mira braucht sie zur Zubereitung des Frühstücks. „Du kannst der Tigermama wieder eine Schüssel Milch bringen. Sie braucht das zur Stärkung!" Mira stellt Anastassja die Schüssel hin und widmet sich wieder ihrer Aufgabe. Die Tigerin nimmt die gewässerte Milch an und schleckt sie in Windeseile aus. Dann senkt sie wieder ihren mächtigen Kopf zu den Kleinen, die eifrig an den Zitzen der Tigerin nuckeln.

„Anastassja, das Stroh muss stets ausgewechselt werden. Der Geruch der Ausscheidungen durch die kleinen Tiger lockt andere Wildtiere an. Wir müssen Wachen aufstellen. Dunja muss sich auf uns verlassen können, wenn sie selbst auf Jagd geht." Vladimir spricht zu seinen speziellen Freunden. „Wer bleibt noch die nächsten Tage hier?" „Ich muss weiterziehen. Ich habe einen neuen Auftrag." Havar sieht bedauerlich in die Runde. „Ich muss auch nach Hause. Kannst du mich mitnehmen?" Havar dreht sich zu Gabrielle um. „Natürlich!

Wann kannst du los?" „Ich muss noch packen. In einer Stunde, oder so?" Havar nickt. Je eher, desto besser! „Ich komme auch gleich mit!", drängt sich Nora dazwischen. Havars Stimmung bekommt einen Knick. Er wollte mit Gabrielle doch ein paar Stunden alleine verbringen! Aber er fügt sich. „Wie sieht es mit euch aus?" Vladimir wendet sich zu Chavez und Olivier. „Ich bleibe!" Chavez nickt nur. „Was machen wir noch hier? Haben wir noch Pläne?" Sebastian sieht Vladimir an. „Ja, wir müssen noch Holz hacken! Miras Vorräte sind vorigen Winter empfindlich geschrumpft. Wir fangen heute an!" „Auch das noch!" Florian ist über diese Pläne nicht begeistert. Er ist schon immer gegen Schwerarbeit gewesen. Olivier sieht ihn lächelnd an. „Wie sieht es auf Facebook aus? Tut sich etwas?", lenkt er ihn zu sich ab. „Ja, es sind schon sehr viele Follower und auch einige Spenden am Konto! Stellt euch das vor!" Emilies Kopf zuckt auf. Sie hat sich schon auf ein tristes Dasein bei ihrer alten Tante Emmi eingestellt. „Wieviel?", fragt Michael für Emilie. Florian loggt sich in das Spendenkonto ein. „Wow. Es ist wieder mehr geworden! Ich denke, dass sie gute Chancen hat, die Schule weiter zu besuchen!" „Ich könnte ja nebenher arbeiten gehen? Vielleicht haben sie in der Schule eine Aufgabe für mich?"", denkt Emilie leise nach. „Ja, das wäre sicher eine gute Idee!", meint auch Anastassja. „Wir können auch einen Flohmarkt in der Schule veranstalten!" „Das müsste groß aufgezogen werden… wie das Schulfest." sinniert Florian. „…so eine Art Spendengala!" „Du… das ist eine Superidee! Flohmarkt und Spendengala in einem. Wir sind eine Eliteschule… da gibt es honorige Gäste!", folgert Michael. „Wir müssen die Gäste animieren zu Spenden! Wir brauchen eine Story!" Alexander sieht Olivier an. „Du kannst das am besten!" „Ich!? … äh… ja… vielleicht?", überrumpelt nickt Olivier schließlich geschmeichelt. „Aber ich bin doch nicht in der Schule!", wendet er ein. „Wir könnten doch in Kontakt bleiben?" Florian sieht ihm tief in die Augen. Olivier kann sich dem nicht entziehen und stöhnt gespielt laut auf. „Junge, ich liebe dich!" Er schickt Florian einen Luftkuss zu. Florian lächelt ihn sinnlich an. „Wow!" Anastassja ist hin und her gerissen über so viel Romantik!

Das Frühstück neigt sich dem Ende zu. Die Mädels räumen ab und helfen Mira abzuwaschen. Dann gehen sie hinaus. Es gibt noch andere Tiere die gefüttert werden müssen. Verena nimmt eine Bürste, geht zu dem alten Pony und striegelt es. Die Ziege bekommt einen riesigen Strauß Blumen, den Anastassja abseits der Koppel gepflückt hat und streichelt der Ziege über das struppig raue Fell. Der Esel bekommt eine Fuhr Heu und gemeinsam mit dem Pony frisst er es genüsslich auf. Verena kommt aus dem Hühnerstall. „Die Henne brütet! Wir werden bald kleine Küken haben!", lacht sie fröhlich. Ihre Augen suchen den Platz nach Aleksej ab. Der junge Mann hebt den Blick, als hätte er sie gespürt und winkt ihr zu.

Vladimir teilt gerade die Mannschaft für die Arbeiten ein. Die Äxte für die Holzfällerarbeiten blenden im Sonnenlicht. Es gibt auch eine Motorsäge. Seit die alte, baufällige Hütte von der verstorbenen Tante Olga durch die neue Hütte von Mira ersetzt wurde, gibt es auch Strom. Herr Kaminov, der Eigentümer der Hütte, hat vieles modernisieren lassen, was das Leben hier in der Wildnis sehr erleichtert. Verena winkt zurück und spitzt die Lippen zu einem Kuss. Lächeln dreht sich Aleksej wieder zu den anderen um und sie gehen in Richtung Waldrand. Ihre Arbeit beginnt. Verena wendet sich wieder ihren Freundinnen zu und widmet sich den Tieren. „Gehen wir in den Stall! Da sind noch die kleinen Kätzchen!" „Du willst doch nur zu Dunja! Die kleinen Kätzchen sind schon selbstständig. Die suchen sich ihr Futter ja schon selbst!", feixt Emilie. Aber Verena und Emilie sind auch neugierig auf die kleinen Tigerchen. Dunja lässt sie nahe an sich heran. Aber die Kleinen sind tabu. Anastassja ist die Ausnahme und darf sie kurz streicheln. Sie setzt sie auch gleich ab, da Dunja ihre Kinder ständig abschleckt. Die Mädels sitzen vor der Koppel und sehen entspannt zu. „Sie werden schnell wachsen und dann verschwindet Dunja mit ihnen!", sinniert Emilie. „Ja!", seufzt Anastassja. „Aber dann sind wir auch nicht mehr da!", wirft die praktische Verena ein. Sie verstummen wieder.

# Schwierige Entscheidung

„Ihr kommt in die Abschlussklasse!"
„Ja… die Zeit vergeht!" „Ich habe noch vier Jahre! Ich weiß nicht, ob das gut ist…" „Wie meinst du das?" „Na ja… ich kann nicht glauben, dass ich vier Jahre von irgendwoher Spenden bekomme! Das ist sehr viel Geld!" „Emilie du musst fest daran glauben! Dann schaffst du es auch!" „Ich weiß nicht, ob ich das überhaupt will!" Verena wendet sich frontal zu Emilie und krallt sie an beiden Armen. Fest sieht sie ihr in die Augen. „Emilie! Überlege es dir gut, ob du die Schule machen willst, oder nicht! Du hast auch andere Möglichkeiten!" Geschockt sieht das junge Mädchen die Ältere an… dann zu Anastassja. „Emilie, Verena hat Recht. Du kannst es dir noch bis zum Schulbeginn überlegen, bevor die Spenden überhand nehmen und wir mit der Planung der Spendengala anfangen." Emilie starrt die Beiden an und verstummt. Sie zieht sich mental zurück. Sie weiß es einfach nicht. Sie muss die Entscheidung alleine fällen. Da kann ihr niemand helfen. „Ich werde euch morgen meine Überlegung mitteilen!" Sie hören die Motorsäge aufheulen. Die Äxte spalten das Holz. Dock… dock… dock…

Sie gehen hinaus, um den Männern bei ihrer Arbeit zuzusehen. Emilie ist stolz auf Michael. Ihr Freund sieht aus, als hätte er nie einen folgenschweren Unfall gehabt. Er konnte danach seine Arme und Beine nicht mehr bewegen. Er war auf seine Freunde angewiesen. Mithilfe von Dimitri, der als privater Therapeut eingestellt wurde, sind seine Arme und Beine entsprechend funktionsfähiger geworden. Aber allein Michaels Wille, wieder zu gesunden, ist es zu verdanken, dass er heute die Axt in die Hand nehmen kann und beinahe problemlos die Äste von den Bäumen trennt. Aber er ermüdet schnell. Lächelnd sieht sie ihm zu, als er die Hand hebt, um sich den Schweiß von der Stirn zu wischen. Er dreht sich um und sieht ihr direkt in die Augen. Eine gute Weile starren sie sich an. Will sie auf den Mann verzichten? Wenn sie nicht mehr in die Schule geht, dann ist die

Beziehung beendet. Sie verlieren sich aus den Augen. Sie muss mit ihm reden. Sie geht nachdenklich in die Hütte. Sie legt sich auf ihr Nachtlager. Sie will alleine sein. Michael hat gespürt, dass mit ihr etwas nicht stimmt. Er legt die Axt nieder. „Ich muss mal!" Er verschwindet in der Hütte und sucht nach Emilie. „Da bist du ja! Was ist los mit dir?" Emilie macht für ihn, auf ihrem Bett, Platz. Er legt sich neben sie und sie kuschelt sich in seine Armbeuge. „Ich weiß nicht, ob ich wirklich noch in die Schule will!" Seufzend steckt sie ihre Nase in seine Brust und zieht seinen unverkennbaren Duft ein. „Wie meinst du das?" „Na ja... der ganze Aufwand... ich will das nicht... es liegt mir schwer auf dem Magen... ich will es nicht mehr!" Michael denkt nach. „Was willst du mir damit sagen?" „Ich werde nicht mehr in die Schule zurückkehren!"

Wenn sie nicht mehr da ist, werden wir uns fast nicht mehr sehen! Er will das nicht. Er liebt sie! „Wie stellst du dir das mit uns beiden vor, Emilie?" „Ich weiß es nicht. Wie hast du es dir in zwei Jahren vorgestellt? Wenn du fertig bist und ich mitten drin bin?" Sie schweigen. „Was willst du, Emilie?" „Ich möchte mir einen Job suchen und Geld für eine gute Ausbildung sparen!" „Hast du schon einen Job?" „Nein! Ich werde mit der nächsten Gelegenheit nach Hause fahren und dann weitermachen." Sie sieht ihn an. „Michael! Es war schön mit dir! Aber ich will nicht, dass du auf mich wartest! Ich will meinen eigenen Weg gehen!" Emilies Tränen sind nicht mehr aufzuhalten. Michael liegt da und denkt nach. Irgendeine Lösung muss es für sie beide geben! Denk nach, fordert er sich selbst auf.

„Wenn du ein anderes Mädchen findest, möchte ich dem nicht im Wege stehen. Umgekehrt möchte ich es auch von dir! Versprich mir, dass du nicht auf mich wartest, Michael!" Ihre Stimme bricht. Er nickt automatisch. Ihm ist schlecht. Er hat das Gefühl, als hätte sie ihm seine Seele genommen. Sein Leben ist ohne sie nichts mehr wert. Warum? Warum tut sie ihm dies an?! Der Schmerz scheint ihn von innen her aufzufressen. Es war Liebe auf den ersten Blick für ihn! Bämm! Sie klettert über ihn hinüber und geht still hinaus. Er muss mit irgendjemanden reden. Er nimmt sein Handy aus dem Hosensack und ruft zu Hause an. „Hi Mum!" „Michael! Was ist los? Ist etwas passiert?" Sie klingt besorgt. Als Mutter spürt sie die traurigen Stimmungen ihres Sohnes. Der ganze Schmerz sprudelt auf einmal aus ihm heraus. Währenddessen kullern Tränen über seine Wangen und es endet schließlich mit einem rauen Hals. „Michael wir kommen zu euch!" Sie legt abrupt auf. Er kann sicher sein, dass sie baldmöglichst hier sein werden. Er bleibt wo er ist.

„Michael! Warum schläfst du in Emilies Bett?" Sebastian steht vor seinem Bruder. „Was... wo..." Michael ist etwas orientierungslos. Er ist eingeschlafen und wird nun jäh aus dem Schlaf gerissen. „Mum und Dad sind hier!" Michael reibt sich über das Gesicht. „Mann, wie siehst du denn aus! Hast du geflennt?!" „Hau ab! Ich komme schon!" Verärgert über das Offensichtliche, jagt er ihn aus dem Zimmer hinaus. Dann steht ihrer beider Mum in der Tür. Sie eilt auf ihre Söhne zu, küsst Sebastian und schickt ihn ebenfalls weg. „Ich geh ja schon!", murrt er. „Michael, mein Lieber! Was hast du auf dem Herzen!" Liebevoll drückt sie ihn fest an sich und küsst auch ihn. „Ich liebe sie...", mit weinerlicher Stimme deckt er sein Gesicht mit beiden Händen ab. „...und sie will nicht auf mich warten... und ich soll auch nicht warten... Sie gibt mir einen Freischein! Mum..." Michael sitzt da wie ein Häuflein Elend. Unentwegt streicht sie über seinen Rücken. Sie denkt nach. Sie hätte Verwendung für das Mädchen! Sie ist eine ganz Liebe und sie kann gut mit Kindern! Sie braucht eine Nanny für ihre kleinen Mädchen. Sie will selbst wieder ein Stück Freiheit zurück erlangen und in den Job zurück.

„Was würdest du sagen, wenn wir Emilie einen Job anbieten?" Er reagiert nicht auf ihre Worte. Sein Schmerz hält ihn eisern in seinen Klauen. „Sie könnte auf unsere Kleinen, Laura und Luisa, aufpassen. Ich biete ihr einen Job als Nanny an. Was meinst du dazu? Dann wäre sie zumindest da, wenn du von der Schule kommst, oder du kann auch an den Wochenenden heimkommen.", grübelt sie. Langsam, aber sicher sickern ihre Worte durch sein Hirn. „Meinst du?" Hoffnung keimt auf. „Ja. Ich muss natürlich mit Noah reden. Aber er hat sicherlich kein Problem damit." „Mum! Du bist die Beste!" Michael sieht wieder die Sonne am Himmel aufleuchten. Jetzt muss er noch Emilie überreden. Ob sie das überhaupt will? Er ist sich unsicher. Seine Stimmung sinkt wieder nach unten. „Wenn sie aber nein sagt?" „Dann kann ich auch nichts für euch tun. Aber ich bin sicher, dass sie von ihrer alten Tante wegziehen will. Der Job wird ihr garantiert gefallen!", spricht sie ihm Mut zu. Sie kann Michaels trauriges Gesicht nicht mehr mitansehen. Sie drückt ihn an sich. „Ich rede gleich mit ihr! Wo kann sie sein?"

„Vielleicht ist sie bei den Tigern? Anastassja will sie füttern und Emilie hilft ihr dabei." „Tiger? Sind das die Katzen?!" Michael lacht lauthals los. „Nein! Eine große Tigerkatze, Mum! Sie hat im Stall ihre Jungen auf die Welt gebracht. Das war vielleicht geil!" Sarah, seine Mum stürmt aus dem Zimmer, dicht gefolgt von ihrem Sohn. „Noah! Wo bist du?", ruft sie leicht panisch nach ihrem Mann. „Ich bin da, Sarah!" Er fängt sie mitten im Lauf ab und presst sie an sich. Übermütig grinsend dreht er sich mit ihr einmal im Kreis. Dann stellt er sie vorsichtig auf den Boden zurück. „Lass mich los! Im Stall ist ein Tiger!" Noah versteht nicht ganz und stiert, die Augenbrauen nach oben ziehend, seinen Sohn an. „Dad, wir haben einen Tiger im Stall!" „Waaas!" „Kommt mit, ich zeige euch die Tigerin mit ihren Jungen, vorausgesetzt Anastassja ist da. Ohne sie und Aleksej kommen wir nicht in den Stall." Gemeinsam gehen sie über den Platz. Michael öffnet die Stalltür und lugt vorsichtig hinein. „Anastassja, bist du da?" „Komm rein Michael! Sieh nur, die Kleinen bekommen schon die Streifen! Sind sie nicht süß?" Michael winkt seine Eltern hinein, dicht gefolgt von Sebastian. Entsetzt sehen Sarah und Noah auf die Tigermama und den Nachwuchs. Das sind gefährliche Tiere! Ihre Kinder waren in Gefahr! Sie sehen Anastassja und Emilie zu, die liebevoll mit den Katzenbabys spielen. Die Tigerin sieht ihnen scheinbar träge zu und leckt sich über die Schnurrhaare. Dann schnappt sie sich eines ihrer Kinder mit der Vorderpfote, zieht es zu sich und schleckt es über den ganzen Körper ab. Nacheinander werden sie gesäubert. Bis die Mutter wieder zufrieden von ihnen ablässt.

Die Jacksons sehen sich das Geschehen von der Koppelwand an. „Wie habt ihr es geschafft, dass sie sich auf euch eingelassen hat?" „Sie ist uns von unserem Überlebenstraining bis hierher gefolgt. Anastassja konnte als erste an sie heran. Aleksej durfte bei der Geburt hautnah mit dabei sein und sie anfassen. Wir anderen sehen immer nur zu. Emilie kann sie streicheln, wenn Anastassja auch dabei ist." Sebastian zuckt die Achseln. Er ist froh, dass seine Eltern da sind. Er hat genug von den gefährlichen Abenteuern. Er will nach Hause auf die Couch und in den Fernseher gucken!

Florian kommt herein. „Mum, Dad! Ich habe euch schon gehört! Schön, dass ihr da seid! Wann fahren wir wieder nach Hause?" „Wie es scheint, haben unsere Jungs genug von Abenteuern!", grinst Noah seine Frau an. Sie lächelt. Dann kommt Olivier hinter Florian nach. „Mon ami! Da bist du ja!" Er hält inne und sieht Sarah entzückt an. „Was für eine belle femme in dieser kargen Umgebung!" Er steuert sie direkt an und nimmt ihre rechte Hand in seine und führt sie galant fast an seine Lippen, um ihr einen Handkuss anzudeuten. Sarahs Gesicht strahlt auf. „Sie sind ein Schmeichler!" „Oh, non! Madame!" Er hält noch immer ihre Hand fest in seiner. Noah geht dazwischen. „...und wer sind Sie?!" Olivier sieht zwischen Sarah und Noah hin und her. „Ah, ich ahne, dass sie bereits vergeben sind, Madame!" Sarah nickt kichernd und der charmante Franzose lässt sie los. Nun streckt er Noah die Hand hin. „Sie sind ein sehr glücklicher Mann! Mein Name ist Olivier.", stellt er sich vor. Noah sieht ihn provozierend von oben bis unten an. Er ist nicht sehr empfänglich für Faserschmeichler. „Wir sind Noah und Sarah Jackson... die Eltern der Jungs!" Er macht mit seiner Hand eine vage Geste rund um seine Söhne. „Oh... la... la! Welch hübsche Söhne Sie haben! Besonders Florian hat es mir angetan!" Olivier greift auf Florians Nacken hinauf, zieht ihn zu sich hinunter und küsst ihn demonstrativ vor seinen Eltern.

Den Anwesenden bleibt die Luft weg. Ein kollektives Anhalten des Atems und die Blicke bewegen sich gespannt zu Noah herum. Anastassja und den Zwillingen ist noch sehr gut in Erinnerung, wie Noah auf Florians Beziehung zu Justin reagiert hat. Nicht gut… gar nicht gut… „Du hast une mère adorable!" Florian lacht über Oliviers Begeisterung gegenüber seiner Mum und sieht seinem Dad fest in die Augen, als würde er ihm sagen wollen: „Ich bin, was ich bin!" Noah schnaubt und dreht sich ab. Er hält sich an seiner Frau fest, die interessiert das ungleiche Paar beobachtet. Olivier ist älter, erfahrener und reicht ihrem Sohn gerade mal bis zur Brust. Florian ist jung und riesig groß. Er beugt sich zu Olivier hinunter, um ihn zu küssen. Noah kann es nicht fassen. Sein Sohn ist schwul! Aber sein Sohn ist erwachsen. Er muss wissen, was er tut. Da kann er nichts machen. Stumm umarmt er seinen Sohn.

Das Gespräch wendet sich wieder der Tigerin zu. Olivier erzählt ihnen eine Geschichte, die sowohl spannend ist, als auch beruhigend sein soll. „Ich habe gut auf Ihre Söhne aufgepasst! Sie waren nie in Gefahr!" Sebastian schnaubt im Hintergrund. Nicht nur Sarah hängt gebannt an Oliviers Lippen, nein auch Anastassja und Emilie genießen die spannenden, aber sehr überzogenen Geschichten. „Besonders Sebastian war ein tapferer Mann! Er hat beinahe mit einer Bärin kollidiert, einer Viper hat er standgehalten und zum Schluss hat ihn eine schwarze Witwe besprungen! Mon dieu! Er war sooo mutig… sooo tapfer… unser Sebastian!" Sarah ist käseweiß. Entgeistert sieht sie zuerst Olivier an, dann ihren Sohn. „Das ist ein Scherz, oder?!" „Oh, non! Das ist alles Wahrheit!" Olivier sieht sie treuherzig an. Wieder nimmt er ihre Hand in seine und will ihr zum zweiten Mal einen Handkuss verpassen. Bevor es dazu komm, greift Noah dazwischen. Dieser schwule Schleimkriecher greift seine Frau nicht noch einmal an! Sarah bekommt dies alles nicht mehr mit. Sie muss sich zu Hause um Sebastian kümmern! Ihr Sohn muss ja traumatisiert sein! Hilfe… Sarah schluckt. Sie muss die Geschichte erst verarbeiten. Ihr armer Sebastian! Sie zieht ihn zu sich hinunter und küsst ihn auf die Wange. „Mein armer Junge! Was musstest du alles durchmachen!" Sebastian lässt es sich gefallen und wird von seiner Mum liebevoll umarmt. Olivier sieht zufrieden zu. Sebastian hat es sich verdient. Seiner Meinung braucht dieser junge Mann eine liebe Frau! Bis dahin soll er die Liebe seiner Mum genießen dürfen!

# Ein Job für Emilie

Sarah räuspert sich. Sie sieht sich um. „Eigentlich wollte ich mit Emilie sprechen!" Sarah wendet sich dem Mädchen zu. „Kommst du mit mir hinaus? Ich will dir ein Angebot unterbreiten!" Emilie hat keine Ahnung, was die Mutter Michaels von ihr will. Sie folgt ihr neugierig nach draußen, nicht bevor sie mit dem Tigerchen in ihrem Arm, geknuddelt hat. „Michael hat mir von deiner Situation erzählt…" „Aber…" Sarah hebt stoppend die Hand. „Lass mich bitte aussprechen! Wir brauchen zufällig eine Nanny für unsere kleinen Zwillinge Luisa und Laura! Willst du diesen Job? Wir bezahlen dich auch gut und ich kann beruhigt meinem Job nachgehen. Du kannst so gut mit den Mädels umgehen.", fügt sie noch flehentlich hinzu. Emilie ist zuerst verärgert darüber, dass Michael über sie gesprochen hat. Aber das Angebot, das ihr Sarah macht, ist eine Fügung des Schicksals. „Du müsstest bei uns einziehen. Du bekommst ein eigenes Zimmer mit Bad. Kost und Logis gratis." Sie nennt ihr ein Gehalt, das sie eigentlich nicht ablehnen darf! „Darf ich es mir überlegen?" „Natürlich! Wir bringen dich erst einmal zu deiner alten Tante und du besprichst es mit ihr!" „Eine Frage hätte ich noch… weiß Michael davon?" „Nein… ja… Ich wollte zuerst mit dir darüber sprechen!" Sarah kreuzt die Finger hinter ihrem Rücken. Die kleine Lüge tut niemanden weh. Emilie nickt. Sie denkt über das Gespräch mit Michael nach. Sie wollte eigentlich Abstand zu ihm haben. Sie wollte nicht, dass sie aufeinander warten müssen. Seufzend geht sie in das Haus, um ihre Taschen zu packen. Sie nimmt an, dass die Jacksons bald aufbrechen werden wollen. Sie will auf keinen Fall, dass die Familie auf sie warten muss. „Was hatte Mum mit dir zu besprechen?" Michael kommt direkt in ihr Zimmer, ohne anzuklopfen. Emilie schreckt aus ihren Gedanken. „Du hast mich erschreckt!" „Entschuldige! Aber Mum sagt mir nichts. Sie meint, dass du es mir erzählen sollst, wenn du so weit bist. Erzählst du es mir?" Er nimmt sie um die Mitte und sie lehnt den Kopf an seine Brust. Wie könnte sie Michael verlassen?! Sie haben so viel durchgemacht, dass sie sich nicht so ohne weiteres trennen können. „Deine Mum braucht eine Nanny für Luisa und Laura! Sie hat mir den Job angeboten… für ein unglaubliches Geld!" „Aber das ist ja geil!" Michael biegt sich zurück und blickt ihr strahlend in die Augen. „Du nimmst doch an, oder?!", fragt er unsicher nach. „Ich will schon, aber ich muss es mit meiner Tante besprechen!", bremst sie ihn ein. Sie ist sich noch nicht so sicher. Sie ist minderjährig. Ihre Tante ist ihr Vormund. „Mum macht das schon! Du wirst sehen!" Er ist zuversichtlich.

Die Jacksons machen sich mit Emilie in ihrem großzügigen SUV auf den Weg zu Emilies Zuhause. Die jungen Leute sind froh, endlich der Wildnis entkommen zu sein. Einzig Florian wäre noch gerne geblieben. Aber Olivier hat ihn ermuntert sofort mitzufahren. „Ich mache mich morgen auf den Weg. Ich habe einen neuen Auftrag bekommen! Ich rufe dich an, mon ami. Wir sehen uns!" Daraufhin hat er ihn an sich gezogen und ihn stürmisch geküsst.

Während der Fahrt loggt sich Florian in seinen Account, um Emilie auf den neuesten Stand zu bringen. Immerhin haben er und Olivier eine Spendenaktion in Gang gesetzt, die sehr gut angelaufen ist. „Ich brauche das Geld nicht mehr. Ich werde nicht zurück in die Schule gehen! Bitte mach alles rückgängig!" Es hilft nichts, wenn er jetzt missmutig seinen Frust hervorbrechen lässt. Olivier fehlt ihm jetzt schon. „Emilie, bist du dir sicher?" „Ja." Er greift nach seinem Handy und ruft seinen Facebook Account auf. Er schreibt einen entsprechenden Eintrag, mit der Bitte, dass er geteilt wird. Dann schreibt er ein E-Mail an die Bank, um das Konto zu sperren, damit eingehende Spenden abgeblockt werden. „Du musst mir helfen, dass die Einzahlungen wieder rücküberwiesen werden!" „Na klar!" Bald kommen sie beim Zuhause Emilies an. Ihre Tante freut sich über den Besuch. Sie ist alt und alleine. Sie hört sich den Vorschlag bezüglich des Jobangebots an. „Für Emilie ist es eine Chance, etwas Sinnvolles aus ihrem Leben zu machen!" „Tante Emmi! Ich kann viel Geld sparen und doch noch ein College besuchen! Du weißt, dass ich gerne Menschen helfen möchte?

Vielleicht kann ich eine Ausbildung zur Diplomkrankenschwester machen?" Sie denkt nach. „...oder Sozialberaterin?" Sie merkt gar nicht, dass ihre Tante schon zugestimmt hat. „Meiner Nichte soll es gut gehen! Was soll sie bei mir alten Tante anfangen! Eeemiiilie!!" Sie ruft das junge Mädchen wiederholt in die Gegenwart, da sie immer noch meint, mit Überzeugungsarbeit ihre Tante umstimmen zu müssen... „Ja...?" Emilie guckt irritiert nach der Älteren. „Mach das! Es ist dein Leben und deine Chance auf eine Zukunft! Meinen Segen hast du!" Tante Emmi zieht Emilie liebevoll an sich, um sie zu umarmen. Stürmisch küsst Emilie sie auf beide Wangen. „Danke, danke! Ich liebe dich! Ich komme, so oft ich kann zu dir!" Sarah kämpft mit den Tränen. „Dann haben wir das geklärt. Wir fahren jetzt nach Hause und wir holen dich in einer Woche ab. Passt dir das?" „So bald schon?" Emilie ist bestürzt und sieht zu ihrer Tante, die ihr aufmunternd zulächelt. Es geht alles so schnell! Sie muss noch so viel erledigen! Tapfer nickt sie. Es muss gehen. Jetzt ist sie aufgeregt. Bald ist sie mit ihrer Tante Emmi alleine.

# Ekstase

Viele der Freunde sind bereits abgereist. Nachdem die Familie Jackson mit Emilie abgerückt sind, ist auch Olivier weggefahren. „Was soll ich noch hier tun? Mon ami ist auf und davon und ihr beide habt den Tiger im Griff, n'est pas?" Vladimir und Chavez verabschieden ihren Freund aus alten Tagen mit einer Männerumarmung. Sollte sich irgendwann wieder eine Gelegenheit ergeben, wo ihre speziellen Fähigkeiten gebraucht werden, sind sie wieder zur Stelle. Chavez geht auf seinen Posten. Solange die Tigerin sich mit ihren Jungen hier aufhält, sind Mira und der Rest der Abenteurer vor anderen Wildtieren nicht sicher. Vladimir macht sich auf die Suche nach Anastassja. Er will mit ihr abhängen. Er geht in die Scheune und sieht bei den Tieren nach. Aber hier ist sie nicht. Ungewöhnlich…

Dennoch nimmt er Geräusche wahr. Er geht dem nach. Seine Hand greift vorsorglich nach dem Griff seines Messers. Bedächtig und völlig lautlos setzt er einen Schritt nach dem anderen zu der Stelle, wo er die Geräusche vermutet. Er kommt näher an die vermeintlich leere Koppel. Dann stellt er sich, nicht sichtbar für die beiden, hinter einen Pfosten. Was er vor sich sieht, lässt seine längst zurück gehaltene Libido scharf aufbrechen. Anastassja sitzt mit gespreizten Schenkeln auf Alexanders Schoß. Sie küssen sich leidenschaftlich. Sie hält seinen Kopf mit ihren Händen umfangen. Immer wieder wühlt sie seine blonden Haare durch und zieht an seinen etwas zu langen Strähnen. Sinnlich wetzt sie sich auf dem Schoß unter ihr. Er hingegen hat seine Hände in ihre Hüften gekrallt und gibt ihr ein Tempo auf ihm vor. Zwischendurch presst er sie, mit den Unterarmen über ihrem Rücken, fest an sich und wühlt sich ebenfalls in ihre braunen Locken. Sie sind ganz auf sich fokussiert. Seufzer und unersättliches Keuchen begleiten den sinnlichen Kampf ihrer Zungen. Vladimir hat die beiden noch nie so vollkommen in Ekstase und hingebungsvoll gesehen. Bis jetzt waren es nur harmlose Küsse, dass er geglaubt hätte, zwischen den beiden würde nie mehr passieren.

Er ist gebannt. Es törnt ihn über alle Maßen an. Er kann es förmlich vor sich sehen, wie ihre Zungen gierig aufeinander prallen… wie sie in den Mundhöhlen einen Csárdás tanzen und sich paaren. Angezogen, wie eine Fliege von etwas Süßem, setzt er einen Schritt in die Richtung der beiden ineinander verschlungenen Körper und schmiegt sich geradewegs hinter das Mädchen… ihre Hüften zwischen seine angewinkelten Beine… direkt in seinen Schoß. Er kann gar nicht anders und umfasst ihren heißen Körper. Seine Hände spreizen sich über ihrem Bauch und er zieht sich näher an sie heran. Anastassja hebt kurz den Kopf. „Vladimir!" Aber sie ist so in diesem Spiel gefangen, dass sie nicht über dessen Angriff erschrickt. Im Gegenteil, sie genießt die großen warmen Hände auf ihrem Bauch und bald auf ihren Brüsten. Nach ihren Brustwarzen greifend, zupft er sie sachte, dann immer fester. Der Schmerz lässt sie immer lauter aufwimmern. Klagend keucht sie in den Schmerz hinein. Alexander will sich lösen. Verärgert über den Eingriff zwischen ihn und seiner Geliebten, gibt er Vladimir einen Stoß gegen die Schulter. Vladimir sieht ihn mit glasigen Augen an. „Mach mit!", lockt er den Jüngeren. „Siehst du, wie es ihr gefällt?", versucht Vladimir ihn zu überreden. Vladimir hält den Kopf von Anastassja in die Höhe und lockt Alexander, sie genau anzusehen. „Sieh sie dir an! Willst du wirklich aufhören? Sie lechzt nach dir und nach mir!" Vladimir zieht den zögerlichen Alexander wieder zu ihrem Körper heran. Anastassja übernimmt und presst die Lippen auf den jungen Mann vor sich. Alexander kapituliert und fällt wieder gierig plündernd über ihren Mund her.

„So ist es gut! Sie will dich und mich!", flüstert Vladimir lockend. Seine schmutzigen Worte machen die beiden rasend. „Wetz dich auf seinem Schwanz, Ana! Er will dich!" Während sich Anastassja auf Alexanders Schoß hin und her reibt, stößt er mit seinem Hintern stetig zu ihrer Mitte. „Gut so! Ihr beide macht das sehr gut! Anastassja ist schon ganz nass! Spür den harten Luststab deines Liebhabers!" Sie stöhnt laut auf und kann gar nicht genug bekommen. Einzig die Jeans, die sie voneinander trennen, halten sie beide von der absoluten Hingabe ab. Vladimir schiebt eine Hand in ihre Jeans und berührt ihre weichen Schamlippen. Der Mittelfinger steckt halb in ihrer Muschi. Er hält still. Hin und wieder macht er fickende Bewegungen und touchiert ihren G-Punkt. Die andere Hand hat er in den Hintern von Alexander gekrallt und presst ihn fest an sie heran. Der Penis von Alexander ist prall. Gierig und lechzend nach der Muschi des Mädchens, drückt er sich noch mehr an sie und reibt sich hart an ihr... nur getrennt durch den Stoff der Jeans. Anastassja ist bald soweit. Vladimir hält ihr den Mund zu. Durch den Mangel an Sauerstoff wird sie noch geiler und sie hält kurz die Luft an. Ihr herantosender Orgasmus fühlt sich an wie ein Trommelwirbel, der immer lauter und heftiger wird, an. Sie beißt in die Handfläche, die auf ihren Mund drückt. Sie will einen Schrei hinauspressen. Aber Vladimir ist hart. Er will sie nicht kompromittieren, indem sie die Menschen draußen zusammen kreischt. Alexander selbst ist auch soweit. Er stützt sich auf seine Arme hinter sich und lässt den Kopf ganz zurückfallen. Sein Mund ist erwartungsvoll weit offen. Sein Becken schnellt zuckend vor, als wollte sein voll, mit Blut gefüllter, äußerst steifer Penis in sie hineinstoßen. Er setzt an seinen Orgasmus hinauszubrüllen. Doch Vladimir beugt Anastassjas Kopf gegen den, in fernen Sphären entrückten Alexander und sie verschließt erregt seinen Mund mit ihrem. Fest an den Samen spritzenden Schaft gepresst, harrt Anastassja auf dem Schoß unter ihr aus. Sie genießt maunzend Vladimirs Küsse auf ihrem Nacken und sein Lecken hinter ihrem Ohr. Er dreht ihr Gesicht zu sich und zieht ihre Zunge tief in sich hinein. Erregt stöhnt sie auf.

Nachdem sie aus dem Hoch wieder langsam herunterkommen, lösen sie sich voneinander. „Wow! Das war..." Anastassja ist tief errötet. Ihre Hände sind auf ihre heißen Wangen gelegt. Ihre Augen leuchten glänzend. Sie kann nicht wirklich begreifen, was da soeben mit ihr geschehen ist. „Das war wirklich schön und soo aufregend!" Mit ihrer erfrischenden offenen Art, spricht sie das aus, was die Jungs auch denken. Alexander nickt nur. Er ist sich noch nicht sicher, was er von dem Dreier halten soll. Aber er ist so erfüllt von dem Erlebnis, dass er wahrscheinlich nicht nein sagen würde, sollte es noch einmal dazu kommen. Nebeneinander im Stroh der Scheune liegend, ist jeder mit seinen Gedanken beschäftigt. Sie können nicht unterschiedlicher sein. Alexander ist entsetzt über Vladimirs ungebetenes Dazustoßen. Vladimir ist zufrieden mit sich und denkt zuversichtlich in die Zukunft. Er ist immer schon für außergewöhnliche Sexpraktiken empfänglich gewesen. …und Anastassja? Sie greift links und rechts nach den männlichen Händen ihrer Liebhaber und schreit es euphorisch hinaus. „Es war sooo schön! Ich möchte das irgendwann noch einmal!" „So… so… Es hat dir gefallen?", schmunzelt Vladimir. Er sieht nachdenklich hinüber zu Alexander. Dieser ist noch sehr intensiv mit seinen Gedanken beschäftigt. Sein Blick ist permanent nach oben gerichtet, als wäre er mit den Schlitzen am Holzdach beschäftigt. „Alexander! Hat es dir auch gefallen?" Anastassja stupst ihn an. „Äh…?" Er dreht sich zu ihr. Er ist verwirrt. Hat es ihm gefallen? War es zu heftig? Irgendwie war es obszön. Er muss mit dem Mann seiner Mutter reden. Er ist Mitglied in einem Sex Club, den er mit seiner Frau hin und wieder besucht. Eigentlich wollte er nicht so etwas wie seine Eltern. Aber jetzt ist es geschehen und es hat ihm irgendwie doch gefallen. „Was ist…?" Anastassjas Gesicht ist über ihm. „Ja, es war aufregend!", gibt er zu. Anscheinend zufrieden mit seiner Antwort lehnt sie sich wieder zurück. Er merkt, dass Vladimir ihre Hand küsst.

„Ich muss wieder an die Arbeit! Aleksej, Verena und Chavez werden uns schon vermissen! Kommst du Alexander?" Obwohl er das Gefühl hat, als wären seine Glieder mit Blei gefüllt, steht Alexander murrend auf. „Komm ja schon!" In diesem Moment kommt Verena herein. „Da seid ihr ja! Anastassja komm, die Küken sind geschlüpft!" Irritiert sieht sie auf das etwas derangierte Trio. Vladimir geht grinsend, Alexander den Kopf einziehend, an ihr vorbei. Anastassja zieht Verena aufgeregt zu sich auf das Stroh. Sie muss sich ihr mitteilen!! Woraufhin Aleksej abends, sichtbar verstimmt, zu Vladimir in dessen Koje stürmt. „Was hast du mit meiner Schwester gemacht, Vladimir! Das ist doch nicht zu fassen! Dieses Mal bist du zu weit gegangen!" Vladimir sieht Aleksej ruhig an. Anastassja musste sich ihrem Bruder mitgeteilt haben! Darauf war er nicht gefasst. Er seufzt leise und richtet sich auf. „Mach mal halblang! Was hast du gehört?" „Verena hat mir alles erzählt!" „Verena?!" Anastassja musst mit Verena geplaudert haben. „Jawohl! Warum musstest du ihr das antun?" Aleksej sieht Vladimir an. Sein Gesicht ist schmerzverzerrt. Seine Schwester ist doch kein Mädchen für zwei Liebhaber! „Ich frage mich gerade, was dir Verena erzählt haben mag. Hast du mit deiner Schwester gesprochen?" „Nein. Das kann ich nicht! Ich will sie nicht in Verlegenheit bringen." „Ich denke, dass man Anastassja nur schwer in Verlegenheit bringen kann. Frag sie einfach." Aleksej schnaubt. Dass Vladimir scharf auf seine Schwester ist, weiß er schon lange. Sie mag Alexander und Vladimir gleichermaßen. Sie ist in einem richtigen Dilemma. Das weiß er auch. Aber dass es so enden muss? Damit ist er nicht einverstanden!

„Aleksej?" Anastassja steht plötzlich in einem Pyjama mit einem Aufdruck von Winnie Puh vor ihnen und sieht unsicher von einem zum anderen. „Was machst du da?" „Dasselbe könnte ich dich fragen, Schwesterchen!", kontert er mürrisch und sieht sie scharf an. „Ach, ich wollte mich zu Vladimir legen. Mir ist kalt." „Warum? Alexander ist auch da." „Ja, aber er ist etwas mürrisch." „Warum wohl?!", ätzt Aleksej. Vladimirs Augen schauen belustigt von einem zum anderen… Wie bei einem Pingpong Spiel geht sein Kopf hin und her. „Aleksej, habe ich dich verärgert? Sag es mir!" Seine Schwester sieht ihn ahnungslos an. Wie kann sie nur!? Weiß sie nicht, was sich gehört? „Aleksej!", ruft sie ihn aus seinen missmutigen Gedanken heraus. Ihr Arm liegt auf dem ihres Bruders. Er schüttelt sie angewidert ab. „Aleksej!", verletzt ob der harten Zurückweisung schreit sie ihn an. „Sag mir sofort, was los ist!" Sie krallt sich in seinen Arm wie eine Zecke, die man nicht mehr losbekommt. „Du hast mit Alexander UND Vladimir rumgehurt!", schießt es aus ihm heraus. „Rede nicht so mit mir!" Anastassja hebt herausfordernd und stolz den Kopf. Dann fleht sie ihn an. „Aleksej, bitte zieh es nicht in den Schmutz! Es war sooo wunderbar! Sie beide waren sooo aufregend! Du hast ja keine Ahnung wie es ist! Einfach delikat!" Aleksej schnaubt.

Er sieht in ihr rosa angehauchtes Gesicht. Die Augen glänzen und funkeln ihn an. Ihre Hände haben ihren eigenen Körper fest umschlungen. Irritiert über so viel Hingabe muss er sich abwenden. Sie wird es wieder tun! Er geht. Er muss nachdenken…

# Schock

Die russischen Zwillinge reden seit einigen Tagen nichts mehr miteinander. „Aleksej! Sie ist so traurig. Warum redest du nicht mit ihr?" Verena versucht zu vermitteln. „Sie treibt es mit zwei Männern!" „Aber Aleksej! Das war einmal! Sie haben es seither nicht mehr gemacht... nicht einmal ein Kuss!", versucht sie ihn umzustimmen. „Sei nicht so nachtragend!" Pff...! Aleksej will seine Freundin mit einem Kuss zum Schweigen bringen. Aber sie weicht ihm aus und geht sauer hinaus. Wieso ist er sooo nachtragend? Sie ist seine Zwillingsschwester und speziell noch dazu! Sie geht in den Stall. Anastassja ist sicher bei den Tigerjungen. Die Tigermama ist seit zwei Tagen auf der Jagd und hat ihre Kleinen hier gelassen. „Hi. Wie geht's?" „Na ja..." Anastassja ist traurig. Sie kuschelt mit den Kleinen. Aber sie zieht Verena zu sich hinunter und reicht ihr eines der gestreiften Tiere. Sie sind schon sehr groß und tollen wie verrückt herum. Man muss schon höllisch aufpassen, dass die Krallen einem die Haut nicht zerkratzen. Verena krault eines am Bauch, was der Kleine offensichtlich liebt. Er hat sich auf den Rücken gelegt, die Beine weit auseinander und die Augen genüsslich geschlossen. Immer wieder streift ein sanftes Pfötchen nach ihr, um sie zum weiterstreicheln zu animieren. Sie lacht. „Du bekommst nicht genug mein Kleiner, nicht wahr?" Anastassja lacht halbherzig. „Nimm es dir nicht so zu Herzen! Dein Bruder muss dich so nehmen wie du bist. Er liebt dich. Daran ist nichts zu rütteln." „Das weiß ich doch! Er braucht nur so lange, bis er sich beruhigt.", traurig legt sie sich ein Köpfchen an ihr Gesicht und kuschelt ihre Nase, sich selbst tröstend, in das weiche Fell am Nacken des Tieres. Der kleine Tiger will aber spielen und wehrt sich vehement. Seine Pfoten treten ziellos umher und treffen sie schmerzhaft an der Hand. „Du ungezogener kleiner Teufel!" Anastassja lässt ihn augenblicklich fallen und leckt sich selbst die kleine blutende Kratzwunde. Der Tiger trollt sich und wirft sich auf seinen Bruder. Auf dem Boden wälzend, kämpfen sie eine kleine Weile, bis sie einander müde werden und sie beide Streicheleinheiten fordern. Aleksej gesellt sich auf einmal zu ihnen. Er setzt sich hin und krallt sich ein Tigerchen im Nacken, das etwas abseits seine Pfötchen geleckt hat und streichelt es über das typisch gestreifte Fell. „Du… ich… es tut mir leid! Irgendwie bin ich geschockt… Es ist nicht normal… Ach ich weiß auch nicht…" Anastassja sieht zu ihrem Bruder hinüber und kriecht dann neben ihn. Sie legt liebevoll ihre Arme um seinen Hals und flüstert ihm ins Ohr. „Ich liebe dich, Brüderchen. Aber ich bin jetzt erwachsen. Auch wenn wir beide noch nicht viel von der Welt gesehen haben, muss ich meine Erfahrungen machen. …und diese Erfahrung war sooo schön. Ich will sie wieder." Er seufzt laut auf und küsst sie auf die Wange. „Ist schon gut. Ich muss es akzeptieren, ob ich es gut befinde, oder nicht. Aber wenn du ein Problem hast, kommst du wieder zu mir?" Er sieht sie ängstlich an. Sie ist seine Schwester und er muss sie beschützen. Egal wie alt sie ist. „Natürlich! Ich liebe dich!" Sie umarmen sich fest und lassen sich eine Weile nicht los. Die Tiger springen an ihnen hoch, als dass sie wieder die Aufmerksamkeit bekommen, die sie wollen. Aleksej und Anastassja lachen und nehmen jeweils ein ungeduldiges Tier auf und knuddeln es, bis es protestierend davonläuft.

„Die Mama!" Verena springt alarmiert auf. Sie hat Angst vor dem großen Tier. Bis jetzt ist sie den Tieren noch nie so nahe gewesen wie heute. Erleichtert sieht sie, dass Vladimir und Chavez vorsichtshalber hinter der großen Wildkatze nachkommen. Verena weicht respektvoll in die andere Koppel aus und blickt über die Wand zu Anastassja und Aleksej, die die Tigermama willkommen heißen. Sie geht auf Aleksej zu und streift mit dem riesigen Kopf an Aleksejs Körper entlang und macht das Gleiche bei Anastassja. Aleksej ergreift sie bei den Lefzen und zieht sie an seine Stirn, um sie so willkommen zu heißen. Anastassja sammelt die Kleinen ein und treibt sie zu ihrer Mutter. Kurz greift sie in das dicke Fell und klopft sie liebevoll. Dann gehen die Zwillinge hinaus. Sofort leckt das Muttertier ihre Sprösslinge gründlich ab. Mira kommt soeben mit einer großen Schüssel Milch für die Tiere herein. Anastassja nimmt sie ihr ab und stellt sie nicht weit weg von der Tigermama, die sich sofort ihrer annimmt. Mira wartet geduldig ab. Bald kann sie den Behälter wieder leer in Empfang nehmen.

Das Wildtier fängt an zu Knurren. Böse guckt sie auf die offene Stalltür und erhebt sich geschmeidig. Vorsichtig steigt sie über ihre Jungen und stellt sich drohend davor. Vladimir und Chavez wenden sich alarmiert zur Tür. Ihre Hände haben die Jagdgewehre von ihrem Rücken geholt. Sie sind bereit und werfen einen vorsichtigen Blick hinaus. Sie treten weiter nach vorne, um besser die Gegend abchecken zu können. „Ihr bleibt alle hier!" Sie gehen hinaus. Ein verirrter Wolf streift auf dem freien Platz vor dem Haus von Mira herum. Vladimir schreit das Tier an, um es zu verscheuchen. Er hebt einen Stein auf und wirft es nach dem Vierbeiner. Knurrend bleibt der Wolf stehen und zeigt drohend die spitzen Zähne. Chavez wirft noch einen Stein und trifft den Körper. Der Wolf zuckt zurück und bleibt geduckt vor den beiden Männern stehen. Sein Knurren hat nicht aufgehört. Plötzlich trollt er sich in den Wald. Ein großer Wagen fährt vor. Vladimir geht den Ankommenden entgegen. Chavez bleibt in Bereitschaft. Nicht, dass der Wolf es sich noch anders überlegt.

„Willkommen! Frau Kaminov… Herr Kaminov!" Sie schütteln sich die Hände. „Was ist hier los? Warum ist ein Wolf auf dem Gelände?", verlangt Herr Kaminov zu wissen. „Wo sind Anastassja und Aleksej?", besorgt sieht sich Frau Kaminov um. „Kommen Sie mit mir!" Er führt sie in die Scheune, wo der Rest der Anwesenden auf Heuballen sitzt und abwartet. „Mama!" Anastassja springt auf und rennt auf ihre Eltern zu. Glücklich sie zu sehen, werden sie nacheinander geküsst. „Mein liebes Kind! Ich freue mich so, dich wohlauf zu sehen!" Dabei vergisst Frau Kaminov, dass sie eine erwachsene junge Frau vor sich stehen hat. Aber so sind Mütter eben…

Herr Kaminov hat inzwischen die Tiger entdeckt. Starr vor Staunen blickt er sie an. Auch die Tigerin sieht den hochaufgerichteten Mann vor sich ruhig an. Offensichtlich spürt sie instinktiv keine Gefahr für sie und ihre Jungen. Sie leckt sich über die Schnurrhaare und dann wieder einmal über ihre eigenen Pfoten, bis ihre Kinder drankommen. „Was ist hier los?!", will Herr Kaminov wissen. Er wendet sich erst einmal zu seinen Zwillingen. Aleksej ist an seine Seite getreten. „Sie hat hier Schutz gesucht, um ihre Jungen auf die Welt zu bringen. Jetzt werden sie wahrscheinlich bald wieder in den Wald zurückkehren. „Aleksej hat die Jungen auf die Welt gebracht! Wir waren alle bei der Geburt dabei. Es war sooo spannend." Anastassja hält nicht mit ihrer Begeisterung zurück. „Oh mein Gott! Das sind gefährliche Tiere!" „Deshalb dürfen nur ich und Aleksej zu ihr, wisst ihr?" Demonstrativ geht Anastassja in die Koppel der Jungfamilie und greift der Tigermama auf den Kopf und streift über das flauschige Fell im Nacken. „Anastassja komm da sofort heraus!" Ihre Mutter sorgt sich um ihre Tochter. „Sie tut Anastassja nichts. Sie ist wirklich die Einzige, die sich jederzeit zu ihr setzen darf und mit den Kleinen spielen darf.", beschwichtigt Aleksej seine Eltern.

Herr Kaminov sieht Vladimir mit hochgezogenen Augenbrauen hochmütig an. „Was läuft hier?" Vladimir tritt vor. „Hier ist alles ein bisschen aus den Rudern gelaufen. Die Tigerin ist uns unterwegs in der Wildnis schon über den Weg gelaufen." „Ja, da hatte ich sie schon angreifen dürfen! Stellt euch das einmal vor!" Vladimir stöhnt auf. Soviel an Informationen brauchen die Eltern nicht zu wissen. Die berechtigte Frage kommt sofort. „Wo waren Sie, als sie den Tiger berührte?!" Herr Kaminov sieht wieder zu Vladimir. Dieser windet sich. „Es war Vollmond, Sir! Ich habe geschlafen und bin nicht wach geworden, als ihre Tochter sich davonstahl. Es wird nicht wieder vorkommen, Sir!" „Papa! Vladimir, Chavez, Havar und Olivier haben auf mich aufgepasst, sobald sie gesehen haben, dass ich vor ihr gestanden habe!", versucht sie die dumme Situation Vladimirs herunterzuspielen. Frau Kaminov hat vor Schreck die Hand auf ihrem Mund, um keinen Schrei loszulassen und ihr Mann schüttelt ungläubig, aber stoisch den Kopf.

Vladimir fährt fort: „Die Tigerin ist uns bis hierher gefolgt und hat sich hier, bis zur Geburt der Kleinen, niedergelassen.

Wir denken, dass sie bald in die Wildnis zurückkehren wird. Die Jungen sind schon groß genug." „Ja, sie geht schon wieder auf die Jagd. Sie ist gerade eben zurückgekommen. Sie war zwei Tage weg. In der Zeit kümmern wir uns um die Kleinen." Anastassja strahlt ihre Mutter an, als ein vorwitziges Tigerkleines auf sie aufspringt. Zärtlich strubbelt sie es am Bauch. Wie ein Baby liegt es in ihren Armen. „Mama, willst du auch einmal?" Frau Kaminov weicht erschrocken einen winzigen Schritt zurück. Herr Kaminov hingegen schreitet mutig auf die große Wildkatze zu und packt sie bei den Lefzen und zieht sie zu sich. Sie starren sich gegenseitig an und der Mann legt seine Stirn an die des Tieres, als würde er mit dem Tier telepathisch kommunizieren. „Papa! Aleksej macht es immer genauso wie du! Das ist ja spannend! Sie erkennt euch beide!" Frau Kaminov seufzt tief aufatmend auf. Sie hat vorhin scharf den Atem angehalten, als ihr Mann mutig vor das Tier getreten ist und es so angefasst hat. Er tritt stolz und zufrieden zurück. Das Tier leckt wieder einmal über die Schnurrhaare und seine Pfoten. Dann legt es den Kopf ab, um sich auszuruhen. Die Jagd hat sie müde gemacht.

# Es wird Zeit

Die Eltern der Kaminov sind nicht zu Besuch. „Die Schule fängt in einer Woche an. Wir müssen Vorbereitungen treffen. Vladimir, wie lange werden sie hier noch gebraucht?" „Das kann ich nicht exakt beantworten. So lange die Tigerin noch hier ist, bleibt die Gefahr, dass andere wilde Tiere hier einfallen. Die Kleinen sind hilflos ohne geeigneten Schutz und ich will Mira nicht einer unwillkommenen Gefahr aussetzen." Herr Kaminov nickt. „Es darf nicht mehr allzu lange dauern. Ich brauche sie weiterhin für Anastassja!" „Sehr wohl, Sir!" Aleksej bekommt einen Hustenanfall. Vladimir und Anastassja und Alexander? Da wird noch einiges auf sie zukommen.

Sie gehen ins Haus. Anastassja versucht die Abreise hinauszuzögern. „Wollt Ihr nicht über Nacht da bleiben, Mama?" „Nein, mein Schatz! Wir müssen noch Umwege fahren. Wir nehmen Alexander und Verena mit. Sie wollen auch noch nach Hause zu ihren Eltern!" „Okay!", fügt sich Anastassja. Sie freut sich schon auf die Schule und sie freut sich auf ihre zahlreichen Freunde und außerdem besuchen sie und ihr Bruder die letzte Klasse. Das wird sicher wieder aufregend!

# Paparazzi!

Das letzte Jahr in der Schule beginnt.
Was werden die Freunde dieses Mal erleben?

## Das Extrabuch

# Ilja, der Bodyguard

„Wow! Seht nur! Die Schule! Die Renovierung hat begonnen!" Anastassja steht mit offenem Mund vor den, mit Gerüst verdeckten Mauern des Schulgebäudes. Die Zwillinge verabschieden sich schnell von ihrem Chauffeur und sie gehen mit ihren Rollkoffern auf das Tor zu. Knapp hinter ihnen folgt ihr neuer Bodyguard. Ein junger Mann, groß, breitschultrig, gekleidet in einem schwarzen Anzug und mit einer schwarzen Brille im Gesicht. Ein Bodyguard wie aus dem Bilderbuch, der seine Aufgabe sehr, sehr ernst nimmt. Sein Kopf schwenkt ständig aufmerksam hin und her, um eventuelle Gefahren vorzeitig einschätzen zu können und hält seinen Schützlingen diensteifrig das große schmiedeeiserne Tor auf. Er eilt an ihnen vorbei, sobald sie im Inneren der Schule sind, um die große Plastikplane zur Seite zu schieben, die den großen Eingangsbereich vor dem Schutt und Staub der Baustelle schützen soll. „Ilja! Jetzt hast du deinen Anzug schmutzig gemacht! Sieh nur!" Anastassja kraust die Nase und klopft den weißen Staub so recht und schlecht von dem Ärmel des schwarzen Stoffs. „Ana! Sie müssen das nicht tun! Lassen Sie nur! Ich mach das schon!" Ilja ist es peinlich. Sein Ansehen als beinharter Bodyguard bekommt einen Knacks, sollte jemand diese peinliche Säuberungsaktion seines Schützlings beobachten. So schnell es geht, entzieht er sich ihren klopfenden Händen. „Ilja, entspann dich! Wir sind in einer Schule!" Aleksej versucht grinsend die Sachlage zu entschärfen. Aber Ilja macht weiter, wie er es auf der Akademie gelernt hat. Die Kaminov sind sein erster Auftrag, den er alleine durchführt. Dieser Auftrag ist immens wichtig für ihn und seine weitere Karriere. Da darf ihm kein Fehler passieren!

Sie gehen in das Sekretariat der Schule, um sich anzumelden. „Guten Tag, Frau Sejdic! Wir sind wieder da!" Alessandras fröhliche Stimme bringt gute Stimmung mit. Die Sekretärin schmunzelt. „Ah, die Kaminov Zwillinge! Freut mich euch wieder zu sehen! Hier die Liste... unterschreibt bitte! Ihr kennt das Procedere!" Sie überreicht ihnen die Schlüssel zu ihrem Zimmer und sieht mit hochgezogenen Augenbrauen auf den großen jungen Mann hinter ihnen. „...und was kann ich für Sie tun, junger Mann?" „Das ist unser neuer Bodyguard, bis Vladimir wieder kommt! Ilja... Frau Sejdic,", stellt Anastassja sogleich vor. Ilja besinnt sich der guten Manieren und hält der Sekretärin die Hand hin. „Ich freue mich Sie kennen zu lernen, Ilja! Ich würde ihnen raten, sich bequemere Kleidung anzulegen, sonst fallen Sie zu sehr auf!" Frau Sejdic lächelt. Dr. Kokoff tritt in diesem Moment aus seinem Büro. „Ah... die Kaminov! Anastassja und Aleksej, ich freue mich besonders euch zu sehen!" Er nickt ihnen wohlwollend zu. Es sind Schüler, die nie unangenehm auffallen. Er blickt neugierig auf den stramm, im schwarzen Anzug, dastehenden jungen Mann. „Dr. Kokoff! Das ist unser neuer Bodyguard, bis Vladimir wieder kommt! Ilja... Dr. Kokoff, unser geschätzter Direktor der Schule!", stellt Aleksej vor. Dr. Kokoffs Brust schwillt bei dem Kompliment deutlich an und hält auch seine Hand Ilja hin. „Ah... ja... Ihr geschätzter Vater hat mir schon von ihnen erzählt. Willkommen!" Dann sind sie wieder entlassen. Sie erreichen, ohne jemanden von ihren persönlichen Freunden zu begegnen, ihr Zimmer. Sie haben ein gemeinsames Zimmer, das im ersten Jahr mit einer Mauer in zwei private Bereiche getrennt wurde. Anastassja ist ein unberechenbares Mädchen, das die besondere Führung ihres Bruders Aleksej benötigt... deshalb die Nähe, obwohl es einen räumlich getrennten Jungen Trakt und einen für Mädchen gibt.

Jetzt beginnt für die Kaminov Zwillinge die letzte Klasse und Anastassja ist zu einer anmutigen jungen Frau herangewachsen. Sie ist längst nicht mehr so übermütig und hat ihre spontanen unüberlegten Handlungen unter Kontrolle... meistens. Außerdem hat sie Alexander, der seit der ersten Klasse ihr Freund ist und sie mit fester Hand geführt hat. Dann ist da noch Vladimir, ihr persönlicher Bodyguard. Ihr Vater, ein reicher russischer Industrieller ist besorgt um seine Kinder. Besonders, als vor zwei Jahren die Zwillinge während der Schulzeit entführt wurden. Vladimir hat sie gerettet und ist nun stets an der Seite von Anastassja und hat auch ein Auge auf Aleksej. Das Dumme an der Sache ist, dass Vladimir und Alexander das Mädchen gleichermaßen lieben … und das seit dem ersten Schuljahr! Anastassja erwidert die Liebe beider Männer. In den letzten Ferien sind sie das erste Mal zu dritt in der Scheune zugange gewesen. Vladimir konnte sich an diesem Nachmittag nicht zurückhalten. Das Bild der beiden, sich gierig küssende und ineinander verschlungene Paar, hat seine Libido in ungeahnte die Höhen getrieben. Sie hatten einfach geilen Trockensex! Für Anastassja war es ein aufregendes, schönes Erlebnis. Alexander war zu geil, um es abzubrechen, als Vladimir dazu gestoßen ist. Im Nachhinein wusste er nicht mehr, wie er den anderen ins Gesicht blicken soll. Es war ihm megapeinlich und er hat nach keiner Wiederholung gestrebt.

Nun ist Ilja für den Schutz Anastassjas und Aleksejs zuständig, weil Vladimir anderorts aufgehalten worden ist. Voll in seinem Bodyguard Modus hat Ilja die Zwillinge zuerst in die Zimmer begleitet. Vorerst hat er die Räumlichkeiten der beiden gründlich nach Gefahren abgecheckt. Schließlich hat er den wartenden Zwillingen die Erlaubnis erteilt, dass sie jetzt ohne Gefährdung ihr Zimmer betreten dürfen. „Alles in Ordnung! Sie können hinein!" Kopfschüttelnd geht Aleksej an dem Mann vorbei und Anastassja bedankt sich lachend bei ihm, was auch Ilja ein Lächeln entlockt. Er folgt ihnen hinein und ist sich unschlüssig, wo er zuerst hin soll… zu Aleksej, oder zu Anastassja? Er entschließt sich für Aleksej, was ein bestimmt großer Fehler ist. Aber dies wird ihm zu spät bewusst. „Ich muss die Stundenpläne einsehen, damit ich weiß, wie ich sie weiterhin schützen kann. Außerdem brauche ich den gewohnten Ablauf der Schule… Essenszeiten, Sport, und so weiter… Haben Sie und ihre Schwester besondere Gewohnheiten? Zum Beispiel, dass sie im Freien Spaziergänge, Sport, und so weiter machen?" Ilja fordert ganz schön viel! Aleksej sieht ihn stumm an. Er reicht ihm seine Stundenpläne, die er soeben vom Sekretariat bekommen hat. „Wenn Vladimir wieder kommen sollte, melde ich mich bei ihm in ‚Holzfäller' an. Ansonsten haben ich oft Pokerabende mit Freunden, die allerdings ausschließlich bei mir abgehalten werden." Er denkt nach. „Die Aufgaben mache ich hier. Wenn kein Unterricht stattfindet und ich nicht im Speisesaal bin, dann gibt es noch den Gemeinschaftsraum, wo ich Billard spiele." Es fällt ihm nichts Weiteres ein. Ilja nickt. Er wird sich das abends in Ruhe in seiner Kammer ansehen und für sich einen Plan erstellen.

Im Augenwinkel sieht Aleksej Anastassja das Zimmer verlassen. „Sorry, meine Schwester…" „Was ist mit ihrer Schwester?" Ilja sieht ihn verständnislos an. „Sie hat gerade das Zimmer verlassen. Ich muss ihr nach!" Ilja, der während des Gesprächs mit Aleksej, mit dem Rücken zur Tür gestanden hat, was wirklich ein großer Fauxpas seinerseits als Bodyguard ist, schnellt herum. „Fuck!" Er reißt die Tür auf und läuft ihr hinterher. „Ana! Sie dürfen nicht einfach weggehen, ohne mir etwas zu sagen! Ich muss auf Sie Acht geben!" Anastassja lächelt ihn süß an. „Ilja! Hier passiert mir doch nichts! Ich gehe nur hinaus und setze mich vor das Tor… wie jedes Jahr! Komm, setz dich zu mir und genieße die Sonne!" Ilja folgt ihr gewissenhaft und stellt sich aufrecht, mit leicht gespreizten Beinen und mit verschränkten Händen, neben die Bank. „Ilja! Entspanne dich!" Er reagiert nicht. Er ist hoch konzentriert. Ständig checkt er die Umgebung ab. Das Mädchen seufzt leise auf. Aleksej ist ihnen gefolgt. Er will auf seine Freundin Verena warten.

„Alexander!" Anastassja springt auf und läuft die Straße hinunter. Er fängt sie lachend mit offenen Armen auf. Knutschend hängt sie, mit ihren Beinen fest seinen Körper umschlungen, auf ihrem Freund. „Baby! Du schaffst mich!" Lachend stellt er sie wieder auf den Boden. Ilja sieht, ohne mit einer Wimper zu zucken, dieser offensichtlichen Wiedersehensfreude zu. „Wer ist das?" Anastassja sieht hinter sich. „Alexander, darf ich vorstellen? Das ist Ilja, mein neuer Bodyguard! Ilja… das ist mein Freund Alexander!" Sie schütteln sich knapp die Hände und gehen zu dritt die Auffahrt wieder hoch. „Ich gehe mich dann anmelden. Ich komme gleich wieder!" Alexander küsst sie schnell noch auf die Lippen und stemmt sich gegen das Tor. Sie lächelt ihm selig nach und Ilja… gibt auf sie Acht, dass sie nicht wieder ungesehen davonläuft.

Ein großer SUV fährt die Auffahrt hoch. Die Jackson sind im Anmarsch! Michael, Sebastian und Florian steigen aus. Sie holen ihr spärliches Gepäck aus dem Kofferraum und schlendern wie drei Athleten die Auffahrt hoch. Sie sind allesamt übergroße und muskulöse junge Männer, die die Mädchenherzen zum Schmelzen bringen. Grinsend kommen sie auf die Kaminov Zwillinge zu. In ihrer Ausgelassenheit springt Anastassja auf und umarmt jeden der drei Burschen und küsst sie mehrmals auf die Wangen. Natürlich freuen sie sich, dass sie so überschwänglich begrüßt werden und grinsen von einem Ohr zum anderen. „Wer ist dieser ‚Man in Black'?", fragt Sebastian grinsend. Ilja hat die Begrüßung stoisch beobachtet. Bis jetzt scheint alles im normalen Bereich zu sein… kein Grund einzuschreiten. Schön langsam bekommt er eine Vorstellung davon, dass Anastassja der schwierige Teil seiner Aufgabe sein wird. Aleksej verhält sich normal. Anastassja hingegen ist sehr spontan. Er muss sich ihr mehr widmen, als dem Jungen. Nacheinander kommen die Freunde und andere Mitschüler an. Anastassja begrüßt fast alle mit Begeisterung. Ilja kann bei der Intensität keinen Unterschied erkennen, ob sie mit einem Mädchen, oder mit einem Burschen mehr befreundet ist, oder nicht. Einzig Alexander dürfte einen besonderen Platz in ihrem Umfeld haben. Er ist ihr Freund. Ilja muss sich mit ihm unterhalten.

Inzwischen schlendert Anastassja, mit Ilja im Schlepptau, in ihr Zimmer. Sie will ihren Koffer auspacken. Ilja steht auf dem Gang vor ihrer Tür, bereit einzugreifen, sollte eine fremde Person sich Zugang verschaffen wollen. Er braucht unbedingt eine Liste mit den Namen, die die Erlaubnis der Kaminov haben, hier ein- und ausgehen zu dürfen. Von weitem sieht er Alexander auf sich zukommen. Als dieser nach dem Türgriff greifen will, hält ihn Ilja zurück. „Äh…? Ich will zu Ana!" Alex ist irritiert. Ilja nickt. „Warte hier!" Ilja nimmt es genau. Er will den Besuch anmelden. Es könnte ja sein, dass Anastassja keinen Besuch erwartet. „Besuch für Sie, Ana!" Sie sieht lächelnd auf. „Wer ist es?" „Ihr Freund

Alexander!" „Warum lässt du ihn nicht einfach herein?" „Ich muss sichergehen, dass Sie es wollen!?" Sie lacht. „Aber sicher Ilja! Lass ihn rein!" Sie läuft an ihm vorbei und reißt die Tür auf. Alexander lehnt entspannt an der Mauer und spielt mit seinem Handy. Leise flüstert sie ihm ins Ohr: „Entschuldige, Ilja nimmt es ganz genau…" „Macht nichts!" Er dreht grinsend seinen Kopf zur Seite und schmatzt sie auf den Mund. Sie gehen weg. „Wo gehen sie jetzt wieder hin, Ana?" Ilja ist genervt. Anastassja geht wann und wohin sie will. Sie sagt vorher kein Wort zu ihm. Er ist verstimmt. „Essen!", ruft sie ihm zu. Also auf zum Speisesaal. „Warten Sie!" Anastassja dreht sich um. „Aleksej ist noch nicht hier…" Er ist zwiegespalten. Wie soll er sich um zwei so unterschiedliche Charaktere kümmern? Wie hat sein Kollege Vladimir das geschafft?! „Aleksej ist schon dort!", informiert sie ihn. Hat er den jungen Mann übersehen?! Tief in Gedanken geht er hinterher. So geht das nicht! Er muss Regeln aufstellen! Im Speisesaal prüft er die Sitzordnung seiner Schützlinge. Er stellt sich daneben. „Ilja, bitte hol dir was zu essen! Es ist noch Platz für dich an unserem Tisch! Jetzt entspann dich endlich und iss mit uns!" Anastassja runzelt die Stirn. Der Bodyguard ist anstrengend. Immer steht er nur herum und verzieht keine Miene. Genervt steht sie auf und zieht ihn an der Hand zur Essensausgabe. Sie drückt ihm ein Tablett in die Hände und fordert ihn auf, sich ein Menu zusammen zu stellen. Dann geht sie ihm wieder zum Tisch voraus und platziert ihn gegenüber von Florian. Tief durchatmend setzt sie sich neben ihn und beugt sich auf die andere Seite und küsst ihren Freund kurz auf die Lippen. Dann endlich kann sie sich auch ihrem Essen widmen.

Florian sieht sein Gegenüber neugierig an. „Du bist der neue Bodyguard? Viel Spaß!" Ilja hebt den Kopf. „Spaß? Wie meinst du das?" Florian lacht. „Anastassja!" Er zeigt mit der Gabel in der Hand zu ihr hinüber. „Was ist mit Ana?" „Sie ist unberechenbar. Du kannst nicht beide gleichzeitig hüten, Ilja! Das ist Zeitverschwendung! Ha… ha… ha…" „Unberechenbar? Wie meinst du das?" „Frag sie selbst! Sie wird es dir genau erklären!" Nachdenklich nimmt Ilja eine Gabel voll Nudeln. Das wird er ganz sicher… Er beobachtet die Runde am Tisch. Da ist Aleksej mit dem Mädchen

Verena, das offensichtlich seine Freundin ist. Sie knutschen permanent. Alexander ist der Freund von Anastassja und Florian dürfte ohne Freundin sein. Deshalb auch der freie Platz, folgert er. „Warum ist Vladimir nicht hier?" Die Frage reißt Ilja aus seinen Gedanken. Die Kaminov haben ihm gesagt, dass Vladimir nachkommen würde. Er ist dann nur mehr Aleksej zugeteilt. Sein Kollege wird ihm das aktuelle Problem erläutern, auf das sie dann achten müssen. „Er ist von seiner letzten Aufgabe noch nicht entbunden. Aber er wird spätestens nächste Woche hier ankommen." „Ist Dunja mit ihren Jungen schon in den Wald zurückgekehrt?" „Dunja?" „Dunja, die Tigerin!" „Ich weiß davon nichts!" Ilja ist irritiert. Was hat Vladimir mit einem Tiger zu tun?! Ilja schwirrt der Kopf. Er ist gestresst. Es gibt so viele ungelöste Fragen! Er ist mit seinem Essen beschäftigt. Immer auf der Hut, dass seine Schützlinge nicht vor ihm weggehen. Irgendwann ist es soweit. Er legt sein Besteck ab und nimmt sein Tablett in die Hand und trottet den jungen Leuten zur Tablett Abgabe hinterher. Gott sei es gedankt, dass sie ihn auch fertig essen ließen.

Er begleitet seine Schützlinge zu ihrem Zimmer. Hier geht es zu wie in einem Bienenstock! Anfangs hat er die Schüler vor der Tür aufgehalten und Aleksej oder Anastassja gefragt, ob es in Ordnung sei, dass sie hinein ins Zimmer kommen dürfen. Er ist doch kein Türsteher! ...und außerdem ist es ihm in seinem Anzug zu heiß. Die Temperaturen hier in der Schule... Er wischt sich unauffällig den Schweiß von der Stirn, lockert dürftig seinen engen Krawattenknopf und stellt sich wieder ordentlich hin. Langsam, aber sicher lichtet sich der Menschenstrom. Es können nur mehr einige in den Zimmern der Zwillinge sein. Von außen kommt anscheinend niemand mehr und er klopft an und geht hinein. Die Jackson Zwillinge sind hier. Sie sitzen mit Aleksej an einem runden Tisch und zocken. „Hast du Florian draußen gesehen?" „Ist das der junge Mann, der beim Essen mir gegenüber gesessen ist?" „Mhm!" „Nein!"

„Ilja!" Ilja geht der Stimme Anastassja nach. Ihr Reich ist feminin eingerichtet. Die Farben Beere und Zitrone herrschen vor. Ein Bett, ein Schreibtisch mit Stuhl, ein

Kasten und ein TV-Gerät sind die einzigen Einrichtungsgegenstände. Sie sitzt mit gekreuzten Beinen auf dem Bett. „Ilja! Warum bist du noch immer im Anzug? Das muss ja ganz schön unbequem sein!" „Ich bin noch im Dienst! Außerdem habe ich mein Zimmer noch nicht bezogen." „Das können wir ändern! Komm!" Sie springt auf und fordert ihn auf, seine Tasche bei Aleksej abzuholen. Dann begleitet sie ihn zum Sekretariat. Leider ist Frau Sejdic schon nach Hause. „So was Dummes! Jetzt bekommen wir heute gar kein Zimmer für dich! Du musst für diese Nacht bei uns schlafen!" Sie zuckt bedauerlich die Achseln. Er ist angepisst. Auch das noch! Irgendwie fühlt er sich hilflos. Anastassja nimmt das Zepter in die Hand und leitet ihn wieder zu ihrem eigenen Zimmer zurück. „Aleksej! Ilja muss heute bei dir schlafen! Frau Sejdic ist nicht mehr da!" „Kein Problem! Mach's dir gemütlich!" Ilja sieht sich abgespannt um. Anastassja nimmt den armen Kerl an der Hand und zieht ihn in ihr Zimmer. „So, jetzt runter mit den Klamotten und du gehst erst einmal duschen!" Er sieht sie perplex an. Aber er gehorcht. Anastassja ist sehr bestimmt. Sie will ihn in Jeans und Shirt sehen. Sie guckt in seine Tasche und wühlt herum, bis sie das Passende für ihren Gast auf ihr Bett gelegt hat.

Ilja kommt mit einem Handtuch um seine Hüfte geschlungen aus dem gemeinsamen Badezimmer seiner Schützlinge. Wow! Muskelberge wohin man sieht. Anastassja gafft ihn von unten nach oben an. Ihr Mund steht offen. „Du bist der Wahnsinn!" Irgendwie ist es ihm peinlich, sich so zu präsentieren. Er ist sich seines wohlgeformten Körpers bewusst, dennoch prahlt er nicht damit. „Anastassja! Bist du da?" Florian kommt herein und checkt in dem Moment den fast nackten Mann vor sich. Aber Iljas Reflexe strecken Florian in Sekundenschnelle nieder. Die schweren Körper der beiden Männer landen mit einem dumpfen Knall auf dem Boden. Zack! Bumm! Auf ihm liegend, hat Ilja die Arme Florians weit nach oben gestreckt und hält ihn dort fest. Anastassja schreit erschreckt auf. „Hey…hey…! Was tust du da?" „Warum klopfst du nicht an?!" „Ich klopfe nie!" Florian ist unbeweglich. Dennoch hält er, ohne zu zappeln still. Irgendwie ist die Situation aufregend. Florian sieht ihn grüne

Augen. Seine Zunge leckt über die Lippen. Die grünen Augen senken sich von den blauen Augen, tiefer auf die befeuchteten Lippen und weiten sich unübersehbar. „Du kannst mich wieder loslassen!" Die Stimme Florians ist fester, als er sich im Inneren fühlt. Der Mann ist der Wahnsinn! Die Jungs aus dem Nebenzimmer kommen hereingehetzt. Der erschrockene Schrei seiner Schwester hat Aleksej in Alarmbereitschaft gesetzt. Teils mit amüsierter, teils mit argwöhnischer Miene sehen sie auf die unglaubliche Szene. Ilja liegt nackt auf Florian. Das Handtuch hat sich bei dem Knockout gelöst. Anastassja steht mittlerweile kichernd neben ihnen. „Gib mir das Handtuch!", knurrt Ilja die junge Frau an. „Was machst du nackt im Zimmer meiner Schwester?!" Aleksej ist pikiert. Ilja löst sich mit einem federnden Schwung von Florian und steht in seiner vollen Pracht, mit halbsteifen Penis, vor den anderen. Seine Augen sind starr auf die von Florian geheftet. Schnell nimmt er das Handtuch von Ana und verhüllt seine schlanken Hüften. Peinlich berührt von der Aktion sieht er von allen anderen weg und streckt die Hand nach Florian aus, der noch immer kopfschüttelnd auf dem Boden sitzt. Anastassja übernimmt das Kommando. „Jetzt geht alle hinaus! Husch… husch! Ilja muss sich anziehen!" Anastassja jagt alle mit wedelnden Händen davon, bis sie mit ihrem Bodyguard wieder alleine ist. Ilja hat inzwischen seine Jeans und sein Muskelshirt angezogen und räumt die Unordnung, die durch ihn entstanden ist, auf. „Lass das! Setz dich!", befiehlt sie ihm. Verdattert setzt er sich zu ihr aufs Bett und sie sieht ihn zufrieden an. So gefällt er ihr schon besser!

„Ich denke, dass ich dich jetzt über die ganze Situation aufklären muss. Du hast keine Ahnung auf was du dich da eingelassen hast, nicht wahr?" Er runzelt die Stirn. Was meint sie damit? „Wir sind Schüler! Da geht es wild zu. Du kannst nicht auf mich UND auf Aleksej gleichzeitig aufpassen. Das funktioniert nicht. Das stresst dich nur!" Er sagt noch immer nichts. „Erstens musst du dich unsichtbar machen. Das heißt: Zieh dich bequem an. Du musst nicht den Anzug tragenden Agenten spielen! Hier trägt höchstens hin und wieder unser Direktor einen Anzug… sonst niemand. Zweitens konzentrier dich nur auf mich! Auf Aleksej pass ich auf." „Äh...?" Dann erzählt sie ihm von ihren Visionen. Sie verlässt sich darauf, dass sich ihr Inneres melden wird, sollte es Aleksej schlecht ergehen. Ilja glaubt sich verhört zu haben. „Wieso solltest du eine innere Stimme haben?" Bei inneren Stimme macht er Apostrophe in der Luft. „Wir sind Zwillinge und haben eine besondere Beziehung. Unser Band ist eng verknüpft, wenn du verstehst was ich meine?" Ilja versteht nur Bahnhof. „Na... egal. Wie gesagt... konzentriere dich nur auf mich und alles geht von alleine. Ich muss dich aber vorwarnen. Ich bin speziell!" Ilja sieht sie gebannt an. Anastassja schwingt beim Reden demonstrativ die Arme. Diese junge Frau spricht in Rätseln. „Speziell? Wie meinst du das?" „Hat dich niemand vorgewarnt?" „Nein!" „Dann erkläre ich dir das. Ich bin spontan. Wenn ich sage spontan, dann meine ich das auch so. Mir fällt vielleicht jetzt, in diesem Moment, ein, dass ich zu Verena gehen will, obwohl ich mit dir spreche, dann stehe ich auf und gehe. Ich schreie auf vor Lust, Freude oder sonst was... ohne Vorwarnung. Ich laufe irgendwohin und... verirre mich. Das ist in den ersten Klassen sehr oft vorgekommen! Vielleicht fällt mir ein, dass ich dir gerne ein Küsschen geben möchte, weil mir danach ist. Du siehst wirklich klasse aus! Ich kenne keine Grenzen! ...kannst du mir folgen?" „Äh... ja...? „Also, wie gesagt, konzentriere dich nur auf mich!" Er nickt folgsam. „So und jetzt will ich schlafen!" Er ist entlassen. Etwas überfordert geht er hinaus und wird im dunklen Vorzimmer von einer Hand zurückgehalten. Ein heißer Körper drückt sich an seinen. Lippen pressen sich auf seine. Florian hat ihn abgefangen. Die Szene vorhin hat ihn angeheizt. Der Bodyguard spricht eine Seite von ihm an. Er nimmt den Kopf Iljas in seine Hände und hält ihn in Position. Ilja hat instinktiv seine Hände um Florians Hüfte gelegt und reibt sich an ihm. Florian hat es geahnt. Ilja ist so wie er...

# Vladimir ist wieder da

Ein Auto fährt vor. Vladimir. Endlich hat er es geschafft. Die Tigerin ist mit ihren Jungen in den Wald verschwunden. Mira dürfte jetzt unbehelligt von wilden Tieren sein, die von den Tigern angelockt werden würden. Außerdem hat er Mira ein Gewehr dagelassen, nicht ohne ausreichend Schießübungen mit ihr zu machen. Zufrieden mit sich, holt er pfeifend seine Tasche aus dem Kofferraum und geht gut gelaunt in das Schulgebäude. Bald wird er sie wieder sehen! Aber vorerst muss er sich bei der Direktion anmelden. „Ah… Herr Kaliko!" „Vladimir, bitte! Frau Sejdic errötet unter dem intensiven Blick des Mannes. „Vladimir, Sie können sofort zu Dr. Kokoff hinein. Er erwartet Sie schon!" „Danke!" Er klopft an und wird bald aufgefordert einzutreten. „Ah… Vladimir! Willkommen! Haben die Tiger vor ihnen das Weite gesucht?" Der Direktor lacht bei seinem Scherz. „Klar, alles erledigt! Kann ich wieder meinen Posten einnehmen?" „Ich bitte Sie darum! Wir brauchen dringend wieder Holz zum Heizen. Heuer dringender als sonst. Sie haben sicher schon gemerkt, dass wir mitten in den Umbauarbeiten stehen?" Vladimir nickt und lässt sich die Arbeiten umfassend erläutern. Nach einem endlos langen Small Talk kann sich Vladimir endlich verabschieden. Sein Weg führt direkt zum Zimmer seiner Geliebten. Anastassja ist noch im Unterricht. Aber er weiß, dass die Schlüssel auf dem Türstock liegen. Er geht hinein und legt sich gemütlich wartend auf die Couch. Gelächter und Geschnatter wecken ihn auf. Der Unterricht ist zu Ende. Die Schüler sind auf dem Weg zum Mittagessen. Er wartet etwas ab und dann steht er auf und postiert sich hinter der Tür. Er will sie gebührend überraschen. „Warte hier! Ich komme gleich wieder!", ruft sie Ilja zu. Anastassja will nach dem Schlüssel greifen. Wo ist er nur? Habe ich nicht abgesperrt, denkt sie sich. Sie probiert und… tatsächlich… die Tür ist offen! Sie geht hinein und quietscht erschreckt auf. Sie wird von einem starken Arm fest an eine breite Brust gezogen. Lippen pressen sich auf ihren Nacken und sie

144

schmilzt dahin. Vladimir! Sie legt ihre Hände auf seinen Kopf und zieht ihn an seinen kurzen Strähnen zu sich hervor. Die Küsse sind intensiv und fordernd. Kurz lässt er von ihr ab. „Vladimir!", seufzt sie. Ihr Mund ist geschwollen und tiefrot von seiner Attacke. Gierig stürzt er sich abermals auf sie hinunter. Seine Zunge leckt über ihre Lippen, die sich sofort für ihn öffnen. Lechzend nach dem anderen, umschlingen sie sich immer wieder und stöhnen verhalten auf. Sie hat die Beine um seine Hüfte gelegt und reibt sich aufstöhnend an seinem Schoß.

Es klopft. „Ana?" „Wer ist das?!" Vladimir sieht sie irritiert an. Er kennt diese Stimme nicht. „Ilja...", flüstert sie. Vladimir runzelt die Stirn. „Wer ist Ilja?!" Die Tür geht auf. Vladimir lässt seine Geliebte los und schiebt sie schützend hinter sich. Ilja streckt den Kopf herein. Mit einem unsanften Stoß drückt Vladimir die Tür auf Ilja zu. Er strauchelt. Ilja hat sehr schnelle Reflexe und holt Vladimir grob aus seiner Deckung und kickt ihn zu Boden. Vladimir ist überrascht. Das hat noch keiner bei ihm geschafft! Der Mann hat sein Bein auf Vladimirs Nacken gedrückt und seinen Arm nach hinten gebogen. Er ist kampfunfähig. „Ilja! Was machst du da?!" Mit der Hand, auf dem Mund, steht sie verdattert vor den zwei Männern. „Wer ist das, Ana?" „Das ist Vladimir, mein Freund und Bodyguard." „Freund?" Sie nickt. Endlich lässt er ab und steht auf. Vladimir erhebt sich ebenfalls ächzend. Der Mann hat ihn spielend überrumpelt! Er lässt nach... „Mann, das war Klasse! Ich weiß nicht, wann ich das letzte Mal auf dem Boden gelegen bin! Ich bin Vladimir.", versucht er grinsend das peinliche Knockout herunterzuspielen und reicht Ilja seine Hand hin. Skeptisch streckt auch Ilja nun seine aus und sie schütteln sich mit extra, sehr festem Händedruck. „Ilja, ich bin der Bodyguard der Kaminov Zwillinge.", stellt er sich vor. „Da hast du dir aber eine Megalast aufgehalst!" Der Bann ist gebrochen und sie lachen. „Das kannst du laut sagen! Komm mit, wir gehen essen!" Ilja klopft ihm nach Männerart auf die Schulter. Gemeinsam, mit Anastassja in ihrer Mitte, betreten sie den Speisesaal. Sie fallen nicht weniger auf, als würde ein Megastar wie Lady Gaga mit ihren Bodyguards erscheinen. Mit beladenen Tabletts erreichen sie den Tisch. Alexander ist schon da und springt grüßend auf. Vladimir ist der Dritte ihrer geheimen Dreiecksbeziehung. Dann küsst er Anastassja und holt sie zu sich an den Tisch. Dass sie etwas derangiert ist, bemerkt er nicht. Ilja setzt sich ebenfalls dazu. Vladimir geht an den Nebentisch, wo die Jackson Zwillinge schon ihre Nudeln schaufeln. „Hey! Vladimir! Was geht ab?" Sebastian klatscht mit Vladimir ab. Auch Michael wird so begrüßt und sie setzen sich wieder. „Sind die Tiger wieder in die Wälder zurück?" „Jap!" „Mann, das waren vielleicht Ferien!" „Ich hoffe, du bist wieder der Alte?" Vladimir sieht Sebastian mit besorgten Stirnrunzeln an. „Na klar! War nicht so schlimm! Ich war ja nie in Gefahr! Die paar Tiere können mir nichts, aber rein gar nichts anhaben!" Er grinst. Michael sieht Vladimir augenverdrehend an. Sebastian wurde fast von einer tödlich, giftigen Viper gebissen, von einer giftigen Schwarzen Witwe angesprungen, von einer Bärenmama bedroht, weil sie Junge hatte... Sebastian war mit den Nerven am Ende. Aber das ist Geschichte. Sein lebenslustiges, übermütiges Naturell hat wieder die Oberhand erhalten. „Wie geht es Emilie?" Michaels Gesicht leuchtet auf. Seine Freundin hat einen Job als Nanny bei seiner Familie angenommen, nachdem Emilies Eltern eines plötzlichen Todes gestorben sind und sie nicht mehr das Schulgeld aufbringen konnte. Sie betreut seine kleinen Zwillingsschwestern Luisa und Laura. Letztes Wochenende ist er zu Hause gewesen und hat eine unglaubliche schöne Zeit mit Emilie verbracht.

Vladimir will gerade eine Gabel seines Gemüsestrudels zu sich nehmen, als er etwas verdächtig Ungewöhnliches aus seinen Augenwinkel wahrnimmt. Iljas Bein schlängelt sich an Florians Bein hinauf. Vladimir blickt zu den Beiden hoch... Sie starren sich intensiv in die Augen. Grüne Augen duellieren sich mit blauen Augen. Ilja ist schwul? Florian ist inoffiziell bekannt für seine sexuelle Richtung. Vladimir zuckt die Achseln und widmet sich wieder seinem Menu. „Machst du wieder Holzfäller?" Der Ältere nickt mit vollem Mund. „Bist du noch der Bodyguard von Anastassja, oder bleibt es Ilja?" „Das weiß ich noch nicht. Kaminov hat sich noch nicht gemeldet." Dann ist es eine Weile still am Tisch... bis Malika und Saskia herbeischlendern und die

Jackson Zwillinge anbaggern. „Jungs! Wir haben euch heute schon vermisst!" „Wir sind immer für euch da, Mädels!", kontert Sebastian und nimmt Malika auf seinen Schoß. Sofort küsst sie ihn auf die Lippen. Saskia hingegen blitzt bei Michael ab. „Baby! Ich bin vergeben!" Michael sieht sie bestimmt an. Er will und kann Emilie nicht hinter ihrem Rücken wieder in alte Gewohnheiten zurückfallen. Saskia zieht eine Schnute. „Hey! Sie weiß ja nichts davon!" „Das tut nichts zur Sache! Lass mich einfach in Ruhe, Saskia! Okay?" „Baby, komm zu mir! Gib mir einen Kuss!" Sie schmatzt ein Küsschen auf seine Wange, geht aber achselzuckend wieder weg. „Jetzt hast du sie verstimmt, Micha!" Dieser hebt gelangweilt die Achseln und sieht in die andere Richtung. Er steht auf, nimmt sein Tablett, um es in die Ablage für schmutziges Geschirr zu stellen. Dann marschiert er zu den Klassenräumen zu seinem Nachmittagsunterricht. Er ist zu bald dran und zückt deshalb sein Handy. Er will Emilie schreiben.

‚Was machst du? '

Es vergeht eine kleine Weile, dann sieht er die Pünktchen sich bewegen. Emilie ist dran.

‚Hi. Ich bin mit Luisa und Laura auf dem Spielplatz. '

Sie schickt unmittelbar danach ein Foto mit Luisa und Laura auf der runden Netzschaukel.

‚Schicke ihnen ein Küsschen! '

                                        ‚Mach ich.'

‚Dir auch einen Kuss auf deinen süßen Mund! '

                                        ‚Du fehlst mir! '

‚Du mir auch!'

147

Emilie macht wieder eine Pause und schickt wieder zwei Fotos von seinen Schwestern auf der Rutsche.

‚Ich wäre jetzt gerne bei euch! Spielst du mir heute Abend etwas auf dem Saxophon vor?‘

‚Wenn du willst, sehr gerne! Ich rufe dich an, wenn die Kleinen im Bett liegen. Sie wollen auch immer was hören.‘

‚Ich freue mich.‘

Michael grinst über das ganze Gesicht. Er kann es gar nicht mehr erwarten, dass endlich der Unterricht zu Ende ist, obwohl er noch nicht einmal begonnen hat. „Hey... Mann! Ich habe dich schon überall gesucht! Wem schreibst du gerade? Du siehst glücklich aus." Sebastian lässt sich, mit einem Begrüßungsschlag auf Michaels Schulter, auf seinen Stuhl daneben fallen. „Emilie..." Sebastian sieht zum Handy hinunter. Irgendwie will er das auch... „Sie spielt mir heute Abend auf dem Saxophon vor." Das beneidenswerte Lächeln auf Michaels Gesicht versetzt ihm einen Stich im Herzen. „Wenn du Lust hast, darfst du mithören." Sebastian hat schon öfters neben seinem Bruder im Bett gelegen und sie haben gemeinsam gelauscht. Das Instrument gefällt ihm. Aber es ist nicht für ihn... Er seufzt.

# Paparazzi

Er hat sich als Arbeiter auf der Baustelle, rund um das Gebäude des Internats, anheuern lassen. Seit zwei Wochen schuftet er wie ein Esel und er hat noch immer keine brauchbaren Fotos! Er wollte im Sommer den jungen Leuten nachfahren. Aber er wusste nicht, wie er das anstellen sollte, nachdem er gesehen hat, dass sie in die einsame Wildnis gefahren sind. Dies war für ihn zu gefährlich. Er ist mit solchen Gegebenheiten nicht einmal ansatzweise vertraut.

Hier kann er unauffällig agieren. Die Schüler sind alle da. Die Schule hat begonnen. Gerade hat er Vladimir ankommen sehen. Endlich! Jetzt muss er nur mehr abwarten, bis er die Zielpersonen vor seine Linse bekommt! Vielleicht gelingt ihm sogar die eine, oder andere Überraschungsaufnahme von anderen Personen? Immerhin sind Sprösslinge von reichen Familien da!

# Erotische Spielchen

Anastassja hat Camille aufgefordert, ihr doch im selbstangelegten Gemüsegarten zu helfen. Camille hat freudig zugesagt. Sie liebt es mit den Händen in der Erde zu wühlen und den Pflanzen beim Wachsen zuzusehen. „Ich freue mich so, wenn ich dir helfen darf!" „Camille ich freue mich, wenn du mir hilfst. Die Beete werden immer mehr. Die Arbeit wächst mir schon über den Kopf hinaus! Willst du den Garten übernehmen? Du weißt, ich bin das letzte Jahr hier!" „Sehr gerne! Vielleicht finden wir jemanden, der mir dann dabei helfen kann? Er ist doch sehr umfangreich!" Sie lachen sich an und bücken sich zu den niederen Beeten um das nachgewachsene Unkraut auszureißen. Gemeinsam machen sie den Garten fit und ernten reichlich Gemüse für die Küche der Schule.

„Da bist du ja, Ana! Ich habe dich gesucht." Alexander steht vor ihnen. Er mag es gar nicht, wenn sie ihm nicht Bescheid gibt, wo sie hingeht. Aber er ist es gewohnt, dass sie spontan wegläuft. Meistens ist es der Garten, der sie anlockt. „Hi, Baby!" Anastassja verwendet dasselbe Kosewort, wie Alexander und Vladimir für sie reserviert haben. Camille tut so, als hätte sie gerade sehr viel zu tun. Dabei lauscht sie angestrengt. Sie ist neugierig. „Du kannst beide Gießkannen mit Wasser füllen. Die Erde ist sehr trocken." Alexanders Freundin drückt ihm die leeren Kannen in die Hand und schickt ihn weg. Dann bückt sie sich wieder, um weiteres Unkraut zu jäten. Als er zurückkommt stellt er sie auf den Boden und holt Anastassja zu sich hoch. Küssend holt er ihre Beine zu sich heran und schlingt sie sich um seinen Körper. Seine Lippen kleben auf ihren. Seine Hände krallen sich in ihre Pobacken. Anastassja hält sich an seinen Schultern fest und saugt stöhnend an seiner Unterlippe. Camille sieht mit großen Augen zu den beiden hinauf. Irgendwie hat sie große Lust, auch dasselbe mit einem Mann zu machen. Aber damit muss sie, aus Ermangelung eines passenden Partners noch warten… leider! Eine ganze Weile knutschen sie herum, bis sie sich schwer atmend lösen. Beschwingt nimmt die junge Frau die eine volle Gießkanne und besprengt fröhlich pfeifend die Pflanzen. Alexander hat indessen auf der Wiese Platz genommen und beobachtet Anastassja grinsend, später mit offenen Mund, bei ihren neckischen Spielchen. Einmal schwingt sie ausladend mit den Hüften, dann beugt sie sich weit vor, sodass er ihren Ansatz des Busens sehen kann, dann schwingt sie neckisch die Lockenpracht nach hinten, oder zwirbelt eine Locke mit ihren Fingern und lächelt ihn schmachtend an. Immer wieder schickt sie Luftküsschen, wobei er jedes Mal den Mund spitzt. Vladimir kommt hinzu. Er setzt sich schräg hinter Alex. Nun beobachten sie beide die verruchten Spielchen ihrer Geliebten. Vladimir greift sich an seine Beule in seiner engen Jeans und reibt sich hin und wieder. Nun ist es Anastassja, die ihm in den Schritt starrt. Vladimir legt demonstrativ den anderen Arm um seinen Sitznachbarn, um ihr zu zeigen, was sie verpassen könnte. Ihre Augen wenden sich von einem zum anderen. Immer wieder versucht sie sich mit ihren Pflanzen und Beeten abzulenken. Zupft hier und da etwas Unkraut und passt überhaupt nicht mehr auf, was sie eigentlich da tut. Sie ist gebannt von den Spielchen, die Vladimir macht. Auch Alexander öffnet immer wieder die Lippen und seine Zungenspitze lugt etwas hervor. Vladimir streicht unauffällig über den gut gebauten Körper vor ihm. Betont unauffällig zieht er an dem T-Shirt Alexanders und der Nabel auf dem schlanken, straffen Bauch von Alexanders ist den Blicken der Mädchen ausgesetzt. Sie ziehen schnappartig die Luft ein. Mannomann…

„Anastaaaassja! Anastaaaaasja!" „Äh… ja?" „Du reißt die jungen Pflanzen aus!" Camille sitzt mit offenen Mund da und sieht von einem zum anderen. Dennoch hat sie ihre Freundin beobachtet, dass sie das falsche Grünzeug ausgerissen hat. „Oh…" Anastassja sieht auf ihre Hände und versucht die kleinen Sprösslinge wieder in die Erde zu drücken. Camille lacht etwas beschämt. Die Show hat ihr wirklich gut gefallen. Sehr erotisch… Vladimir sieht auf seine Armbanduhr. „Zeit zum Essen!" Er springt behände auf und die beiden Männer gehen gemeinsam in den Speisesaal. Sie sind Kontrahenten, was Anastassja betrifft. Aber die Zeit wird es zeigen, wer der

Bessere ist. „Uh…! Was war das eben?" Camille fächelt sich Luft zu. Anastassja zuckt nur mit den Achseln. „Sie wollen mich beide und warten auf mich, wie ich mich entscheiden werde!" Sie redet als würde es sie nicht heiß gemacht haben. „Wie bitte…!" Camille sieht sie fassungslos an. „Du hast ja sooo viel Glück! Sie dir die beiden an! Muskeln und gutaussehend durch und durch! Sie lieben dich? Auf jeden Fall wollen sie dich! Greif zu!" Anastassja kichert über so viel Enthusiasmus. Im Sommer hatten sie Trockensex zu Dritt! Mein lieber Gott! Am liebsten würde sie es wiederholen und fragt sich gerade, wie sie es anstellen soll, die beiden Männer dazu zu kriegen. „Anastaaaassja! Anastaaaassja! Wo bist du?" Camille wedelt mit ihrer Hand vor der Nase ihrer Freundin herum. „Wir sollten auch essen gehen! Wir sind schon spät dran." Anastassja nickt und sie folgt der jüngeren Freundin in die Schule. Den jungen Mann mit der Kamera, an dem sie vorbei gehen, bemerken sie nicht.

Sie kommen an den Tisch. Anastassja und Camille wollen zusammen zu Abend essen. Sie haben sich viel zu erzählen. Außerdem haben sie jetzt ein gemeinsames Hobby… den Garten. „Du wirst meine Nachfolgerin werden, nicht wahr?" „Ja das würde mir gefallen!" „Von was redet ihr?" Verena beugt sich zu den beiden hinüber. „Camille wird meinen Garten übernehmen! Verena sieht Camille an. „Das freut mich, dass er weitergegeben werden kann. Anastassja hat viel Herzblut hinein gesteckt!"

Ilja ist im Speisesaal von seinem Platz gegenüber von Florian verdrängt worden. Er sitzt jetzt nebenan bei Vladimir und den Jackson Zwillingen. Florian nimmt kurzerhand sein Tablett und setzt sich zu ihnen. „Hey, was ist mit dir los?" „Darf ich mich nicht zu meinen Brüdern setzen?!" Mit hochgezogenen Augenbrauen sieht er die Leute seines, soeben verlassenen Tisches, an. „Da steckt doch was dahinter!" Verena, wie immer, sieht eine Absicht dahinter. „Du sitzt schon seit vier Jahren bei uns und hast nie den Anschein gemacht, näher an deine Brüder zu rücken!" „Da ist was dran." „Warten wir es ab." Florian zuckt die Achseln und wendet sich lächelnd zu Ilja. Vladimir grinst nur in sich hinein. Seine Brüder haben es noch nicht mitbekommen. Sie schaufeln gerade Unmengen an Reis und Gemüse in sich hinein. Man könnte meinen, dass sie schon lange nichts mehr zu essen hatten!

„Heute ist Kino Tag! Action ist angesagt! Wer geht mit?" Es sind alle dabei. „Vladimir, Ilja? Was ist mit euch?" Florian sieht die beiden erwartungsvoll an, aber... „Wir können heute nicht. Wir müssen uns besprechen!", bedauert Vladimir. Florian ist enttäuscht. Eigentlich will er jetzt auch nicht mehr. Aber er hat es vorgeschlagen und kann nicht wirklich wieder absagen. „Aber zur Bar kommt ihr nach?", versucht er den Abend zu retten. „Klar!" Ilja und Florian sehen sich kurz und vielsagend an.

Nachmittags haben sie sich davongestohlen. Florian hat ihn aufgefordert, mit ihm den Wald zu durchforsten, mit der Ausrede, dass er ihm die Gefahrenquellen zeigen möchte. Sobald sie außer Sichtweite waren, sind sie übereinander hergefallen. Sie haben sich rau geküsst. Ihre Zähne sind immer wieder aufeinander gekracht. Ihre Körper und ihre steifen Penisse haben sich wild aneinander gerieben, als hätten sie einen Machtkampf zu meistern. Irgendwann haben sie sich keuchend und starrend auseinander getrieben. Florian, nicht mehr Herr seiner Sinne gewesen, hat sich fahrig an Iljas Hosenknopf zu schaffen gemacht. Seine Erinnerung an die erste Begegnung in Anastassjas Zimmer hat ihn nicht mehr losgelassen. Ilja nackt vor ihm. Er hat alles gesehen und seither lechzt er nach seinem Schwanz. Zitternd und erwartungsvoll hat er ihm den Reißverschluss hinuntergezogen und sein langes, dickes Teil aus der Hose gezogen und ihn abgeleckt... so lange bis Ilja die Initiative übernommen hat. Er ist die ganze Zeit knurrend und fauchend vor ihm gestanden. Immer wieder hat er zugestoßen, bis er den Kopf Florians in beide Hände genommen hat und sein Sperma tief in den Rachen seines Geliebten gespritzt hat. Das war... einfach... geil! „Ich komme heute Nacht zu dir!", verspricht ihm Ilja. Jetzt freut sich Florian schon auf das Ende des spannenden Films. Seine Gedanken sind ständig bei Ilja gewesen und was sie nachher machen wollen. „Der Film war toll!" „Ja, war eine gute Idee, dass wir heute hierhergekommen sind." „Leute, ich muss euch leider verlassen!" Camille ist müde. Sie will ins Bett. „Schade!" „Soll ich dich zum Zimmer bringen?" „Nein, ist nicht notwendig! Aber ich danke dir, Michael!" Er nickt. Bald kommen sie zur Schulbar, die sehr gut besucht ist. Aber Vladimir und Ilja haben schon einen Platz besetzt und die Plätze rund um den Tisch für die anderen frei gehalten. Florian grinst über das ganze Gesicht, als er Ilja sieht und zwängt sich sofort an Sebastian vorbei zu ihm. „Hey! Drängle nicht so!" Florian hat ihn nicht gehört. Sein ganzes Denken ist Ilja reserviert. Nach über einer Stunde ist er der Überzeugung, dass er sich zu diesem Zeitpunkt, ohne Aufsehen zu erregen, in sein Zimmer verabschieden kann. „Ich bin müde! Ich gehe ins Bett!" Zwar sehen ihn einige etwas perplex an. Florian ist sonst immer der letzte der geht! Aber sie lassen ihn ziehen. „Gute Nacht!" Er brummt zustimmend und sein letzter Blick gilt Ilja. Vladimir hat den Blick gesehen und denkt sich seinen Teil. Er vergönnt es ihnen. Auch Sebastian hat seine Antennen ausgefahren. Aber er hat noch keine Ahnung, dass sein Bruder es auf den Bodyguard abgesehen hat.

Nach angemessener Zeit ist auch Ilja aufgestanden. Er will noch nach draußen gehen und Luft schnappen, ist seine Argumentation. Die Freunde zucken die Achseln. Der Mann ist ein lustiger und geselliger Mensch, der die Gabe hat, viele Menschen auf einmal zu unterhalten. Dabei gibt er Anekdoten zum Besten, bei denen nicht jeder weiß, wie weit sie ausgeschmückt werden. „Ilja ist lustig!" Anastassjas Kommentar lässt Alexander näher an sie heranrücken und fängt an, mit ihr zu knutschen. Vladimir hebt nur kurz die Augenbrauen. „Ana! Jetzt reicht es!" Ihr Bruder ist nicht so tolerant. Mit zusammen gezogenen Augenbrauen sieht er ihnen zu, bis er handgreiflich einschreitet. Seine Schwester ist kein Flittchen! „Aleksej! Du küsst Verena auch oft vor allen anderen." „Das ist etwas anderes!", wiegelt er ab. Verena und Anastassja gucken sich vielsagend an. Als Aleksej seine Freundin küssen will, drückt sie ihn weg. „Aleksej! Nicht hier!", kontert sie lächelnd. Verdutzt sieht er sie an… bis er unter ihrem vorwurfsvollen Blick rot wird. Sie hat ja so was von recht!

# Paparazzi

Er kann es gar nicht fassen, welches Glück er hat! Als er schwitzend in die Pause gegangen ist, hat er diesen Jungen Alexander beobachtet, als er sich der Kaminov Tochter genähert hat. Der Junge hat sie hochgehoben, sie hat die Beine um ihn geschlungen und sie haben geknutscht was das Zeug hergehalten hat! Das andere junge Mädel ist dagestanden, als hätte sie so etwas noch nie gesehen. Ihr Gesicht zeigte Neugierde und etwas Beschämung. Immer wieder hat sie weggeschaut, aber dann gespannt wieder hingeguckt. Er hat dabei unzählige Fotos geschossen! Er hat in der Pause, abseits von seinen Kollegen, abgewartet und es hat sich gelohnt! Der Bodyguard ist hinzugekommen. Ganz genau hat er nicht gesehen, was da vorgefallen ist. Aber er hat einfach seine Kamera auf Wiederholungsset gesetzt. Er muss sich die Bilder nachher durchsehen. Er ist gespannt was da drauf ist. Leider haben seine Arbeiterkollegen ihn bald zur Arbeit zurück gerufen. Aber er ist sich sicher, dass es gute Bilder abgeben. Sein Boss wird zufrieden mit ihm sein!

Der andere Bodyguard ist offensichtlich schwul. Er hat später am Nachmittag eindeutige Fotos von ihm mit einem Mann geknipst. Mal sehen, ob die beiden für seinen Boss ebenso interessant sind. Er ist ihnen in die Schulbar gefolgt, was ihnen als Arbeiter an der Baustelle der Schule erlaubt ist. Sie haben in der Nähe ihre Quartiere, in eigens dafür aufgestellten Container und dürfen den Speisesaal zu Essenszeiten benutzen. Dafür ist ihnen ein eigener Bereich im Saal reserviert. Es ist nichts Ungewöhnliches ein Handy zur Hand zu haben und so hat er heimlich, immer wieder auf den Auslöser gedrückt. Morgen wird auf der Baustelle Pause für einen Nachmittag gemacht. Sie müssen auf Material warten. Er wird die Gelegenheit wahrnehmen und seinen Boss in seinem Büro aufsuchen. Es wäre doch gelacht, wenn er sein Interesse nicht wecken kann!

# Fern aller Vernunft

Am nächsten Morgen ist Florian, entgegen seiner Gewohnheit, ausnahmsweise der erste am Frühstückstisch seiner Freunde zu sehen. Ilja und Vladimir sind noch vor ihm da. „Guten Morgen!" Gut gelaunt setzt er sich gegenüber von Ilja und sieht ihm tief in die Augen. Die Nacht war phänomenal für sie beide. Vladimir ahnt, was die beiden gemacht haben und gönnt es ihnen stillschweigend. Er beißt genussvoll in seine Buttersemmel und beobachtet Anastassja, die gerade den Saal betritt. In Anbetracht der Nacht von den beiden neben ihn, hätte er Lust, auch bei Anastassja einmal vorbei zu schauen. Das Dumme ist nur, dass ihr Zimmer nur mit einer dünnen Mauer von ihrem Bruder getrennt ist. Er muss sich was anderes überlegen…

„Wer bist du…? Ein Alien?", feixt Sebastian und sieht seinen Bruder äußerst überrascht an. Zum Spaß stupst er ihn absichtlich, gespielt vorsichtig, mit dem Zeigefinger an der Schulter an. Ungewöhnlich, dass er vor ihm da ist. Normalerweise holen ihn Aleksej oder Alexander von seinem Zimmer ab, damit er nicht zu spät zum Unterricht kommt. „Der frühe Vogel fängt den Wurm!", lacht Florian. Äh…? Warum ist sein Bruder so gut gelaunt, wundert sich Michael. Sonst ist Florian der bekannteste Morgenmuffel der ganzen Schule… da stimmt was nicht! Argwöhnisch beobachten die Zwillingsbrüder, zwischen ihren Bissen, ihren Bruder, bis sie sich doch, voll und ganz, ihrem Frühstück widmen. Ihr Kalorienbedarf ist enorm. Auch Aleksej und Alexander kommen perplex an den Tisch. „Was ist mit dir heute los? Wir wollten dich gerade aufwecken! Wir glaubten schon, dass es dir nicht gut geht, weil du nicht aufgemacht hast!", vorwurfsvoll sehen sie ihn an. Wegen ihm kommen SIE fast zu spät. Ihnen bleibt nicht mehr viel Zeit zu essen. „Guten Morgen, mein Lieber! Schau nicht so finster!" Verena küsst Aleksej zärtlich auf die Wange. Mürrisch nickt er anerkennend und greift zu seiner Tasse Koffein. Alexander begrüßt seinerseits Anastassja ebenso mit einem Küsschen. Lächelnd setzt er sich neben sie. Sie fängt an, ihn mit einer Buttersemmel zu füttern. Grinsend und ihr tief in die Augen schauend, beißt er ab. Er liebt Buttersemmel zum Frühstück. Sie füttert ihn, bis die Semmel verspeist ist. Dann gibt sie ihm noch einen Kuss und leckt ihm mit glänzenden lächelnden Augen über die Lippen. Erst jetzt setzt sie ihr Frühstück fort, als wäre nichts gewesen. „Willst du noch Kaffee, Ana?" Sie nickt und er steht auf. Mit seiner und ihrer Jumbotasse voll Koffein kommt er zurück. Vladimir hat das ganze beobachtet und überlegt, wie er diese Zärtlichkeiten noch toppen kann. Ziemlich schwer...

Die Herbstsonne ist heuer sehr warm und lädt zum Verweilen auf dem weitläufigen Gelände der Schule ein. Vladimir hat Anastassja unter seinen Arm eingehängt und sie mit sich hinaus genommen. Alexander hat Unterricht bis zum Abend. „Vladimir, ich freue mich so sehr, dass du wieder da bist! Ich habe dich anfangs vermisst." Sie hüpft ihm ausgelassen voraus und lacht mit ausgestreckten Armen laut heraus. Wild dreht sie sich im Kreise. Er beobachtet sie vergnügt. Seine Anastassja ist immer gut gelaunt. Er will sie schon seit Ewigkeiten. Aber er will auch warten, bis sie aus dieser Schule draußen ist. Dann, erst dann, geht er zu ihrem Vater und fordert um ihre Hand. Er weiß, dass es altmodisch ist. Die Kaminov sind so. Aber er weiß nicht, ob er ihrer würdig ist. Die Kaminov sind steinreich. Ihre Mutter ist vom russischen Adel. Der Vater hat das Kaminov Unternehmen selbst aufgebaut. Er seufzt. Es wird ein harter Weg für ihn werden. Aber er will es schaffen. Anastassja gehört ihm! „Vladimir! Komm doch! Hast du das gesehen? Ein Hase! Dort!" Die junge Frau zeigt mit dem Zeigefinger auf den Hoppel, der soeben ins rettende Gebüsch verschwindet. Sie lacht Vladimir an. Seine Augen haben immer nur sie beobachtet. Ihr fröhliches Naturell ist ansteckend. Sie ist von ihm weg und fordert ihn auf, sie zu fangen. Er lacht und läuft ihr spielend nach. Absichtlich lässt er sie vor sich her laufen, bis sie an den Waldrand kommt. Dort holt er sie sofort ein und hält sie an einem Baum, zwischen seinen starken Armen, gefangen. Sein Mund stürzt keuchend auf sie nieder. Willig öffnet sie sich ihm und ihre Zunge sucht seine. Ihre Arme sind indessen um seinen Körper geschlungen und hält sich an seinem Shirt am Rücken fest. Immer wieder spürt sie die Bewegungen der Muskeln und greift fester zu. Seine Zunge leckt an ihrem gestreckten Hals entlang. Seufzend genießt sie seine Zärtlichkeiten und stöhnt leise auf. Er holt ihre Beine zu sich herauf und legt sie sich um seine Hüften. Mit ihrer Mitte an seinem Schoß spürt sie sein hartes Teil und fängt an zu wippen. „Ana! Was machst du nur mit mir!", flüstert er in ihre Ohrmuschel und leckt über das Ohrläppchen und beißt zart hinein. „Valdimir, mein Bauch! Als wären ganz viele Schmetterlinge darin, die wild durcheinander flattern! So... verrückt...! Mach weiter..." Er klemmt sie noch fester an den Stamm und knetet ihr Hinterteil.

Sie merken den Mann nicht, der einige Bäume weiter weg steht und sie beobachtet. Immer wieder zückt er seine Kamera und drückt den Auslöser. Das surrende Geräusch des Apparates nehmen die Liebenden nicht wahr.

# Paparazzi

Er hat heute seinen freien Tag. Er ist mit seinem alten Renault auf den Weg in die Großstadt. Mit im Gepäck hat er seine Speicherkarte voller pikanter Fotos. Summend stellt er sich die Augen des Bosses vor, wenn er seine neuesten Bilder zu sehen bekommt. Wie immer ist er knapp bei Kassa. Er kann das Geld gut gebrauchen. In sich hineinlächelnd parkt er vor dem großen Haus des bekannten Verlages. Mit forschen Schritten und voller Vorfreude auf das Kommende fährt er mit dem Aufzug in die dreizehnte Etage, wo sich das Büro des Big Bosses befindet. „Hallo schöne Frau! Ich möchte den Boss sprechen!" So gut gelaunt, wie er ist, ist die Sekretärin nicht. Sie sieht an ihm vorbei und lächelt einem Mann zu, der hinter ihm vorbeigeht. Dann endlich sieht sie ihn an und lässt ihn eiskalt abblitzen. „Der Boss will nicht gestört werden!" „Ich habe etwas, dass ihm sicher gefallen wird… sag ihm das!" Sie sieht ihn an, als wäre er ein Niemand und lässt sich dazu herab, ihm zu sagen, dass er dort drüben warten soll. Dann sieht sie wieder gelangweilt auf ihren Bildschirm. Er zuckt gottergeben die Achseln, wendet sich um, geht auf die Couchgruppe zu und setzt sich… mit Blick auf die große Bürotür. Irgendwann muss der Mann ja einmal heraus kommen, oder? Er wartet lange. Geduldig erkundet er mit seinen Augen die Umgebung und starrt schließlich die Sekretärin, die ihn missgelaunt abgefertigt hat, eine längere Zeit provozierend an. Wenn sie flüchtig zu ihm aufblickt, hebt er seinen linken Arm hoch und zeigt provokant auf seine Uhr.

Mittag. Die große Tür öffnet sich weit. Die Sekretärin sammelt eilig einige Unterlagen auf und trippelt auf ihren High Heels auf den Big Boss zu, der sich gerade auf den Weg hinaus machen wollte. „Boss! Ich habe noch dringende Unterschriften!" Sie lächelt ihn süß an. Vornehm lässt er sich dazu herab, schwungvoll seinen Namen, ohne weitere Prüfung, unter die vorbereiteten Briefe zu schreiben. Offensichtlich vertraut er seiner jungen Sekretärin voll und ganz. Dann dreht er sich, die Augenbrauen fragend hochgezogen, zu dem Gast um, der von der Couch aufgestanden ist und sich ihm nun in den Weg stellt. „Boss, das ist der Fotograf, der sie unbedingt sprechen will!", wirft die Sekretärin entschuldigend und mit heruntergezogenen Mundwinkel ein. Der Boss nickt und wartet ab, was der Fotograf zu sagen hat. „Boss... hier auf diesem Stick habe ich die neuesten Bilder der Kaminov Tochter, ihrem Bodyguard und ihrem Freund... zu dritt! Außerdem habe ich noch von einem schwulen Paar nette Bilder!" Auf eine positivere Miene des Bosses lechzend, wartet er ab. „Ich habe einen Termin zum Mittagessen! Warte hier. Ich sehe sie mir an, wenn ich zurückkomme!", weist der Boss ihn an. Ohne auf eine Reaktion des Fotografen abzuwarten, ist er schon zur nächsten Tür hinaus. „Mahlzeit, Boss!" Die Sekretärin grinst schadenfroh auf den Mann vor sich. „Du kannst wieder dort drüben warten!", meint sie hochmütig und packt selbst ihre Sachen in die Handtasche und stöckelt, wie eben der Boss, zur selbigen Tür hinaus.

Er ist verdattert. Vor ein paar Monaten ist der Boss sehr an seinen pikanten Fotos interessiert gewesen! Warum kanzelt er ihn jetzt dermaßen ab? Verärgert über diese Schmach überlegt er, was er jetzt tun soll. Er kann nicht warten. Dafür hat er keine Zeit. Er muss seine Brötchen verdienen! Kurzerhand greift er in seine Hosentasche und surft auf seinem Handy nach der Konkurrenz des Magazins. Nach kurzer Überlegung, ob es gescheit ist, einem anderen Magazin seine Aufnahmen zu verkaufen und damit den Boss auszuschalten, drückt er dennoch das grüne Handyzeichen auf der aktuellen Internetseite.

„Glorias. Mein Name ist Schreiber. Was kann ich für Sie tun?" „Ja... hallo! Ich bin Fotograf. Ich habe pikante Fotos der Kaminov Tochter mit anderen Männern. Haben Sie Interesse?" „Was Fotos für das Magazin betrifft entscheidet mein Boss. Warten Sie bitte, ich verbinde Sie augenblicklich!" Na, geht doch, denkt er sich. Das Verbindungssignal piept und piept... „Hallo! Schreiber! Was haben Sie für mich?" Der schroffe, ungeduldige Ton des Verlegers irritiert ihn maßlos. Aber er lässt sich nicht so leicht aus dem Konzept bringen. Er wiederholt sein Angebot. „Die muss ich mir erst ansehen! Können Sie sofort kommen?" „Geht klar! In einer halben Stunde?" „Okay!" Herr Schreiber legt sofort auf. Piep... piep... piep... Verdattert sieht er auf sein Handy und macht sich kopfschüttelnd und dennoch froh, dass er vielleicht ein wenig Kohle verdienen kann, auf den Weg.

Bald übergibt der Fotograf dem neuen Interessenten seinen USB-Stick und beobachtet jede Regung seines Gegenübers, der die Aufnahmen genau prüft. Immer wieder sieht Herr Schreiber regungslos zu seinem Gast hoch und senkt den Blick wieder auf seinen Bildschirm, wo die Bilder vor ihm aufleuchten. Nach einer geraumen Weile fragt der junge Mann: „Was meinen Sie? Die sind doch gut, oder nicht?" Schreiber brummt. „Was willst du dafür?" Der Fotograf überlegt fieberhaft. Es sind gute Aufnahmen, da ist er sich sicher, sonst wäre er schneller draußen gewesen, als er bis fünf hätte zählen können. Aber mittlerweile ist er schon mindestens eine halbe Stunde hier! Er versucht hoch zu pokern. „Fünfhundert für jedes Foto?" „Bist du von allen guten Geistern verlassen, Junge?" Sie starren sich an. Keiner sagt mehr etwas. Der junge Mann wartet ab. Nichts zu sagen, ist seine Devise. „Also gut... Für die Kaminov Tochter bekommst du für jedes Foto zweihundertfünfzig Euro, die anderen sind nicht mehr wert als einhundertsechzig. Wer sind die beiden Männer auf den Fotos überhaupt?" „Das weiß ich auch nicht so genau. Aber der eine ist sicher einer der Schüler. Den habe ich voriges Jahr auch dort gesehen. Der andere ist neu hier. Aber er ist älter. Vielleicht ist er auch Bodyguard? Ich kann es noch nicht so genau sagen. Der Preis..." Sein Kopf rattert. Er hat dreizehn Kaminov Bilder! Die Anzahl der Aufnahmen mit den Männern sind acht. Das ist eine ganz schöne Summe! Dennoch... „Dreihundertfünfzig für die Kaminov und zweihundert für die Männer!" Wieder starren sie sich fest in die Augen. Wer wird gewinnen? Schreiber seufzt gequält. Der Junge ist gerissen. Er weiß, wie begehrt solche Aufnahmen sind. Es ist ein Glücksfall, dass die Aufnahmen in seinem Verlag gelandet sind. Große Glanzmagazine schlecken sich alle fünf Finger ab, um zu solchen Fotos zu kommen. „Also gut.

Dreihundertfünfzig für die Kaminov Aufnahmen. Die Männer behältst du für dich und wenn du weißt wer die sind und sie sind bekannt, dann können wir noch einmal darüber reden!" Der Fotograf entspannt. Das ist prima! Ja! Seine Faust schnellt gedanklich, zu seinem unerwarteten guten Geschäftsabschluss, nach oben. Der Big Boss hat eben Pech gehabt! „Du kannst dein Geld von meiner Frau draußen abholen! War gut, mit dir Geschäfte gemacht zu haben. Vielleicht hast du wieder Glück? Dann denke an Glorias!" Taumelnd vor Freude bleibt der junge Mann schließlich vor dem Schreibtisch von Frau Schreiber stehen und lässt sich auszahlen. Schnell steckt er die Geldscheine ein und verschwindet. In Gedanken überlegt er, wer die beiden Männer sein könnten. Er muss an seinen Laptop! Vielleicht findet er im Internet Bilder von einem der Beiden. Es wäre zu schön um wahr zu sein, sollte sich herausstellen, wenn es ein Sohn eines Prominenten ist...

## ‚Anastassja Kaminov und ihre Liebhaber'

Dieser skandalöse Artikel, mit eindeutigen, farbenträchtigen Fotos von Anastassja, Alexander und Vladimir erscheint am nächsten Tag auf der Titelseite des Klatschmagazins von Glorias.

# Neue Erkenntnisse

„Was können wir dieses Wochenende unternehmen? Ich will Abenteuer! Es wird langweilig!" Die Freunde lungern im Gemeinschaftsraum herum. Aleksej ist mit Alexander beim Billard. Anastassja hängt mit Verena und Nora ab. Nur zu gern tauschen sie immer wieder den neuesten Klatsch aus. „Was denkt ihr über Sebastian?" „Stehst du auf Sebastian?!" „Na ja, er ist lustig, immer für Spaß zu haben... und er gefällt mir!" Nora hat schon lange ein Auge auf den großen muskulösen Jungen geworfen seit... ja... seit wann eigentlich? Sie muss immer wieder zu ihm hinübersehen. Er lacht mit Florian über irgendetwas. Die Brüder sind allesamt Sahneschnitten. Groß... sehr groß, muskulös und alle drei Charmeure. Es liegt ihnen im Blut.

Sebastian sieht zu den Mädels hinüber. Noras und seine Augen begegnen sich. Sie verhaken sich einen Gedanken lang, bis Nora verlegen zur Seite sieht. Er lächelt in sich hinein. Anastassja wittert eine neue Liebesgeschichte. „Du hattest ja schon was mit Florian!" „Ja... nein!" „Was jetzt?!" „Wir sind über das Küssen nie hinaus gekommen und auch beim Küssen war es nicht so aufregend...", sinniert das Mädchen. „Ist ja auch kein Wunder... Er ist schwul!" Verena, die Pragmatische bringt es auf den Punkt. Auf einmal steht Sebastian vor den drei Mädels. „Hi. Macht Platz! Ich darf mich doch zu euch setzen?" ...und stupst Nora an den Beinen an. Sein großer mächtiger Körper beansprucht eine Menge Platz. Er zwängt sich zwischen Anastassja und Nora hinein. Dann nimmt er kurzerhand Nora an der Taille, die inzwischen hochrot im Gesicht ist und stemmt sie auf seinen Schoß. „So... jetzt haben wir es bequemer!" Nora quietscht erschreckt auf. „Hey!" Aber sie schlingt einen Arm um seine Schultern um nicht wegzukippen, was Sebastian sowieso nicht zugelassen hätte. Entspannt lehnt er seine breiten Schultern zurück. Jetzt wo sie so nah bei ihm ist, ist sie ganz schüchtern geworden. Ihr fehlen die Worte. Aber ihr

Körper braucht nicht lange, bis er nachgibt und sich an seinen einladenden Oberkörper lehnt. Ihr Kopf fällt auf seine Schulter. Aufmerksam, wie er ist, pflanzt er ihr einen Kuss auf den Scheitel. „Wir waren gerade bei der Frage: Was machen wir das Wochenende?", klärt ihn Anastassja auf. Sie lässt das neu gefundene Paar nicht einen Moment aus den Augen.

„Wie wär's mit tanzen gehen? Ich habe gehört, dass es einen tollen Schuppen in der Stadt gibt!" „Das ist eine wirklich super Idee! Seit der ersten Klasse haben wir das nicht mehr getan." „Ja… und jetzt dürfen wir das sogar jederzeit, weil wir in der letzten Klasse sind!" „Ihr, in der Vierten dürft ja auch, wenn ihr euch eintragt, oder nicht?" Sebastian nickt. „Michael! Florian! Kommt mal rüber!" „Was willst du?", schreit Florian zurück. „Bin beschäftigt!", kontert Michael. „Wir wollen mit den Mädels tanzen gehen!" „Kein Interesse!" „Du kannst dir ja einen Mann mitnehmen!", feixt Sebastian über den ganzen Gemeinschaftsraum hindurch. Florians Kopf schießt in die Höhe. Er ist beim Pokern mit Mitschülern. „Halt die Klappe!" „Michael?" „Ich überlege es mir! Ich wollte Emilie besuchen!" „Lade sie einfach dazu ein!" Michael grinst. Sein Zwillingsbruder hat doch immer wieder geniale Ideen. „Mann du bist ja sehr effizient!" Nora sieht ihn bewundernd an. „Ja, darin bin ich gut!" „Bist du woanders auch gut?" Sie sieht ihn noch immer schmachtend an. „Was meinst du, meine Schöne?" „Ähm…" Er fackelt nicht lange und beugt sich nach vorne und küsst sie spontan auf den Mund. Dabei starren sie sich überrascht in die Augen. „Du schmeckst wirklich gut! Darf ich noch einmal?" Sebastian beugt sich wieder vor, legt sachte eine Hand auf ihre Wange und sie schließt entzückt die Augen. Er schmiegt seine Lippen auf ihre zitternden Lippen und vergessen ist ihre Umgebung.

Anastassja und Verena sehen sich verdutzt an. „Das ist ja mal schnell gegangen.", meint Verena lapidar und sie zucken beide mit den Achseln. Sie stehen auf und gehen zu den Billardtischen. „Aleksej, dürfen wir mitspielen?" „Klar! Gib mir einen Kuss!" Verena beugt sich vor und schmatzt lachend ein Küsschen auf seine Wange. „Spielen wir in

Zweiergruppen? Alexander du spielst mit meiner Schwester und ich mit Verena!" „Das ist Spaß! So machen wir das!" Alexander legt Anastassja einen Queue in die Hand und sie beginnen mit dem Anstoß.

„Michael! Schön, dass du anrufst!" „Warum sprichst du so komisch?" „Deine kleinen Schwestern sind gerade eingeschlafen!" „Aha…! Ich will dich das Wochenende bei mir haben! Wir gehen tanzen!", fällt Michael, mit der sprichwörtlich gemeinten Tür, ins Haus. Emilie lacht hell heraus. Sie ist die offene Direktheit ihres Freundes gewohnt. Aus der Reichweite der Kleinen gekommen, fragt sie ihn stirnrunzelnd. „Wie stellst du dir das vor? Ich kann doch nicht so einfach meinen Job hinwerfen!" „Das lass nur meine Sorge sein!" „Nein, das wirst du nicht! Ich kann selbst für mich einstehen! Wage es ja nicht!" „Alles klar, Süße! Ich warte auf deinen Anruf!" „Warte noch!" Emilie ist noch etwas eingefallen. „Wie komme ich zu euch und wieder nach Hause?" „Ich dachte, dass du bei mir schläfst und das andere mache ich mit Dad aus! Sebastian und Florian wollen Laura und Luisa sicher wieder sehen!" „Ich freue mich auf dich!" „Ich liebe dich, Süße!" Sie legen auf. Alles ist gesagt worden…

Sebastian sitzt noch immer mit Nora auf seinem Schoß. Sie flüstern sich Dinge zu, die die anderen nicht verstehen und knutschen ständig herum. Aleksej kommt vorbei. „Sebastian… Nora könnt Ihr auch mal eine Pause machen? Das ist ja widerlich wie Ihr euch aufführt!" Nora drückt sich etwas verlegen von Sebastian weg. Sie hat ihre Umgebung komplett ausgeschalten und versucht aufzustehen, aber Sebastian hält sie noch immer an der Hüfte fest an sich gedrückt. „Lass mich endlich los!", fährt sie ihn böse guckend an. Träge grinsend erhebt er sich mit ihr und lässt sie langsam an sich herunterrutschen, nicht ohne ihr noch schnell einen Kuss auf die Wange zu drücken. Leise lächelnd entfernt sie sich von ihm.

Alexander beobachtet von seinem Posten neben dem Billardtischen, Camille bei ihren Basteleien. Immer wieder lächelt er in sich hinein. Das kleine Mädchen sitzt an einem Tisch und werkelt mit ihren Händen an irgendwelchen

Stoffen, die sie mit Nadel und Faden zusammen näht. Ihre Zungenspitze kommt immer wieder wegen der Konzentration zum Vorschein. Autsch! Sie sieht auf ihren Finger, den sie jetzt schüttelt. Wahrscheinlich hat sie sich mit der Nadel gestochen. Am liebsten will er zu ihr gehen und sich den Finger vornehmen. Um sich von seinem dringenden Vorhaben abzulenken sieht er zu Anastassja, die gerade die zweite Billardkugel einlochen will. Sie ist wirklich gut... Sein Blick schweift wieder zu Camille ab. Ihr Finger ist inzwischen mit einem Pflaster zugeklebt. Sie fügt wieder einen Stoffteil auf den anderen und fährt aufmerksam mit der Nadel hindurch. Ihr Arm hebt sich etwas in die Höhe, um den langen Faden komplett durchzuziehen. Ihr Blick hebt sich und kreuzt sich mit dem von Alexander. Er schaut schnell weg, direkt in die von Anastassja. Sie lächelt ihn an. „Du bist dran!" Die Lage der restlichen Kugeln überschauend, legt er die Queue in Position und jagt eine seiner Kugeln in das Loch vorne rechts. Er ändert seine Seite und locht die nächste ein und scheitert schließlich an der dritten. Sein entscheidender Fehler war der Blick in Richtung Camille. „Alex, du bist unaufmerksam!" Anastassja bringt es auf den Punkt. „Was ist nur los mit dir heute?" Er sagt kein Wort und lässt sich die Umarmung und den Kuss auf die Wange von Anastassja gefallen. Über die Schulter fängt er den Blick Camilles ein. Aleksej hat ihn beobachtet und bemerkt überrascht den abschweifenden Blick seines Freundes. Er wendet sich zu Verena und erkennt, dass sie es ebenfalls gesehen hat. Vielsagend blicken sie sich an. Camille hat ihre Sachen in ihren Beutel gepackt und ist gegangen.

# Skandal

Am nächsten Morgen würde Anastassja am liebsten im Boden versinken. Was ist passiert? Das Frühstück beginnt entspannt. Die Freunde kommen fast gleichzeitig an den Tisch. Nur Florian ist wie üblich zu spät dran. Aleksej und Alexander haben ihn schon aufgeweckt und sind, ohne weiter auf ihren Freund zu warten, in den Speisesaal gegangen. Vladimir am Nebentisch bemerkt die aufgedrehte Stimmung als erster. Gekicher und Gemurmel lassen seinen Blick umherschweifen. Viele Schüler haben ihre Köpfe zusammengerückt und schauen auf ihre Handys. Immer mehr Schüler starren in Richtung Anastassja und auch zu… ihm? Er muss dem nachgehen! Er dreht sich um und verlangt das Handy, auf das viele Augen starren. Unter haltlosem Gekicher halten sie es ihm hin. Er erkennt zuerst nur ein Bild. Das Gerät ist zu weit weg, um zu erkennen wer auf den Foto überhaupt ist. Ungeduldig mit dem Zeigefinger zu sich winkend, verlangt er von dem Schüler, mit seinem Handy näher zu rücken. Mit entsetztem Blick und starr auf das Foto blickend, entreißt er dem Jungen schließlich das Handy und scrollt hin und her. Es wird nicht besser! Das erste Foto zeigt Anastassja und Alexander küssend in inniger und eindeutiger erotischer Umarmung. Das andere Foto zeigt ihn sitzend mit Alexander an seiner Brust und mit eindeutigen Handlungen vor Anastassja und Camille. Scheiße! Das hat ihm noch gefehlt! Vor einem Jahr wurde eine Aufnahme mit ihm und Anastassja küssend veröffentlicht und jetzt das! Wie soll er sich vor seinem Arbeitgeber und Vater seiner Anastassja rechtfertigen?! Er liest den Text. „Die Tochter des reichen Industriellen Kaminov bei Liebesspielchen mit zwei Männern?" Geht's noch?! Was soll der ganze Scheiß? Wenn er den Schuldigen erwischt! Er denkt nach. Vielleicht fällt ihm jemand ein, der im aufgefallen ist? Er kann sich nicht mehr so recht erinnern. Es ist vor einer Woche passiert. Er wendet sich an Ilja, der neben ihm sitzt. „Schau mal, wir haben einen Paparazzo unter uns! Ist dir irgendjemand aufgefallen?" Ilja sieht sich den Artikel des Klatschmagazins an. Grinsend schüttelt er den Kopf. „Lach nicht! Das ist nicht lustig!" „Da hast du recht! Aber, dass du so etwas machst, wundert mich schon ein wenig. Es ist allgemein bekannt, dass du integer und professionell bist. Was willst du jetzt machen?" „Ich muss Kaminov anrufen und die Sachlage entschärfen!"

„Du... du... Ich dreh dir den Kragen um... du... du...!" Aleksej stürzt auf Vladimir zu und drischt zornig und wild auf ihn ein. Vladimir wehrt mit gekonnten Abwehrschlägen die gegnerischen unkontrollierten Fäuste ab. Bald hat er die Oberhand und hält Aleksej eisern zwischen seinen muskulösen Oberarmen fest. Aleksej wehrt sich brüllend, bis er aus der eisernen Umklammerung frei kommt. Vladimirs Blick schweift ab und sieht Anastassja blass und mit großen verletzten Augen starr auf ihrem Platz sitzen. Verena hat ihre Arme fürsorglich um sie geschlungen und wiegt sie, leise auf sie einredend, hin und her. Vladimir vergisst augenblicklich seine Rangelei mit Aleksej und eilt an die Seite von Anastassja. Er nähert sich ihr vorsichtig und ausgestreckten Armen. „Ana..." „Geh weg...!" „Ana...! Wir müssen das gemeinsam durchstehen!" „Lass mich... Lass mich einfach in Ruhe!" ihre Augen gucken wie gehetzt hin und her. So durcheinander und ziellos hat er sie noch nie erlebt. Er weiß nicht, wie er mit einer so extrem verwirrten Anastassja umgehen soll. Sie lässt ihn nicht an sich heran. Er sieht hilfesuchend zu Verena. „Vladimir, es ist wirklich besser, dass du sie jetzt erst einmal in Ruhe lässt.", seufzt sie. Anastassja kriecht noch mehr in Verena hinein. Hilflos schluchzend, ergibt sie sich ihrem Schock. Ohne Worte entfernt er sich von den Mädchen und fordert Ilja stumm auf, ihm zu folgen.

Sie gehen vor das Tor und noch weiter hinaus auf das weite Schulgelände, wo sie niemand hören kann. „Ich muss jetzt Kam..." Sein Handy läutet. Kaminov. Shit! Shit! Shit! „Scheiße! Es ist Kaminov!" Vladimir wendet das Display Ilja zu. Dieser nickt nur und verzieht das Gesicht. „Vladimir! Was geht hier vor!", poltert sein Arbeitgeber in sein Ohr. „Sir! Ich kann das erklären. Ich habe die Bilder soeben gesehen. Sie sind wirklich widerlich und entsprechen überhaupt nicht der Realität!" Vladimir hat zu tun, um nicht zu stottern anzufangen. Es wäre nicht so schlimm, wenn es nicht um Anastassja gehen würde. Die Bilder zeigen eindeutige Szenen und er muss dies seinem Arbeitgeber erklären. Herr Kaminov verlangt eine Antwort. „Was haben Sie mit meiner Tochter gemacht!" „Wir hatten nur Spaß! Es ist nicht so gewesen, wie es scheint. Das Klatschmagazin hat eine unwirkliche Situation zum Besten gegeben. Es tut mir leid, Sir!" Stille... „Ich muss überlegen!" Die Stimme Kaminov ist kurz angebunden. Vladimir hält die Luft an. Was kommt jetzt? War es das?! Er muss bei Anastassja bleiben! Sie ist unberechenbar! Sie ist ohne seiner Hilfe orientierungslos! „Wir kommen!" „Was?!" Vladimir glaubt sich verhört zu haben. Die Kaminov wollen hierher kommen? Wie lange dieses Mal? „Sir! Ich bin mir sicher, dass ich es unter Kontrolle bringen kann! Ich habe Ilja bei mir! Wir werden den Paparazzo finden! Ich denke, dass der Übeltäter unter den Arbeitern an der Schule zu finden sein wird und bin überzeugt, dass es auch nicht so lange dauern wird, ihn zu überführen. " Stille... „Na gut! Ich will derartigen Fotos in Bezug auf meine Tochter nicht mehr sehen! Einmal noch und sie sind gefeuert! Ich verlasse mich auf Sie! Wir bleiben in Kontakt." Vladimir ist erleichtert, dass er noch mit einem blauen Auge davongekommen ist. „Was hat er gesagt?" „Wir suchen ihn! Kaminov will, dass wir ihn finden!" Ilja nickt. Sie gehen hinein. „Ich werde an Anastassja dran bleiben. Sie ist jetzt extrem unberechenbar. Diese Scheiße hat sie aus der Fassung gebracht." Vladimir reibt sich besorgt über das Gesicht. „Du hast weiterhin ein Auge auf Aleksej! Übrigens... sei vorsichtig, wenn du mit Florian alleine bist. Es fehlt noch, dass Ihr beide in den Klatschseiten auftaucht!" Ilja sieht seinen Kollegen geschockt an. „Woher..." „Es ist nicht zu übersehen..." Verdammt...

Vladimir ist auf der Suche nach Anastassja und findet sie endlich bei Verena. Sie sind im Zimmer der Freundin und haben sich zusammen gekuschelt und sie sehen sich eine Sitcom an. „Da bist du ja... ich habe dich überall gesucht!" „Geh weg von mir! Ich will nichts mehr mit dir zu tun haben!" Anastassja versteckt ihr Gesicht hinter Verenas

Körper. Ihr Körper zittert vor unterdrückter Scham. Vladimir seufzt. Seine Ana hat geweint. Ihre Augen sind rot und verquollen. Er versucht sie an der Schulter anzutippen. Sie zuckt zurück und weicht seinen wiederholten Versuchen, sie zu sich umzudrehen, aus. „Es ist besser, du gehst jetzt. Ich passe auf sie auf. Ich rufe dich an...", fügt Verena ernst hinzu und schickt Vladimir mit einem unheilvollen Blick hinaus. Ohne weitere Worte geht er hinaus und ruft Ilja an. „Wo bist du? Wir brauchen einen Plan! Wir treffen uns vor dem Haupteingang!" Er legt auf und macht sich auf den Weg.

Nachdem er Anastassja bei Verena in Sicherheit weiß, kann er mit Ilja einen Plan ausarbeiten. Sie suchen sich einen Platz auf dem Grundstück der Schule, wo sie nicht gehört werden können und sie einen guten Überblick über das weitläufige Gelände haben...

# Paparazzi

Mit einem zufriedenen Gefühl, dass seine Bilder im Internet mit einer Wucht eingeschlagen haben, sitzt er zufrieden mit den anderen beim Abendessen. Immer wieder tauchen Kommentare seit der Veröffentlichung seiner Bilder auf. Die Likes sind permanent in die Höhe geschnellt. Natürlich hat er die Reaktionen unter den Schülern beobachtet. Insgesamt ist er zufrieden. Sein Wert steigt… Sein Telefon läutet. Sein Verleger ist am Apparat. Schnell entfernt er sich, entschuldigend auf sein Handy zeigend, von seinen Arbeitskollegen. „Hallo!" „Haben Sie die Reaktionen schon gesehen? Ich brauche noch mehr Bilder!", verlangt Schreiber bellend durch das Telefon. „Herr Schreiber, sie müssen sich gedulden! Ich kann nicht durch die Gegend laufen und Fotos schießen! Aber ich werde liefern!" „Gut!" „Wie sieht es mit dem schwulen Paar aus? Wissen Sie schon wer es ist?" „Ich habe einen Verdacht! Aber ich muss mir noch eine Bestätigung einholen!" „Gut! Sie melden sich bald!" Herr Schreiber hat ohne ein weiteres Wort aufgelegt.

Der junge Mann loggt sich auf seinem Handy ins Internet ein. Er geht auf die Suche eines einzigen Namens, den er gehört hat. Jackson. Sofort liefert das Web unzählige Fotos. Viele sind in Verbindung mit einem Unternehmen das mit der Problemlösung und der Entwicklung von Software zu tun hat. Noah Jackson&Co? Seine Suche konzentriert sich auf Noah Jackson. Viele Bilder zeigen eine fröhliche Familie. Drei Söhne. Warte… er hat doch alle drei schon gesehen! Natürlich! Michael, Sebastian und… Florian! Das ist er! Florian Jackson und der Bodyguard! Volltreffer!

Er ist auf dem Weg zu Schreibers Büro. „Ich muss zum Boss. Es ist dringend!" Frau Schreiber lächelt dem aufgeregt wirkenden jungen Mann zu. „Geh hinein! Er ist da!" Ihr einen Luftkuss schickend, geht er forschenden Schrittes in das Büro des Verlegers. „Junge! Mit dir habe ich heute nicht mehr gerechnet! Hast du was für mich, mein Goldjunge?"

Jovial grinsend sieht er auf den jungen Mann vor sich. „Sein Name ist Florian Jackson! Der Sohn des Unternehmers Noah Jackson!" „Jackson? Woher kenne ich den nur...?" Schreiber überlegt. Seine Stirn legt sich angespannt in Falten. „Software..." „Ja, genau der! „Ich hatte einmal mit ihm zu tun, als meine EDV den Bach hinunter lief. Da muss ich vorsichtig sein. Der Mann ist gefährlich." „Wieso?" „Ehemaliger Rocker... hat viele Freunde... überall... Zeig mir noch einmal die Aufnahme!" Der Fotograf reicht die pikante Aufnahme mit Florian Jackson. Florian kniet vor Ilja dem Bodyguard, der den Kopf, offensichtlich entrückt, zurückgeworfen hat. Hinter Schreibers Stirn arbeitet es. Kann er es riskieren, diese Aufnahme in seinem Magazin zu veröffentlichen? „Ich kaufe es dir ab. Mal sehen, was ich damit anfange." Der junge Mann ist erleichtert. Kohle! Er braucht das Geld. Bald steht er wieder auf der Straße. Er ist voll motiviert. Schreiber ist ein großzügiger Arbeitgeber!

## ‚Werden Bodyguards als Liebhaber eingeschleust?'

# Der Zusammenbruch

Wochenende. Die Freude über den Tanzabend ist gedämpft. Dennoch lassen sich die Freunde nicht von ihrem Plan abhalten. "Komm schon Ana! Du musst da durch! Du kannst nicht immer in deinem Zimmer bleiben. Du musst hinaus und so tun, als ob es dich nichts anginge." „Alle gucken mich hämisch an!", jammert Anastassja. Sie ist seit dem Tag der Veröffentlichung der Bilder nicht mehr aufzuheitern. Verena nimmt sie in den Arm. „Keine Sorge. Dein Bruder ist ja auch dabei. Ich verspreche dir, dass ich nicht immer mit ihm zusammen abhänge! Komm, wir schauen, was wir in deinem Kleiderschrank finden." Aleksej kommt in die Zimmerhälfte seiner Schwester. „Anastassja! Du bist ja noch immer nicht umgezogen! Wir warten schon alle auf euch!" „Ach Aleksej, es ist ja egal was ich anziehe! Mein Ruf ist sowieso hin!" „Schwesterchen! Du bist perfekt wie du bist! Komm her!" Er nimmt sie in seine Arme und drückt sie fest an sich. Die Liebe zu seiner Zwillingsschwester ist unendlich. Er ist immer für sie da. Liebevoll streichelt er über ihre braunen Locken. „Komm lächle für mich!" Sie versucht es. Sein Zeigefinger zieht an ihrem Mundwinkel. Sie muss lachen. Endlich! „Siehst du, es geht ja wieder! Komm wir gehen jetzt!" „Wie sehe ich aus?" Etwas unsicher, weil sie sich nicht schick gemacht hat, sieht sie Verena an. Ihre Freundin zeigt den Daumen hoch. „Super!" „Wirklich?" „Wenn ich es sage!" Mit ihrer superengen Jeans und einem mitternachtsblauen T-Shirt macht sie eine tolle Figur. Schnell schlüpft sie in ihre Sneakers und ihren Mantel hinein und sie gehen zum Treffpunkt mit den anderen.

Als Anastassja Vladimir und Alexander sieht, zieht sie sich sofort in ihr Schneckenhaus zurück. Sie stellt sich hinter Aleksej, damit sie nicht zu nahe bei ihren Freunden steht. Solange sie nicht weiß, wo der Fotograf sich herumtreibt, will sie auf Nummer sicher gehen. „Hi Ana!" „Emilie!" Anastassja stürzt sich erfreut auf ihre junge Freundin. Sie umarmen sich und gehen Arm in Arm hinaus. „Wie geht es dir?" „Mir geht es sehr gut. Die kleinen Mädchen sind sooo lieb! Sie sind sooo lustig! Dir? Wie geht es dir?" Ein Schatten legt sich auf Anastassjas Gesicht. „Ach, nicht so gut. Hast du die Klatschseiten von mir gesehen?" Emilie nickt und drückt anteilsvoll den Arm ihrer Freundin. „Weißt du was? Das ist nur böser Klatsch! Wir gehen tanzen! Das wird schön!" Mit zwei Taxis lassen sie sich in die Stadt fahren. Vladimir und Ilja fahren mit ihrem privaten Jeep hinter ihnen nach. Das Tanzlokal ist nach wie vor ein In-Lokal. Sie müssen anstellen, um überhaupt hinein zu gelangen. Zum Glück dauert es nicht lange. Sebastian, mit Nora am Arm, besorgt die Karten für alle und sie suchen sich einen geeigneten Tisch aus. „Rückt zusammen, sonst haben wir nicht alle gemeinsam Platz!" Sie haben zwei Tische nebeneinander gestellt. Die Aufregung ist groß. Die Musik spielt noch dezent im Hintergrund. Anastassja lächelt und wippt zu dem Beat. Es gefällt ihr. Aleksej hat sich vorsorglich zu ihr gesetzt. Verena sitzt auf seiner anderen Seite. Emilie, auf der anderen Seite von Anastassja, lehnt sich glücklich an Michael. Sie hat ihn schon länger nicht mehr gesehen. Eigentlich sollte er dieses Wochenende zu ihr kommen. Sebastian und Nora gucken sich mit Alexander die Getränkekarte an. „Was gibt es zu trinken?" Camille sitzt neben Alexander. „Nichtalkoholisches für dich!" Sie schmollt. Ein klitzekleiner Hugo wäre schon gut gewesen! „Cola!" Florian guckt sich um. Wo ist Ilja? Er hat ihn bei der Schule noch gesehen. Er entdeckt ihn und Vladimir an der Bar. Offensichtlich wollen sie für sich alleine bleiben. Aber nicht mit mir, denkt er sich. Er steht auf und gesellt sich zu den Bodyguards. „Hey! Warum seid ihr nicht bei uns?" „Wir brauchen den Überblick.", meint Ilja. „Glaubt ihr, der Fotograf hat uns verfolgt?" Ilja zuckt die Achseln. „Man kann nie wissen…" Die Blicke Iljas und Vladimir sind ständig in Bewegung. Hin und wieder nippen sie an ihren Gläsern. „Wonach haltet Ihr Ausschau?" Vladimir schaut ihn lange an. Dann entschließt er sich, dass Florian ihnen von Nutzen sein könnte. Er hat einen Plan, den er mit Ilja besprechen muss…

Inzwischen ist der Raum brechend voll und die Musik lauter geworden. Alexander hat Camille zum Tanzen aufgefordert, nachdem Anastassja ihm einen Korb gegeben hat. Dann eben nicht. Camille hüpft ausgelassen mit ihm herum. Sie genießt den Abend und vor allem seine Gegenwart in vollen Zügen. Alexander ist ein netter Typ. Er gefällt ihr. Immer wieder versucht er, sie an sich zu ziehen und gemäßigtere Tanzschritte zu machen. Aber sie weicht lachend und flirtend aus... bis der DJ einen Kuschelrock auflegt. Dann schmiegt sie sich eng an ihn. Seine Arme legen sich um sie und sie vergessen Zeit und Raum. Aleksej ist mit Verena auch auf die Tanzfläche. Ein Kuschelrock ist die perfekte Gelegenheit, sich eng aneinander zu kuscheln und zu schmusen. „Du hast doch nichts dagegen, oder?", hat Aleksej seine Schwester vorsichtig gefragt. „Nein, nein! Geht nur! Ich komme klar." Anastassja sitzt mittlerweile alleine am Tisch. Neugierig guckt sie umher. Ihre Füße wippen. Sie sehnt sich nach... Vladimir? Nein! Sie darf nicht weich werden. „Hallo Süße! Du bist ja ganz alleine!" Kaum denkt man an jemanden, ist er auch schon da. Vladimir. Er hat sich neben sie gesetzt und sie ist augenblicklich abgerückt. Er lässt es sich ohne Kommentar gefallen. „Komm mir nicht zu nahe! Du weißt ja... der Fotograf... er kann überall sein..."
„Keine Angst! Ilja und ich haben die Augen überall!"
„Danke!"

„Schönes Mädchen, willst du mit mir tanzen?" Anastassja sieht auf einen jungen Mann, der die Hand abwartend nach ihr ausgestreckt hält. Anastassja ist im Zwiespalt. Es juckt sie aufzuspringen und mitzugehen. Die Musik ist wieder flotter geworden, also überwindet sie sich und lässt sich auf das Angebot ein... ohne die Hand zu ergreifen... nur keinen Kontakt. In diesem Moment wechselt die Musik zu Hardrock. Besser kann es gar nicht werden, denkt sie sich. Jetzt kann sie sich austoben! ...und das tut sie sehr ausdrucksvoll. Die Mehrheit ihrer Freunde haben sich wieder um den Tisch gesetzt. Nun sehen sie fasziniert der ungehemmt tanzenden Anastassja zu. Sie biegt sich nach allen Richtungen und beugt sich leicht nach vorne, um gleich wieder nach oben zu schnellen. Ihre braunen Locken wirbeln um sie herum. Zuckend bewegt sie ihre Arme und ihren

Körper. Die zuckenden Scheinwerfer verstärken dieses Schauspiel. Sie scheint für sich alleine zu sein. Aber ihr Tanzpartner verrenkt seine Gliedmaßen genauso wie sie, bis die Musik nach einigen Songs wieder gemäßigter wird. Jetzt versucht der junge Mann sie an sich zu ziehen. Aber sie lehnt, heftig mit dem Kopf schüttelnd, ab und kommt wieder, ohne sich weiter um den anderen zu kümmern, zu ihrem Tisch zurück. Schwitzend greift sie nach ihrem Glas Orangensaft und trinkt es gierig in einem Zug leer. Sich mit dem Handrücken über den Mund wischend, lässt sie sich schließlich keuchend neben Alexander auf den freien Platz fallen. „Das hat gut getan!" So nebenbei bemerkt sie, dass er den Arm über die Lehne hinter Camille gelegt hat.

Ilja geht mit Florian auf die Toilette. Nachdem er sich vergewissert hat, dass sie alleine sind, dreht er sich zu seinem Lover um. Florian ist gerade dabei, grinsend, mit eindeutigen Absichten, auf ihn zuzugehen. „Lass das! Ich muss mit dir sprechen!" Irritiert bleibt Florian stehen. „Was!" Ilja unterbreitet Florian Vladimirs Plan. Ganz gut ist ihm nicht dabei. Er ist gespannt, was sein junger Freund davon hält. „Ich weiß nicht so recht. Aber wir können es ja versuchen." „Aber wir dürfen nicht zu dick auftragen! Sonst wirkt es verdächtig!" Florian nickt und holt sich seinen Kuss, den er vorher nicht bekommen hat. Gierig tasten sie sich ab und verschlingen sich regelrecht...

Anastassja taut auf. Sie lacht viel und plaudert angeregt mit Emilie und Verena. Dabei passt sie auf, dass ihr Vladimir und Alexander nicht zu nahe kommen. Immer wieder wird sie von fremden Männern aufgefordert, mit ihnen zu tanzen. Niemals nimmt sie ein Angebot an, wenn kuschelige Songs vom DJ aufgelegt werden. Inzwischen ist sie schweißnass. Sie liebt das Tanzen! Voll ausgepowert hat sie von Orangensaft zu Coca-Cola gewechselt. Ihre Hyperaktivität scheint ungebrochen. Ja, sie ist kaum zu bremsen. Vladimir macht sich allmählich Sorgen um sie und spricht mit Aleksej, der sich mehr und mehr mit seiner Freundin beschäftigt hat, als mit seiner Schwester. „Sie darf kein Cola mehr bestellen. Sie dreht durch." Aleksej nickt und sieht nach seiner Schwester. Sie lacht aus vollem Halse und scheint sich nicht mehr zu beruhigen. „Was machen wir mit ihr?" Er ist ratlos. So überdreht hat er sie noch nie erlebt. „Überlass sie mir!" Aleksej ist froh, dass sich Vladimir um sie kümmert. Kurzerhand nimmt Vladimir Anastassja beim Handgelenk und zerrt sie rigoros mit sich zur Bar. „Hey, was soll das! Ich will mit dir nichts mehr zu tun haben!" Ihre Stimme ist schrill und laut. Sie überschlägt sich beinahe. Sobald er sie auf dem Barhocker gehoben hat, will sie auch schon abspringen. Aber er hält sie gebieterisch zurück. Sie starren sich gegenseitig herrisch, die Augenbrauen steil in die Höhe gezogen, in die Augen. Keiner gibt nach, bis Anastassja die Nase rümpft und wegsieht. „Hmpf!" Vorsichtig und langsam, noch auf der Hut, lässt er seine Hände sinken und beobachtet sie aufmerksam. „Was soll das?!", verlangt sie schroff zu wissen. Ihre Stimme vibriert vor Aufregung. Er grinst. Sie sieht wie eine Königin aus, die total verschwitzt neben ihm sitzt. Ihre Haltung ist steif und hochaufgerichtet. Sie kann ganz schön autoritär sein. Er muss sich das Lachen verbeißen. Sie sieht ihn an. Ihre Mundwinkel zucken, als sie seine ausdrucksvolle Miene näher betrachtet und prustet plötzlich los. Dann lachen sie beide laut und befreit heraus. Welche Erleichterung! Anastassja kullern die Tränen vor Erheiterung aus den Augen. Er wird ernst. Alarmiert greift er nach ihren Oberarmen. Ihre Pupillen rucken unkontrolliert hin und her. Sie lacht noch immer... hysterisch jetzt... bis sie langsam, wie in Zeitlupe, wegsackt. Das war dann wohl etwas zu viel. Vladimir seufzt, fängt sie auf und stützt sie mit seinem Körper.

Er zückt sein Handy und wählt Ilja an. Ilja sieht zu ihm hinüber. Er ist auf der anderen Seite des Raumes. Er versteht kein Wort über das Handy. Aber die Gesten seines Kompagnons ordern ihn eindeutig zu sich. „Anastassja ist ohnmächtig. Ich bringe sie zurück in die Schule. Sag den anderen Bescheid, wenn sie nach ihr fragen und halt die Augen nach Fotografen offen!" Ilja nickt. Er wendet sich, mit dem Rücken zur Bar, um und legt scheinbar entspannt die Ellbogen auf die Theke. Seine Augen sind überall, besonders auf Florian, der gemächlich durch die Flutlichter auf ihn zukommt. Er lächelt träge.

Vladimir trägt die bewusstlose Anastassja hinaus zu seinem Jeep. Ohne weitere besondere Vorkommnisse bringt er sie in die Schule und in ihr Bett. Erschöpft legt er sich auf Aleksejs Matratze im Nebenzimmer, nicht ohne vorher die Tür auf den Gang der Schule zuzusperren und den Schlüssel abzuziehen. Ein markerschütternder Schrei reißt ihn von seinem Schlaf heraus. Schlaftrunken taumelt er hinüber. Anastassja sitzt kerzengerade mit aufgerissenen Augen auf dem Bett. „Ana...", flüstert er und umarmt sie fest. Er wiegt sie hin und her und raunt ihr Koseworte zu. Immer wieder küsst er sie auf die zerzausten Locken, bis sie endlich wieder ruhiger atmet. Sie schläft wieder ein und er legt sie sanft auf das Kissen zurück. Er sieht auf seine Armbanduhr. Mitternacht ist vorbei. Die anderen müssten längst wieder hier sein. Er versucht Ilja auf seinem Handy zu erreichen. Vielleicht ist er ja noch nicht eingeschlafen? „Ja..." „Ilja?" „Wer sonst...Was willst du?" „Ich wollte dich fragen, ob irgendwas vorgefallen ist?" „Mensch! Es ist Mitternacht vorbei! Morgen ist auch noch ein Tag!" „Du schläfst ja noch nicht..." „Nein..."

# Schock für Florian

Die Bombe platzt am Anfang der Woche. Florian ist spät dran. Er hat verschlafen und rennt leicht hinkend in den Unterricht. Seine Jacke sitzt noch nicht richtig und er hat vergessen seine Schnürsenkel ordentlich zu schnüren. Sie schlenkern nervig um seine Füße herum. Mit den Fingern fährt er ein letztes Mal durch seine blonden Haarschopf und verursacht ein noch größeres Chaos als es schon ist. Sein Handy läutet. Auuu… sein Kopf… zu laut! Warum nur hat er es heute schon eingeschalten? Nie hat man seine Ruhe! Es schrillt noch immer. Missmutig holt er es aus seinem Hosensack. Shit! Sein Vater…? „Jaaa…?" „Was bildest du dir ein, was du alles machen kannst, während du in der Schule bist?!", donnert Noah Jackson durch das Telefon. Autsch! Scheiße! Sein Kopf! „Was ist…?" Bevor Florian seine Frage beenden kann, wettert Noah schon weiter: „Hast du heute die Facebook Seiten schon durchforstet, mein Sohn?!" Der Sarkasmus in seinem Ton ist nicht zu überbieten. „Nein! Ich bin nicht auf Facebook…" „Dann sieh gefälligst woanders nach!" Klack. Florian sieht verdattert auf sein stummes Handy. Erleichtert, dass sein Dad ihn nicht mehr anmotzt, zuckt er die Schultern und geht in seine Klasse und setzt sich hin. Er ist gerade noch pünktlich.

„Mann! Florian! Hast du dein Foto in der Zeitung noch nicht gesehen? Geil…" „Hä…?" Sich mühsam umdrehend, sieht er nach hinten. Seine Glieder sind verspannt. Er ist verkatert. Gekicher… Starren…. Getuschel… Was haben die alle? Achselzuckend dreht er sich wieder nach vorne und blickt der eintretenden Lehrerin entgegen. Irritiert hält er dem anhaltend strengen Blick der Lehrkraft stand, während sie den Unterricht beginnt. Hat er etwas verpasst? Er ist doch pünktlich?! Er beginnt sich unbehaglich zu fühlen. Immer wieder sieht er auf die Uhr, die über der Tür hängt. Als es endlich zur Pause läutet, springt er auf und will schleunigst hinaus. „Florian!" Er wird von seiner Lehrerin

zurückgehalten. „Du gehst unverzüglich zum Direktor!"
Was!? Er kann sich überhaupt nicht vorstellen, was er
angestellt haben soll. Aber er wird es bald erfahren. Bei Frau
Sejdic wartet bereits Ilja auf einem Sessel, der für den großen
Mann etwas zu klein scheint. „Ilja? Was machst du hier?"
Ilja lächelt dem stirnrunzelnden Florian entgegen. „Du hast
keine Ahnung, nicht wahr?" Florian schüttelt den Kopf. Ilja
hält ihm sein Handy vor die Nase und er blinzelt mit
entsetzten Augen auf das Display. Mein Gott!! DAS hat
seinen Dad so in Rage gebracht. Fuck!

„Meine Herren!" Der Direktor steht in der Tür. Ilja und
Florian gehen hinein und setzen sich auf Geheiß des Dr.
Kokoff hin und warten erst einmal ab. „Wie ich gerade
gesehen habe, sind sie beide über die äußerst provokativen
Aufnahmen in der Öffentlichkeit informiert. Ich habe hier
eine Zeitschrift mit sehr bunten Bildern. Was können Sie mir
dazu sagen?" Er sieht niemanden im Besonderen an. Aber
seine Augenbrauen sind herausfordernd hochgezogen. „Ja...
ich weiß... äh... nicht... was ich dazu... äh... sagen
soll...?", stotternd sucht Florian nach Worten. Ilja hält sich
zurück. Die Aufnahmen sind eindeutig. Fragt sich nur, wer
hat sie gemacht?! Dr. Kokoff lehnt sich mit finsterer Miene
vor. „Wie, oder was Sie zueinander sind, ist Ihre Sache! Sie
sind großjährig. Aber es ist meine Schule und ich dulde keine
Skandale! Was glauben Sie, was sich für ein Theater die
nächsten Tage hier abspielen wird? Ihr Vater, Herr Jackson,
hat sich angekündigt. Glauben Sie mir, er war nicht
besonders nett! Was soll ich ihm sagen? Das Ehepaar
Kaminov und Frau Berger habe ich, Gott sei Dank, nach dem
Skandal, betreffend ihrer Tochter Anastassja, Alexander und
Vladimir etwas beruhigen können und ihnen versichert, dass
sie nicht zu kommen brauchen. Aber deinen Vater konnte ich
nicht mehr davon überzeugen, von einem Besuch hier
abzulassen. Er ist auf dem Weg..."

In diesem Moment klopft es. Frau Sejdic kündigt den
nächsten Gast an. Aber Noah Jackson kommt ohne weitere
Aufforderung herein, stürmt auf den Direktor zu und begrüßt
ihn knapp. Seinen Sohn Florian und Ilja sieht er nur böse an.
„Bitte nehmen Sie Platz!", versucht er den aufgebrachten

Vater Florians zu beschwichtigen. „Ich stehe lieber!"
Seufzend setzt sich Dr. Kokoff wieder in seinen gemütlichen
Lederstuhl und sammelt erstmal seine Gedanken. Die drei
Männer sind Riesen! Sie füllen sein Büro mit ihrer Präsenz
komplett aus. Dennoch versucht er die Oberhand zu
behalten. Er räuspert sich. „Tja, meine Herren! Wie es
aussieht haben wir ein Problem, das nicht ganz neu ist."
„Was gedenken Sie dagegen zu tun?" „Offensichtlich haben
wir einen Fotografen in unserer Schule. Ob es einer von den
Leuten auf der Baustelle ist, oder es einer, bzw. eine unter
uns ist, ist mir nicht bekannt…" Es entsteht eine
Gedankenpause… „Ich denke, dass wir alle Register ziehen
müssen, Herr Direktor. Zufällig habe ich einen Freund der
Maurer ist. Er kann uns vielleicht helfen. Wir könnten ihn
einschleusen und er kann die Sache von dieser Seite aus
beobachten. Außerdem könnte ich einige Männer hier an
strategischen Punkten verteilt, positionieren, um die
Aufklärung zu beschleunigen?" „Wen meinst du, Dad?"
„Simon." Florian nickt. Simon ist sein Patenonkel und ein
alter Freund seines Dad, aber nicht mehr als Maurer
beschäftigt. Aber es ist eine Möglichkeit, sinniert er.
„Welche Männer meinst du sonst? Rocker?!" Florian lacht
ungläubig. „Die sind zu auffällig!", meint er abschätzig.
„Herr Jackson, da muss ich ihrem Sohn recht geben! Rocker
sind für mich keine Lösung! Nichts gegen Rocker!", wiegelt
er mit erhobenen Händen ab. „Aber ihr Freund wäre uns
vielleicht eine große Hilfe." „Gut! Ich rufe ihn an. Er soll
herkommen!" Noah Jackson verlässt mit gezücktem Handy
das Büro. „Nichtsdestotrotz! Ich dulde keine öffentlichen
Sexhandlungen auf der Schule!" Streng sieht er seine
Gegenüber an. Beide nicken unisono. „Alles klar. Es war
unbedacht von uns. Es wird nicht wieder vorkommen!",
versichert Ilja. Dr. Kokoff nickt. Jackson kommt wieder
herein. „Simon kommt hierher, um alles Notwendige zu
besprechen."

Dann sind alle entlassen. Florians Dad ist eingeladen, in der
Schule zu Mittag zu essen und sie begeben sich in den
Speisesaal. „Hi Dad!" Michael und Sebastian sind überrascht
ihren Vater zu sehen. Sie umarmen sich kurz und Noah setzt
sich zu seinen Söhnen. Mit Ilja und Vladimir ist der Tisch

voll besetzt mit sechs toll aussehenden Riesen, die von allen Seiten bestaunt werden. Das Thema ist altbekannt und wird ausgiebig ausdiskutiert. Vladimir und Ilja versichern Noah, dass sie die Augen offen halten, schon alleine im Interesse ihres Auftragsgebers Kaminov. „Vielleicht könnten Sie bei dem Klatschmagazin nachforschen? Wer immer es ist, Sie finden es sicher heraus. Sie sind der Internetexperte!" „Das habe ich schon. Es ist das Glorias! Der Verleger ist ein gewisser Herr Schreiber. Morgen werde ich ihm einen Besuch abstatten. Er war einmal mein Kunde!" Vladimir sieht ihn fragend an. „Er hatte Probleme mit der EDV.", erklärt Noah. Vladimir nickt.

# Paparazzi

Die Lage des jungen Paparazzo Konrad wird brenzlig. Er spürt, dass die beiden Bodyguards auf der Suche nach ihm sind. Er hält sich bedeckt. Die paar Fotos, die er in der Disco ergattert hat, hält er noch für sich zurück… für alle Fälle. Die letzten haben sein Konto etwas beruhigt. Er kann wieder seine Ausgaben begleichen. Jetzt beobachtet er die Paparazzi, die aufgrund seiner veröffentlichten Foto zur Schule gepilgert sind.

Viele Paparazzi von Zeitungen allerorts haben sich rund um die Schule versammelt. Dr. Kokoff, der Direktor, versucht die drängenden Fragen zu beantworten. „Meine Damen und Herren! Ich bitte Sie! Ich kann noch nicht viel sagen. Wir sind intensiv dabei, die Aufklärung der Sachlage voranzutreiben. Ich kann nur sagen, dass ich und die Lehrerschaft bemüht sind, unsere Schüler und Schülerinnen vor Angriffen dieser Art, wie es in der Vergangenheit geschehen ist, zu schützen!" „Herr Direktor! Was ist dran an der Geschichte der Tochter des mächtigen Kaminov?" „Ich bitte Sie, Sie dürfen nicht alles glauben, was Sie sehen! Die Bilder können gefälscht sein! Unsere geschätzte Schülerin, Fräulein Kaminov ist eine integre junge Dame!" „Was ist dran an dem Bodyguard und dem jungen Mann Jackson?" „Ich glaube, der Mann, der dieses Foto geschossen hat, hat es absichtlich missinterpretiert! Meine geschätzten Damen und Herren! Ich bitte Sie! Wir sind eine glaubhafte und seriöse Schule!" Dr. Kokoff beginnt zu schwitzen. Er zieht ein Taschentuch aus seiner Hosentasche und wischt unauffällig seinen Schweiß unter der Nase weg… scheinbar, um sich zu schnäuzen. „Entschuldigen Sie! Was haben Sie gemeint?", fragend blickt er die junge Dame mit dem Mikrofon vor sich an. „Das Bild mit Herrn Jackson sieht eindeutig aus! Ist Florian Jackson schwul?" „Dazu kann ich nichts sagen! Das ist mir nicht bekannt! Meine Damen und Herren… bitte! Ich habe eine Konferenz mit meinen geschätzten Lehrern! Auf Wiedersehen!" Schnell dreht er sich um und entflieht in die Mauern seiner Schule. Ilja schließt die Tür hinter ihm. Vladimir und Ilja sind ihm während seines Auftrittes zur Seite gestanden. „Ich danke ihnen meine Herren!" Er dreht sich um und flüchtet aufgewühlt in seine eigenen Räumlichkeiten.

Konrad, der Paparazzi geht wieder auf seinen Alibi Arbeitsplatz zurück. Er hat genug gehört. Irgendwie ist ihm nicht wohl dabei. Es war schön, Geld für seine Bilder zu bekommen. Aber dass sich ein derartiger Aufruhr auf Kosten unschuldiger junger Menschen auftut, an das hat er nicht gedacht. Was soll er tun? Weitermachen, wie bisher? Oder sich stellen? Vielleicht kann er mit dem einen Bodyguard sprechen? Er scheint ihm cool genug zu sein.

**‚Was ist wahr an den Stories von Anastassja Kaminov und Florian Jackson?'**

# Auf der Jagd

Vladimir, Ilja und Simon, der Freund von Noah Jackson und Maurer, sitzen zu einem Briefing in einem abgeschlossenen Raum. Niemand soll sie stören. Niemand soll ihre Absichten wissen. Sie müssen bedeckt bleiben. Niemand kennt Simon... außer die Jackson Brüder... und so soll es bleiben. „Wir müssen die Brüder instruieren, dass sie dich in nächster Zukunft nicht ansprechen dürfen. Sie kennen dich einfach nicht!" Simon nickt. Die Lage ist ernst. Der Ruf mehrerer Familien steht auf dem Spiel. „Wenn wir ihn nicht finden, dann ist die Hölle los!" „Wie kann ich ihn erkennen?", fragt Simon. „Ich denke, dass er ein Einzelgänger ist. Halte Ausschau nach einem Mann, der sich abseits von den anderen hält... der alleine seine Jause einnimmt... der schneller, als andere in den Feierabend verschwindet." Vladimir denkt nach, ob er etwas vergessen hat. „Dieser Mann, oder diese Frau verhält sich verdächtig. Sie oder er taucht einfach irgendwo auf, oder sitzt in einer Mauernische und du fragst dich wieso!", fügt Ilja hinzu. Simon nickt langsam. „Ich werde die Augen offen halten!" Ilja hält Simon zurück. „Vielleicht fällt dir jemand auf, der am Bau nicht geeignet ist? Der von der Arbeit als Maurer keine Ahnung hat? Er hat sich vielleicht einfach eingeschleust?" „Gute Idee!", lobt Vladimir. „Was mache ich mit einem Verdächtigen?", will Simon wissen. „Du rufst uns an und wir kommen zu dir!" Die Drei klatschen ab und gehen ihrer Wege.

„Wir müssen mit den Brüdern sprechen!" Vladimir und Ilja gehen in den Speisesaal, der aufgrund der Mittagszeit, rammelvoll ist. Sie nehmen ihr Tablett mit dem Essen und gehen auf ihren Platz. Die Brüder sind schon da. „Wir wollen nachher mit euch sprechen. Dafür brauchen wir keine Zuhörer!" Erstaunt sehen Sebastian, Michael und Florian Vladimir an. „Was haben wir jetzt wieder angestellt?", fragt Sebastian. „Nichts! Aber es ist wichtig!" Mehr bekommen sie nicht aus Vladimir heraus und widmen sich weiter ihrer

Spaghetti Carbonara. Bald stehen sie am Eingang der Schule. Ilja hält die Gegend im Visier und Vladimir weiht die Jackson Brüder ein. „Euer Vater hat Simon eingeschleust. Er wird als Maurer hier arbeiten und ein Auge auf die Arbeiter halten. Vielleicht hat er Glück und findet den Paparazzi, der die unglückseligen Fotos auf der Baustelle gemacht hat. Ihr kennt Simon nicht und ihr beachtet ihn auch nicht. Alles klar?" Sie nicken. Dennoch haben sie ein Funkeln in den Augen. Simon ist ein Kumpel ihres Vaters und ein cooler Typ für sie... wie Timo und Charlie, ihre Patenonkeln. „Das wird ja immer spannender!", feixt Sebastian. „Reiß dich zusammen! Das ist nicht lustig!", fährt ihn Florian an. „Ich habe mich nicht in aller Öffentlichkeit mit meinem Lover gezeigt! Selber schuld!" Sebastian sieht seinen älteren Bruder herausfordernd an. Florian knurrt. „Werde jetzt nicht frech!" Ha... ha... ha... Sebastian lacht... und die Faust, die auf ihn zu schnellt, trifft schmerzhaft sein Kinn. „Au!" Sebastian will zurück schlagen. Aber Vladimir hält ihn zurück. „Aufhören! Was soll das jetzt! Wir müssen zusammen halten." „Scheiße nochmal! Reißt euch zusammen!" Michael platzt der Kragen und rempelt seine Brüder auseinander.

Sie haben Aufsehen erlangt. Kichernde Mädels aus den unteren Klassen haben sich neugierig genähert. Aber sie halten noch genug Abstand, um den Grund der Auseinandersetzung nicht mitbekommen zu haben. Dazu haben sie nicht genug Mut, um sich einzumischen. Vladimir beachtet sie nicht. Er sieht vielmehr Sebastian und Florian streng an. „Habe ich mich deutlich ausgedrückt?" Sie nicken. „Dann geht wieder hinein und verhaltet euch nicht weiter auffällig. Kein Wort zu den anderen!" Sie trennen sich. Ilja und Vladimir bleiben zurück.

„Wir brauchen einen Lockvogel!", meint Ilja. „Was schwebt dir vor?" Vladimir denkt an Anastassja. Sie scheint ein beliebtes Objekt für die Medien zu sein. Aber er will sie dabei heraushalten. Sie lässt ihn nicht mehr zu sich heran. Es ist schwierig geworden, auf sie aufzupassen. „Aleksej? Florian?", zählt Ilja einige Beispiele auf. Vladimir denkt nach. „Würdest du dich wieder zur Verfügung stellen?!", fragt Vladimir seinen jungen Freund. Ilja schnaubt. „Wenn es denn sein muss?" „Auf jeden Fall dürfen wir das nicht ohne Rücksprache der Eltern tun... auch wenn die Kids erwachsen sind." Ilja nickt. „Komm, wir gehen weiter weg. Wir haben immer noch Leute hier herumstehen!" Sie schlendern bis zum Waldrand. Auffällig blicken sie immer wieder um sich herum, als würden sie die Gegend auskundschaften. Längst ist bekannt, dass die Medien auf dieses Eliteinternat aufmerksam geworden ist.

Vladimir zückt sein Handy und wählt Kaminov an. „Kaminov! Was ist passiert?" Die tiefe Stimme des Industriellen ist nach dem ersten Läuten zu hören. „Haben Sie etwas für mich?" „Nein, Herr Kaminov, es ist nichts passiert! Die Jackson haben einen Mann als Maurer eingeschleust. Die Medien haben dem Direktor zugesetzt. Ilja und ich mussten ihm beistehen, sonst hätten sie ihn eingekesselt." „Ich habe es geahnt! Wie geht es meiner Tochter?" „Sie zieht sich permanent zurück. Es ist schwierig für mich, auf sie aufzupassen." „Braucht Sie jemanden anderen?" „Nein, das habe ich nicht gemeint, Herr Kaminov!", rudert Vladimir betont zurück. „Mit ihrer Tochter ist alles okay. Sie geht nicht mehr vor die Tore des Internats. Sie will nicht mehr in die Zeitungen kommen, sagt sie." „Wir werden sie persönlich anrufen, um uns zu überzeugen, dass sie in Ordnung ist. Was gibt es noch?" „Ilja und ich wollen dem Paparazzi eine Falle stellen. Wir brauchen Freiwillige, die sich in der Öffentlichkeit in Szene setzen." Herr Kaminov setzt eine kleine Pause. Anscheinend regelt er seine Gedanken. „Anastassja ist tabu für sie! Ist das klar?" „Herr Kaminov, ich habe da eher an Aleksej mit seiner Freundin Verena gedacht. Es gibt natürlich auch andere Personen, die infrage kämen.", fügt er eilig hinzu. „Warum meinen Sohn? Nehmen Sie andere!" Die Stimme Kaminov' ist ungehalten. Vladimir kann es nachvollziehen. „Alles klar! Ich melde mich wieder, wenn es Neuigkeiten gibt." Das Piepen des Handys zeigt Vladimir an, dass Herr Kaminov schon aufgelegt hat. Kopfschüttelnd steckt er es in seine Hosentasche zurück.

„Aleksej kommt nicht in Frage! Wir müssen die Jackson anrufen!" „Dachte ich es mir doch! Wie wäre es mit den Zwillingen?" Ihre Shows sind noch immer ein Gesprächsthema in der Schule?" Vladimirs Mundwinkel zucken. „Du hast davon gehört?" Ilja grinst. Anastassja hat ausführlich davon erzählt. „Die Zwillinge wären eine super Gelegenheit, den Paparazzo in eine Falle zu lotsen. Aber ob Michael und Sebastian noch dafür zu haben sind? Auch die Mädels sind zu schützen!" Vladimir zweifelt. Die anfangs gedachte Falle stellt offensichtlich ein riesiges Problem dar. „Vladimir!" Eine männliche Stimme ruft nach ihm. Vladimir dreht sich, ungläubig lachend um. „Olivier! Was machst du hier?" Sie umarmen sich und schlagen ihre Fäuste gegeneinander. Sie sind gute… sehr gute Freunde! Vladimir stellt Ilja vor. Olivier sieht interessiert an Ilja hinauf. Der kleine Franzose ist schwul und zeigt Bewunderung. „Mon dieu, welch ein stattlicher Mann!" Vladimir lacht aus vollem Halse, während Ilja sich noch weiter aufrichtet und seine Augenbrauen in die Höhe zieht. „Wie bitte?" „Ich bin Olivier!", stellt sich der Ältere fröhlich vor. „Ilja…"

Olivier dreht sich zu Vladimir um. „Wo ist Florian?" Vladimir lacht. Ilja zieht unwillig die Augenbraue in die Höhe. Verdammt! Was hat der Mann mit Florian zu tun? „Ilja, komm runter! Ich, Olivier und noch zwei Freunde haben vorigen Sommer ein Überlebenstraining mit den jungen Leuten gemacht. Olivier und Florian waren unzertrennlich! Ha… ha… ha…!" „Was ist dabei so lustig? Es war… fantastique! Mon dieu!" Der kleine Mann fächelt sich Luft zu und lächelt in sich hinein. „Komm, mein Freund! Wir gehen in das Gebäude. Es ist Essenszeit. Du kannst mit uns essen!" Gesagt, getan. Sie betreten den Speisesaal und stellen sich hinter einer langen Reihe von Schülern an. Olivier ist ein neugieriger Mann. Sein Blick schweift permanent durch die Gegend, bis er dran ist und sich sein Essen zusammen stellen muss. Er geht hinter seinem Freund nach und stockt. „Florian, mon dieu! Ich freue mich sehr, dich zu sehen!", schreit er so laut, sodass ihn der ganze Saal hören kann. Florian zuckt gewaltig zusammen, blickt ahnungsvoll auf und sieht Olivier selig lächelnd vor sich stehen. „Olivier? Was machst du hier?" Florian weiß nicht, ob er sich freuen soll, seinen kurzweiligen Liebhaber zu sehen. Aber er steht auf und umarmt ihn kurz und setzt sich wieder. Dass ihn viele Augen beobachten, ist ihm peinlichst bewusst. „Florian, wir haben viel zu besprechen!" Florian schnaubt. Er wagt nicht aufzusehen. Olivier jagt ihn in von einer Peinlichkeit zur nächsten! Vladimir kommt dem jungen Mann zu Hilfe. „Olivier, bitte iss und halt den Mund!" Für eine Weile ist Funkstille... Aber Olivier ist Franzose und lobt das Essen. „Nicht schlecht! Für eine Kantine ist das Essen wirklich gut!" Kauend beobachtet er Sebastian. „Sebastian wie geht es dir?" „Danke gut!" Sebastian kann nur mit vollem Mund antworten. Er gönnt sich keine Pause zwischen den Bissen. Er und sein Zwillingsbruder Michael sind wie Raubtiere. Die übervollen Teller werden ohne Zwischenfall verschlungen. Olivier ist zufrieden. Hat er sich doch um den jungen Mann Sorgen gemacht. Die Nerven Sebastians sind sehr strapaziert gewesen... zuerst eine giftige Viper... dann eine wilde Bärenmama... als wenn das nicht genug gewesen wäre, noch eine schwarze Witwe! Er hat tapfer durchgehalten! Olivier seufzt.

„Olivier!" „Anastassja, mon amour! Du bist noch schöner geworden!" Anastassja kichert, umarmt ihn und küsst ihn auf die Wangen. Olivier fühlt sich wohl. Ilja sieht bedeutungsvoll zu Florian. Der zuckt die Achseln. Ilja wendet sich zu Vladimir. „Florian ist unser Mann!" Vladimir sieht Ilja gedankenvoll an. Florian? Olivier? Ilja? Das könnte passen! Er muss mit Jackson telefonieren! „Lagebesprechung in einer halben Stunde! Ilja du nimmst Florian mit!" Florian und Olivier haben von dem Zwiegespräch nichts mitbekommen.

# Paparazzi

Konrad sortiert seine Fotos auf seinem Laptop. Er ist in der Disco gewesen. Anastassja hat es wild getrieben… aber nur auf der Tanzfläche. So richtige pikante Fotos sind das nicht. Ihr Bruder schmust mit seinem Mädchen und tanzt engumschlungen. …aber was ist das? Anastassja an der Bar mit Vladimir? Er setzt sich aufrechter hin. Er sieht sich ein Bild nach dem anderen an. Dann betrachtet er sie genauer. Anastassja kippt vom Sessel? Mein Gott! Dieses Bild sichert ihm wieder seine nächsten Zahlungen! Konrad ist zufrieden. Er hat einfach drauflos fotografiert, in der Hoffnung, etwas Gutes vor der Linse zu haben… und nun dies? Hoffnungsvoll, dass der Verlag es ihm abkauft, reibt er sich die Hände.

Er sitzt wieder vor dem Boss des Glorias. Die Bilder von Anastassja sind gefragt. „Sehr gut! Was wollen Sie dafür?" Konrad nennt die doppelte Summe, die er für die ersten Aufnahmen bekommen hat. Er bleibt hart und bekommt seine gewünschte Summe. Zufrieden vor sich hinsummend, geht er zu seinem Auto.

**Treibt es Anastassja Kaminov zu wild?**
**Betrunken in der Disco!**

191

# Lagebesprechung

Der Zeitungsartikel setzt einige Schüler und Schülerinnen im Internat in Aufruhr. Auch der Direktor ist besorgt. Das Mädchen Anastassja war in letzter Zeit sehr in sich gekehrt. Was muss sie noch alles hinnehmen? Vladimir sitzt dem Direktor gegenüber. Das Telefon klingelt. Dr. Kokoff stöhnt auf. Er will keine Journalisten mehr hören! „Ja, Frau Sejdic?" „Herr Kaminov ist in der Leitung, Herr Direktor!" Seufzend lässt er durchstellen. „Guten Tag Herr Kaminov! Es tut mir…" „Dr. Kokoff wieso ist meine Tochter schon wieder in den Schlagzeilen?!" „Herr Kaminov, es tut mir außerordentlich leid! Die jungen Leute sind am Wochenende ausgegangen, wozu sie nicht einmal die Direktion…" „Hmpf! Was muss mein Mädchen noch alles erdulden? Ich reise umgehend mit meiner Frau an! Bitte bereiten Sie alles für einen Aufenthalt für längere Zeit vor!" „Aber Herr Kaminov! Wir können Sie nirgends unterbringen! Die Zimmer sind alle belegt!" „Das ist mir egal! Machen Sie es möglich!" Herr Kaminov legt auf. Die Leitung ist unterbrochen. Der Direktor sitzt wie gelähmt in seinem Stuhl. Fassungslos schüttelt er den Kopf.

Vladimir befürchtet, dass Herr Kokoff auf seinem Tisch in sich zusammenfällt. Er ist leichenblass. Immer wieder reibt er über seine Stirn und murmelt fast unverständlich vor sich hin. „Oh Gott! Oh Gott! Oh Gott!" „Was haben Sie Herr Direktor?" Das erste Mal, seit er das Telefonat entgegengenommen hat, erinnert er sich wieder an den Bodyguard, der zurzeit mehr für ihn da ist. Vor allem steht er ihm bei, wenn wieder einmal Journalisten ihren Weg zu seinem Internat gefunden haben. „Die Kaminov reisen an und wollen hier für längere Zeit eine Unterkunft beziehen. Oh Gott! Wir haben kein Bett frei für sie! Was mache ich nur? Oh Gott! Oh Gott!" Er sackt wie ein Häufchen Elend in sich zusammen. Vladimir springt auf, um dem Älteren beizustehen. Er legt beruhigend einen Arm um die zitternden Schultern des älteren Mannes. „Vielleicht können Sie das

Krankenzimmer für die Herrschaften vorbereiten?", schlägt Vladimir hilfreich vor. Dr. Kokoff sieht auf. Er denkt nach. Aber es behagt ihm überhaupt nicht. Sie sind doch kein Hotel für die Eltern seiner Schüler und Schülerinnen! Auch wenn sie großzügige Spender sind! Seufzend muss er sich eingestehen, dass er überhaupt keine andere Möglichkeit sieht, als dass er das Krankenzimmer für das industrielle Ehepaar adaptieren lässt. „Ich denke, Sie haben recht, Vladimir!" Er hebt den Hörer ab und lässt seine Sekretärin nach dem Hausmeister rufen. Dann wendet er sich Vladimir zu. Das eigentliche Thema ist noch nicht einmal ansatzweise angesprochen worden! „Vladimir! Was haben Sie hinsichtlich des geheimen Paparazzo zu berichten? Ihnen ist doch bewusst, je länger Sie brauchen, ihn zu entlarven, desto länger sind die Kaminov hier? Sie wissen doch, wie es das letzte Mal gewesen ist?" Nur zu gut erinnert sich Vladimir. Es ist einfach anstrengend gewesen! Dank Anastassja ist es ihnen gelungen, sie vorzeitig zur Abreise zu bewegen.

Vladimir fängt an, die Pläne vor dem Direktor auszubreiten. „Kaminov hat es abgelehnt, dass weder Aleksej, noch Anastassja zu einem Lockvogel hergenommen werden. Zufällig ist gestern ein guter Freund von mir gekommen. Er ist Franzose und stellt sich mit Florian für delikate Bilder zur Verfügung." „Florian... wer?" „Florian Jackson, Sir!" Die Augen des Direktors werden groß. Er weiß, dass sich Florian möglicherweise zu dem gleichen Geschlecht hingezogen fühlt. Aber das... das ist wirklich äußerst delikat! „Da müssen wir zuerst seine Eltern informieren! Es geht um das Image eines jungen Mannes! Ich bin da nicht einverstanden! Ich brauche dazu mehr Einzelheiten!" Der Direktor schüttelt den Kopf. Das ist infam! Florian Jacksons Zukunft steht auf dem Spiel! Das kann er doch nicht zulassen! Tausende Gedanken rasen durch den Kopf des Direktors. Vladimir sieht ihm zu. Er ist auch nicht glücklich über diesen Vorschlag, zumal er noch nicht ausgereift ist. Sie haben ja noch nicht einmal Florian selbst eingeweiht! Der Direktor gibt sich einen Ruck! „Vladimir! Wir müssen das mit allen Beteiligten besprechen! Bitte kommen Sie alle in drei Stunden in den Besprechungssaal! Bis dahin sollten wir alle verständigt haben und ihnen, in diesem Zeitrahmen, auch die

Möglichkeit zu einer Teilnahme bieten." Vladimir ist entlassen und geht hinaus. Der Hausmeister wartet schon im Sekretariat und schäkert mit Frau Sejdic. „Sie können hinein, Herr Waldorff!", sagt sie lächelnd.

Der letzte Artikel lässt Anastassja schier verzweifeln. Gerade hat ihr ein Mädchen den Artikel gezeigt. Schamesröte überzieht ihr Gesicht. Tränen rinnen ihr über die Wangen. „Ana! Bitte! Das ist üble Nachrede! Es ist nicht so gewesen, wie es den Anschein hat!" Verena versucht mit einer Umarmung und besänftigenden Worten ihre Freundin zu beruhigen. Aber Anastassja ist untröstlich. Sie will sich verstecken. Sie springt plötzlich auf und rennt schluchzend aus dem Speisesaal. „Anastassja! Warte!", Aleksey eilt ihr hinten nach. Es scheint, dass alle anwesenden Schüler und Schülerinnen ihnen nachstarren! „Was starrt ihr so?!", bemüht sich Sebastian die jungen Leute bloßzustellen. Anastassja tut ihm leid. Gerade sie, die keiner Fliege etwas zuleide tun kann! „Was können wir für sie nur tun? Wer ist der blöde Paparazzo! Wenn ich den in die Hände kriege!" „So eine Scheiße!", schimpft auch Michael. Florian schüttelt über so eine Gemeinheit nur den Kopf und sieht Vladimir an. „Können wir etwas tun?" Vladimir denkt an seine Pläne, Florian als Lockvogel einzusetzen. Aber er hat noch nicht mit seiner Familie gesprochen. Es wird langsam Zeit. Er geht hinaus und zückt sein Telefon.

„Papa… Mama! Ich bin sooo unglücklich!" Anastassja ist ihren Eltern in die Arme gelaufen. Der jungen Frau fällt nicht einmal auf, dass ihre Eltern sich nicht bei ihr angekündigt haben. Die Kaminov haben sich wirklich beeilt. „Was macht ihr denn hier?!" Aleksej kann sich nicht einmal zurückhalten, seine Entgeisterung zur Schau zu stellen. Zu gut ist seine Entführung und der Einzug seiner Eltern in sein Zimmer in Erinnerung. Anastassja hat ihn schlussendlich gerettet. „Aleksej! Ich bin froh, dass ihr gesund seid! Wir sind gekommen, um dem Paparazzo ein für alle Mal einen Strich durch die Rechnung zu machen!" Ihre Mama ist überzeugt davon, dass ihr Mann dies in Kürze und mit aller Härte regelt. „Wir bleiben solange hier!", fügt sein Vater hinzu. „Aber…!" Aleksej ist entsetzt. Sie werden doch nicht wieder

eines ihrer Zimmer in Anspruch nehmen?! Scheiße nochmal!
Anastassja muss sich was überlegen, um dies zu verhindern.
Darin ist sie die Beste!
„Vladimir! Gut, dass sie da sind!" Vladimir hält seine
stoische Miene bei. Das Ehepaar Kaminov ist wirklich
schnell hier! „Sie müssen mich auf den neuesten Stand
bringen!" „Guten Tag Frau Kaminov... Herr Kaminov! In
zwei Stunden haben wir mit allen Beteiligten eine
Lagebesprechung! Ich bitte Sie, sich bis dahin zu gedulden.
Vielleicht können Sie ihr Gepäck in ihrem vorbereiteten
Zimmer abstellen?" „Danke! Das werden wir! Wo ist der
Hausmeister? Er soll unsere Koffer aus dem Auto abholen!"
„Ich werde ihn anrufen, Sir!" Er entfernt sich. Er geht aus
dem Haus und ruft Noah Jackson an. „Vladimir? Ist etwas
passiert?" „Nein, noch nichts Neues, Noah! Aber wir haben
einen Plan und wir brauchen hierfür eine Erlaubnis von dir!
Es geht um Florian!" „Florian?" „Ja, aber er weiß es selbst
noch nicht. Ich würde dich bitten zu einer Lagebesprechung
in die Schule zu kommen. In zwei Stunden geht es los." „Das
ist etwas kurz. Aber ich komme!" „Danke!" Vladimir legt
auf.

Die Besprechung verzögert sich. Doch schlussendlich sitzen
alle Beteiligten an einem Tisch. Den Vorsitz hat Dr. Kokoff.
Die Bodyguards Vladimir und Ilja, Herr Kaminov, Herr
Jackson und sein Freund Simon und sogar Olivier darf dabei
sein. „Mon Dieu! Welch ein Aufwand! Aber die arme
Anastassja! Der heutige Artikel ist wirklich böse!" Die
Augenbraue von Kaminov zieht sich scharf in die Höhe.
„Wovon reden Sie zum Teufel!" Das folgende Schweigen
kann sprichwörtlich mit dem Messer durchschnitten werden.
„Vladimir!" „Sir! Sehen Sie!" Vladimir zeigt seinem
Arbeitgeber den letzten Artikel mit Anastassjas Bild, als sie
mit verzerrtem Gesicht zu Boden fällt. Die Aufnahme ist
wirklich schrecklich. Herr Kaminov verzieht keine Miene.
Einzig ein Zähneknirschen ist zu hören. Das Ansehen seiner
Tochter wieder herzustellen, wird schwierig werden! Er ist
entsetzt!

„Ich denke, wir beginnen mit dem Stand der Dinge!
Vladimir, bitte fangen Sie an!" Herr Kokoff will diese

Besprechung konstruktiv gestalten. Auch das Image des Elite Internats leidet massiv unter diesen Schlagzeilen. „Also... wir haben Simon auf der Baustelle eingeschleust. Er soll die Bauarbeiter und Maurer beobachten. Simon ist dir jemand aufgefallen? Wir haben über eventuelle Auffälligkeiten gesprochen?" Vladimir wendet sich zu Simon. „Ja... tatsächlich ein junger Mann. Er heißt, glaube ich, Konrad. Er unterhält sich mit niemanden. Er ist immer abseits, oder in den Pausen gar nicht da. Er müsse sich die Füße vertreten, sagt er. Er ist auch immer wieder spurlos verschwunden. Keiner weiß was von ihm. Tja..." Stille. „Das ist er!", ist sich Ilja sicher. „Ja, er ist verdächtig!", meint auch Noah Jackson. „Was machen wir jetzt?", fragt Dr. Kokoff. „Wir legen einen Köder aus! Er wird anbeißen!" Vladimir sieht Kaminov an, um seine Stimmung dazu abzuwägen. Dieser lässt keine Regung zu. Er wartet ab. „Welchen Köder nehmen wir?", fragt Noah Jackson ungeduldig. Vladimir und Ilja sehen ihn an. „Warum starren sie mich an? Soll ich den Köder spielen? Auf gar keinen Fall!" Noah Jackson schüttelt ungläubig den Kopf. Simon lacht nur.

Vladimir räuspert sich. „Wir dachten eher an Florian?" „Was! Mein Sohn? Was soll das? Hat er sich noch nicht genug blamiert?" Noah runzelt unwillig die Stirn. Das ist doch die Höhe! „Florian wäre der geeignete Kandidat! Überlege einmal Noah! Anastassja können wir nicht mehr nehmen. Sie ist am Boden zerstört und Herr Kaminov würde es auf keinen Fall mehr zulassen." Noah sieht zu Kaminov, der wie ein undurchschaubarer Fels gegenüber sitzt. „Wie stellst du dir das vor, Vladimir?" Noah knickt beinahe ein. Aber es ist immer noch sein Sohn! „Florian ist schwul. Das wissen wir alle. Er könnte mit Ilja UND Olivier gesehen werden! Das gäbe tolle Schlagzeilen! Dies kann sich ein junger aufstrebender Fotograf nicht entgehen lassen." Alle sehen zu Ilja und Olivier. Ilja wird nervös. Olivier genießt die Aufmerksamkeit. „Meine Herren! Ich stehe zur Verfügung. Mon dieu! Das wird ein Spektakel!" ...und grinst voller Vorfreude. Dr. Kokoff hat Bedenken. Hier geht es immerhin um einen geschätzten jungen Mann seiner Schule! „Holen wir Florian dazu?" Vladimir sieht zu Noah

Jackson, der wiederum fragend zu Simon hinübersieht. Simon ist der Patenonkel von Florian. Er kennt ihn seit seiner Geburt. Simon nickt. „Fragen wir ihn!" Dr. Kokoff läutet nach seiner Sekretärin. „Bitte holen Sie Florian Jackson zu uns. Er müsste in der Mathematikklasse sein." „Jawohl, Dr. Kokoff!" Sie warten. „Was werden Sie mit dem jungen Fotografen machen, wenn wir ihn überführt haben?" Vladimir wendet sich gleichermaßen an Jackson, wie an Kaminov. Sie sind unterschiedlicher Auffassung. „Das kommt ganz darauf an, was seine Motive gewesen sind!", meint Noah. „Ich verklage ihn!", meint Kaminov. Vladimir sagt nichts mehr dazu. Er will abwarten. Er wäre auf Noahs Seite.

Es klopft. Florian kommt herein. Er stockt. Er schreckt ein wenig zurück. Was hat er jetzt wieder angestellt? „Komm herein Florian und setz dich zu mir!" Vladimir ergreift das Wort und wartet ab, bis der junge Mann sitzt. „Wir haben vielleicht den Fotografen der Fotos aus dem Klatschmagazin gefunden. Aber um sicher zu gehen, müssen wir ihm eine Falle stellen…" „Ja…?" „Wir alle dachten, dass du der beste Mann dafür bist, um die Falle zuschnappen zu lassen." „Ich…?" „Ja…" Florians Vater wendet sich zu ihm. „Du musst es nicht machen, mein Sohn. Aber wir dachten, dass du genug Nerven dazu hast. Anastassja ist verletzt aufgrund der unangebrachten Stories über sie. Sie fällt weg. Herr Kaminov will auch ihren Bruder schützen. Einzig du bleibst noch übrig. Überlege es dir gut. Aber denke immer daran, wenn du es tust… ich stehe voll und ganz hinter dir!" Florian sieht seinen Dad schweigend an. „Was muss ich tun?" Vladimir sieht Ilja an. „Erkläre du es ihm!" Ilja guckt etwas verlegen lächelnd zu seinem Liebhaber hinüber. „Also… ja… wir sollen uns wie ein schwules Pärchen gebärden. Olivier macht mit. Nur so lange, bis die anderen den Fotografen gefunden und fest genommen haben!", fügt er noch hinzu. Florians Augen zucken von Ilja zu Olivier. „Das wird ein Spaß werden!", begeistert sich Olivier. „Außerdem werden deine Brüder vor Neid platzen. So eine Vorstellung hatten sie nie, mon amour! Wir werden sie toppen!" Olivier lacht aus vollem Halse. Dr. Kokoff räuspert sich. Florian sieht noch immer unsicher von einem zum anderen. Er soll offiziell ein schwules Theater vorführen. Geht das? „Wie weit müssen wir gehen?", fragt Florian. „Das… ist eine heikle Frage!", meint Dr. Kokoff. Genaugenommen ist es allen peinlich, was genau passieren soll, um es echt aussehen zu lassen. Einzig Olivier weiß es wieder besser. „Meine Herren! Man kann ein Liebesspiel nicht vorausplanen! Aber wir werden es, aufgrund des Ernstes der Lage, beim Küssen belassen, nicht wahr?" Er blickt Ilja und Florian mit blitzenden Augen an. Ilja und Florian werden über und über rot. So genau brauchen sie es nicht wissen. „Aber wir werden sehen! Wenn Sie, meine Herren rechtzeitig eingreifen, wird es beim Küssen bleiben!" Olivier lässt es offen und leckt sich die Lippe. Er freut sich mächtig auf die Vorstellung. Nicht nur, weil er wieder Florian küssen darf. Er freut sich auch auf Ilja!

Die Teilnehmer dieser Konferenz einigen sich darauf, dass die Falle für den Fotografen in zwei Tagen gestellt wird. Simon findet diesen Zeitpunkt geeignet, da an diesem Tag sicher gearbeitet wird und dieser verdächtige Mann hier sein wird. Dann ist die Konferenz aufgelöst. Vladimir nimmt Florian zur Seite. „Bitte sprich kein Wort zu deinen Freunden, oder zu deinen Brüdern!" Florian nickt. Ganz wohl ist ihm nicht bei der Sache.

# Die Falle

Simon nimmt sein Handy zur Hand. „Er ist unterwegs nach unten!" „Alles klar!" Vladimir sieht zu Ilja. „Es geht los! Zeigt uns, was ihr könnt!" Florian neben ihnen, ist sich nicht sicher, dass er eine derartige Show abziehen kann, wie es von ihm erwartet wird. Wenn es seine Brüder wären... „Florian du schaffst es mit meiner Hilfe!" Olivier spricht ihm Mut zu und klatscht ihm derb auf die Schulter. Er freut sich selbst schon tierisch darauf. Solche Spielchen sind Spaß für ihn. Er holt Florian im Nacken zu sich hinunter und küsst ihn vor allen anderen. Florian versucht ihn abzuwehren. Aber er müsste Gewalt anwenden. Oliviers Griff ist beinhart. Noah Jackson räuspert sich... noch einmal... nimmt dies kein Ende?! Olivier lässt endlich von Florian ab. „Hat es dir gefallen, mon bel homme?" Er zwinkert dem verlegenen Florian zu und nimmt ihn an der Hand. „Du gehst nach Ilja hinaus und triffst ihn am Waldrand! Dort küsst ihr euch... so richtig mit Zunge! Es muss echt aussehen! Ich stoße später zu euch dazu! Alles klar?" Oliviers Instruktionen sind klar. Ilja geht hinaus über den Parkplatz und quer über die Wiese in Richtung Wald. Dabei sieht er sich immer wieder betont unauffällig um, damit es so aussieht, dass er nicht gesehen werden will. Olivier gibt Florian einen Stups in die richtige Richtung. „Na los, mon amour!" „Ich kann das nicht! Scheiße nochmal!" Sein Blick ist stur geradeaus gerichtet. Noah tritt an seine Seite. Seine Augen sind starr auf seinen Sohn gerichtet. Seine Hände liegen auf den Schultern Florians. „Mein Junge! Wir zählen jetzt alle auf dich! Denk an Anastassja! Sie hat sich deshalb total isoliert. Tu es meinetwegen für sie!" Florian nickt. Sein Körper strafft sich und er lenkt seine Schritte zur Tür hinaus. Auch er tut so, als ob er sich vergewissern will, dass ihm keiner folgt. Von weitem sieht er Ilja an einem Baumstamm angelehnt. Er steuert ihn an.

„Ilja!", flüstert Florian, als sollte ihn niemand hören. Der Bodyguard nickt ihm lächelnd zu und streckt scheinbar verlangend seinen Arm aus, den er auf die Schulter Florians ablegt und ihn im Nacken näher an seinen Körper zieht. Lange starren sie sich nur an. „Wir sollten uns jetzt küssen!", flüstert Ilja. Florian nickt. Ilja nähert sich dem Gesicht seines Geliebten...

Konrad ist in der Pause von dem Baugerüst geklettert und hat sich für eine vorgeschobene Klopause entschuldigt. Sobald er außer Sichtweite ist, eilt er schnell zum Parkplatz und duckt sich hinter einem Auto. Er hat den Bodyguard gesehen. Wo geht er alleine hin? Ihm ist aufgefallen, dass Ilja sich immer wieder umgesehen hat. Was hat er vor? Konrad bleibt wo er ist. Vielleicht kommt jemand hinter ihm nach? Zurzeit bleibt ihm nur diese eine Option. Die Kaminov Tochter ist abgetaucht. Er hat sie schon lange nicht mehr gesehen. Aber das Glück bleibt ihm auch heute treu. Dieser Jackson Sohn kommt aus dem Haus und geht dem Bodyguard nach. Er freut sich schon auf weitere brisante Fotos, für die er sicher wieder eine Stange Geld abkassieren kann. Er ist ständig pleite. Seine Miete ist horrend hoch. Er kann sich seine Wohnung mit dem bisschen Geld auf dem Bau nicht leisten. Erwartungsvoll stellt er sein Handy auf Dauerschleife ein. Der Junge ist bei dem anderen. Sie umarmen sich.

Nach einer gewissen Zeit, macht sich Olivier auf den Weg. Sein Part ist, die beiden zu einem pikanten Showteil zu verführen. „Mon bel amour! Hier bist du ja!" Seine laute Art fällt nicht weiter auf. Der Franzose ist bekannt für seine direkte Art. Er steuert direkt Florian an. Dieser junge Mann ist seine heimliche Liebe, behauptet er. Er reißt ihn stürmisch aus den Armen Iljas und presst sich selbst an Florian. Seine Hände erkunden den muskulösen Körper des jungen Mannes. Ilja beobachtet die beiden vorerst. Grinsend lehnt er an einem Baum und eine Hand richtet seine Frisur, die Florian in seiner Ungeduld etwas in Unordnung gebracht hat. Dann pirscht er sich reibend an Florians Kehrseite. Florian dreht sein Gesicht zur Seite und holt sich einen Kuss von Ilja ab. Florian genießt mittlerweile die menage à trois. Olivier und Ilja sind beide gute Küsser...

„Wen haben wir denn da?" Konrad zuckt zusammen. Sie haben ihn entdeckt! Dabei ist er so vorsichtig zugange gewesen. Er dreht sich um und versteckt seine Hand hinter seinem Rücken. „Simon! Du hast mich erschreckt!" Vielleicht hat der Mann ihn nur zufällig aufgespürt? Er steckt sein Handy unauffällig in seine Hosentasche zurück und erhebt sich mühsam hinter dem Auto. „Was treibst du da?", fragt Simon scheinbar misstrauisch. „Ich... ich habe mir dieses Auto angesehen. Es... gefällt mir. Dir auch?" „Ja... Es ist meines!" „Oh... äh... tolles Auto!" Konrad versucht wegzugehen. „Komm geh mit mir essen!" „Klar!" Konrad wird es mulmig zumute. Er kann Simon nicht mehr abwehren, ohne allzu auffällig zu wirken. Sie treffen auf Vladimir. „Hier hast du ihn!" „Was?!" In diesem Moment wird Konrad klar, dass er ausgespielt hat und versucht davon zu rennen. Vladimir lässt ihn, weil er weiß, dass er ziemlich sicher Noah Jackson in die Arme läuft. „Hey... wo willst du so eilig hin?" Noah hält den jungen Fotografen an seinem Hosenbund zurück. „Lass mich los!" „Zuerst erklärst du mir, warum du meinen Sohn fotografierst!" Noah zerrt ihn zu den anderen.

Simon hat inzwischen die drei Akteure geholt, die sehr intensiv mit sich beschäftigt zu sein scheinen. Er räuspert sich. „Jungs, wir haben ihn!" „Mhm!" Florians Zunge steckt in Oliviers Mund. Einzig Ilja scheint die Worte wahrgenommen zu haben. Er klopft auf die Schulter Florians. „Hey... Flo... sie haben ihn. Die Show ist beendet!" „Was... oh... Fuck!" Florian stöhnt. Olivier ist wirklich gut. Aber schlussendlich gehen sie auseinander. Olivier grinst. Der Junge hat was... Gemeinsam gehen sie zu den anderen.

„Ich habe nichts getan!", versucht Konrad sich erneut zu wehren. „Zeig uns dein Handy!" Der junge Mann sieht verzweifelt in die Runde. Er kennt sie mittlerweile alle. Kaminov, Jackson, Vladimir... sogar Dr. Kokoff ist zugange! Nur den kleinen Mann, der ständig französische Floskeln von sich gibt, sieht er heute das erste Mal. Er ist umstellt von großen Männern mit finsteren Blicken. „Wenn du uns freiwillig dein Handy gibst und uns die Bilder zeigst, dann können wir darüber reden, was wir mit dir machen. Wenn nicht, rufe ich sofort die Polizei!" Konrad sieht

Vladimir abschätzend und unsicher an. „Es ist deine einzige Chance!", droht Vladimir mit dem Handy in der Hand, bereit den grünen Knopf zu drücken. Konrad knickt ein. Er gibt sich geschlagen. Langsam, aber immer noch widerwillig, zieht er sein eigenes Handy aus seiner Hosentasche. „Zeig uns deine Bilder!", verlangt Ilja. Konrad ruft die jüngste Serie an Fotos auf. Ilja starrt ohne Worte. Florians einzige Reaktion ist: „So eine Scheiße!" „Magnifique! Darf ich ein Foto mit Florian haben?", ist der enthusiastische Kommentar von Olivier. Vladimir treibt ihn zur Seite und sieht sich die Bilder selbst an. Dann schüttelt er unwillig den Kopf. „Was bekommst du für die Aufnahmen?" „Einhundertfünfzig bis zweihundertfünfzig", meint Konrad. „Für alle? „Nein, für jedes Einzelne!" „Wow! Das ist ja eine Menge Kohle!" Florian pfeift durch die Zähne.

Kaminov runzelt die Stirn. „Warum machst du das?" „Ich brauche Kohle für meine Wohnung, die sehr teuer ist. Damit muss ich mein Leben finanzieren!" Kaminov nickt. Der Junge ist pleite. „Wieviel brauchst du, damit du diesen verfickten Job aufgibst?" Konrad sieht zu dem Mann hinüber, der seine Tochter schützen will. „Ich weiß nicht. Was ich brauche, ist ein gutbezahlter Job! Ich habe nicht viel gelernt und Fotos von Prominenten bringen viel Kohle!" „...und viel Ärger!" Konrad zuckt bei Kaminov Worte zusammen. „Wenn ich ihnen allen verspreche, dass ich hier verschwinde und keine Fotos mehr hier mache... darf ich dann gehen?", versucht er sich herauszuwinden. „Der Ruf meiner Tochter ist ruiniert, junger Mann! Du bleibst hier, bis ich Verwendung für dich habe!" Kaminov hat nur eine einzige Idee, wie der tadelloser Ruf seiner Tochter wieder hergestellt werden kann. Sie muss heiraten! Sein nachdenklicher Blick schweift umher, bis er auf Vladimir hängen bleibt. Vladimir! Vladimir? Vladimir! Er muss seine Anastassja heiraten. Kaminov weiß, dass Vladimir kaum von ihr lassen kann und wenn er sich nicht täuscht, ist seine Tochter auch in Vladimir verliebt. Bis jetzt hat er es soweit toleriert, weil dieser Mann ein fähiger Bodyguard ist und mit ihren Allüren bestens umzugehen weiß. ER muss sie umgehend ehelichen!

Er ist auf einer Mission und winkt Vladimir zu sich. „Vladimir, ich muss Sie sofort sprechen... alleine!" Der Bodyguard folgt seinem Arbeitgeber, dem Vater Anastassja'. „Sir?" „Du wirst Anastassja heiraten!" „Wie bitte?!" „Du hast mich gehört! Anastassja' Ruf muss wieder hergestellt werden! Du kannst mit ihr bestens umgehen und bist dafür hervorragend geeignet!" Vladimir fehlen die Worte. Soll es so einfach gewesen sein? Anstandshalber will er sich noch etwas distanzieren. „Ich glaube, dass ich vorher Anastassja fragen sollte!" „Tu das! In einem Monat ist Hochzeit." „Aber Sir!", versucht Vladimir zu widersprechen. Das ist zu schnell! Er muss erst an Anastassja herankommen. Sie hält ihn permanent auf Abstand. Er überlegt. „Nun wie ist deine Antwort?", fällt Kaminov ungeduldig in seine Gedanken ein. „Ich ist mir eine Ehre, um die Hand ihrer Tochter anhalten zu dürfen, Sir!" ...und salutiert vor dem älteren Mann, der sein Schwiegervater werden will. „Ich verlasse mich auf dich, Vladimir!" Kaminov nickt zufrieden. Das wäre gelöst. Er muss seine Frau unterrichten, dass sie die Hochzeit standesgemäß vorbereiten lässt.

# Epilog

Die aufgebrachten Gemüter haben sich schnell beruhigt. Konrad wird als Fotograf der Familie Kaminov eingestellt. Kaminov ist der Meinung, dass dieser junge Mann eine Chance verdient hätte und hat ihn als Werbefotografen für sein Unternehmen eingestellt. In einem Monat soll dieser selbstverständlich auch die Hochzeit fotografisch festhalten. Kaminov hält viel auf die Fähigkeiten dieses Mannes und die sollten gefördert werden!

Nachdem sich alle Aufregung um den Paparazzo so einigermaßen gelegt hat, hat Vladimir Stunden damit verbracht, um den richtigen Verlobungsring zu finden. Jetzt nähert er sich lautlos seiner zukünftigen Verlobten, die scheinbar in ihren Studien vertieft ist. Ihr Kopf hebt sich, als hätte sie ihn gespürt. „Vladimir, geh weg!" „Liebste, wir haben den Fotografen gefunden! Hat es dir dein Papa noch nicht erzählt?" Anastassjas fragender Blick bleibt auf ihm hängen. „Nein? ...Ist das wahr? Ihr habt ihn?" Ihr Gesicht zeigt noch immer Zweifel an der Tatsache. Er kommt noch einen Schritt näher. Anastassja scheint ihn nicht mehr aufhalten zu wollen. „Anastassja glaube es mir! Du kannst Florian fragen!" Anastassjas Blick huscht zu dem Freund am anderen Ende des Raumes. Auch er scheint ebenso zu lernen. Ihr Blick wandert wieder zurück zu Vladimir und sieht ihn lange und ernst an. „Dann kann ich wieder hinaus gehen?" Vladimir lacht. „Ja, Baby!" Er zieht ein kleines Samtschächtelchen aus seiner Hosentasche heraus. „Baby, willst du mich heiraten?" Einfach so aus heiteren Himmel fragt er sie und sinkt vor ihr in die Knie. Anastassja zieht geräuschvoll die Luft ein. Ihre Hand schlägt erschrocken gegen ihren Mund. „Vladimir!" „Komm, sag einfach ja!" Augenblicklich erstrahlt das Gesicht des Mädchens. Sie springt auf und schreit es laut heraus. „Ja! Ja! Ja! Ich will dich!" sie stürzt zu ihm auf den Boden und klammert sich fest um seinen Hals. Auch seine Arme schlingen sich um sie und sie küssen sich, als wären sie ganz alleine. Erst als die

Schüler und Schülerinnen frenetisch zu klatschen anfangen, reißen sie sich voneinander los. Vladimir öffnet das Kästchen und steckt ihr einen wundervoll blau funkelnden Saphir an den Finger und küsst ihn sanft. Dann sieht er hoch und direkt in ihre glänzenden Augen. Er hat sie wieder... seine Anastassja! Dann werden sie umringt von Gratulanten. Irgendwann kämpft sich Alexander mit Camille durch. „Ich gratuliere dir Anastassja!" „Alexander! Ich danke dir!" Sie sieht ihn ernst an. „Du bist nicht traurig deswegen?" Alexander lacht. Es ist ein fröhliches Lachen. „Aber nein! Siehst du, ich und Camille..." Die Freundinnen sehen sich wissend an. Ja, Anastassja hat es ja schon geahnt. Aber sie hatte Angst mit Alexander gesehen zu werden und es sich verweigert, ihn darauf anzusprechen. Aber ja... jetzt ist ja alles gut. Stürmisch umarmt sie alle beide und wünscht ihnen nur das Beste. „Ich liebe euch beide!"

Als Florian hinzukommt, erzählt Vladimir seiner Liebsten, dass dieser Mann maßgeblich dazu beigetragen hat, dass der Fotograf überführt worden ist. „Florian! Das musst du mir unbedingt erzählen. Ich bin ja sooo gespannt!" Florian wird rot. DAS wird er ihr sicher nicht erzählen! „Wir werden sehen!", ist sein Kommentar dazu und trollt sich wieder an seinen Tisch.

Inzwischen ist Aleksej in den Gemeinschaftsraum gekommen, um mit seinen Freunden Billard zu spielen. „Was ist hier los?" „Anastassja hat einen Heiratsantrag bekommen!", erzählt im Verena. „Es ist soo romantisch gewesen! „Was?" Er stürmt auf das glückliche Paar zu. „Was hast du jetzt wieder angestellt!" Wer jetzt gemeint ist... Vladimir oder Anastassja... weiß niemand so genau. „Brüderchen ich heirate!", lacht sie fröhlich heraus und schmatzt ein Küsschen auf seine Wange. Aleksej sieht wild zu Vladimir hinüber. „WAS!", scheinen seine Lippen zu schreien. Vladimir grinst. „Befehl deines Papas!" Aleksej zieht die Augenbrauen in die Höhe. Davon weiß er nichts. Er geht hinaus und zückt sein Handy.

Die große Hochzeit muss verschoben werden. Anastassja weigert sich, vor den Prüfungen den Bund der Ehe einzugehen. Ihr Vater hat ein Einsehen.

Als endlich die Abschlussprüfungen absolviert sind, sind die Absolventen jubelnd aus dem Haus gerannt. „Wir haben es geschafft! Juchuuu!" Sie freuen sich alle, dass sie wieder etwas Neues erleben werden. „Was machst du jetzt? Heiratest du auch?" Anastassja hat von Florians Beteiligung an der Festnahme des Fotografen gehört. Sie hat nicht locker gelassen, bis sie die Geschichte gehört hat. Er sieht sie verdattert an. „Wieso ich?" „Na ja, dein Ruf ist ja auch dahin!" Er lacht. „Ach was! Das verkrafte ich!" „…und was machst du jetzt?" „Dad hat mich gefragt, ob ich als Werbestratege bei ihm anfangen will! Er wird mir auch einige Anteile schenken!" Florian ist stolz darauf und will sich beweisen. „Wow! Das klingt ja wirklich aufregend! Ich gratuliere dir!" „Danke!" …und umarmt sie liebevoll.

Verena und Aleksej hängen zusammen. „Ich bin so traurig, dass sich jetzt unsere Wege trennen!" „Ach was! Ich komme dich besuchen!" „Aber ich werde keine Zeit haben, wenn ich auf der Uni bin!" Aleksej wirkt nachdenklich. Er hat sich bei seinem Vater Auszeit für ein Jahr erwünscht. Er weiß nicht so recht, was er weiter machen will. Verena hingegen hat ein festes Ziel und dafür bewundert er sie. „Was will deine Schwester machen?" „Sie will auch auf die Uni gehen. In diesem Fall muss Vladimir als ihr Bodyguard mitkommen. Befehl von Papa!" Aleksej lacht sich ins Fäustchen. „Aber… das ist ja gut, oder?" „Na klar!"

Es wird noch lange gefeiert. Die Freunde sitzen bis spät in die Nacht in den Räumlichkeiten der Kaminov Zwillinge. Es scheint eine Nacht zu sein, wie immer. Es wird gepokert und eine Sitcom nach der anderen reingezogen…

# Autorin

Die österreichische Autorin, Ingrid Seemann ist glücklich verheiratet und Mutter von zwei erwachsenen Kindern. Ihre Leidenschaften sind das Schreiben, das Lesen von Romanen mit Happy End und Sport als Ausgleich. Wenn sie nicht gerade vor ihrem Laptop sitzt, oder ein Buch liest, ist sie im Fitness Studio oder mit ihren Nordic Walking Stöcken unterwegs.

Endlich! Die dritte Generation als Buch… drei Bücher! Im dritten Buch präsentiere ich Euch die Abschlussgeschichte ‚Paparazzi'! Dieser Roman ist bis jetzt noch nicht erschienen!

*Ein großes Dankeschön an alle meine Fans!*

Die dritte Generation ist für die Jugend geschrieben. Die erste und zweite Generation

*Rock Me Sweetheart* und *Sarah und Noah - Die Trilogie* sind dann doch mehr für Erwachsene!

*Viel Spaß!*